Elvy S.

Memories

Questo romanzo è un'opera di fantasia.
Qualsiasi riferimento a fatti storici,
persone o luoghi reali è usato in maniera fittizia.
Nomi, personaggi, luoghi e avvenimenti sono
il frutto dell'immaginazione dell'autore,
e qualunque analogia con fatti, luoghi o
persone reali, esistenti o esistite,
è del tutto casuale.

Facebook: https://www.facebook.com/MemoriesElvyS

Ad Angelo,
Perché senza di te, i miei angeli non avrebbero spiegato le
ali.

Capitolo Uno

Melanie

L'aria del pomeriggio era fresca e piacevole, c'era un leggero vento che mi accarezzava e sentivo i capelli muoversi sulle spalle mentre me ne stavo sdraiata sull'erba, a Central Park.

Avevo il volto coperto dal libro di inglese, un modo sia per dimostrare quanto mi annoiassi nel trascorrere l'ultima domenica di libertà assoluta a studiare, sia per non vedere Catherine, la mia migliore amica, andare avanti e indietro mentre sbraitava al telefono contro sua madre.

Avevamo deciso di concentrarci sullo studio e di incontrarci in un posto che non ci avrebbe concesso scappatoie mentali o altre possibili distrazioni.

Purtroppo non esisteva un luogo simile e il parco si era rivelata la sola scelta possibile, ma avevo dimenticato che anche un sasso poteva diventare interessante quando non avevi alcuna voglia di riaprire i libri di scuola.

Cat continuava a parlare animatamente al telefono. Lei e sua madre stavano litigando per la festa a cui avremmo partecipato quella sera. Si festeggiava l'inizio dell'ultimo anno, *evviva*!

Avevo smesso di ascoltare la lite di Cat dopo che l'avevo sentita pronunciare le parole "vestito" e "tacchi" nel giro di due secondi. Poco dopo, sentii un tonfo e compresi che si era seduta accanto a me. Il primo round era terminato.

«Mel? Dormi?» Mi chiese quasi gridando.

«Non avrei mai potuto dormire con te al mio fianco che ringhiavi e battevi i piedi nel tuo andirivieni.»

«Mia madre mi sfinisce!» Io sorrisi e le dissi «Credo che anche lei pensi lo stesso di te.»

Mi tolse il libro dalle mani e i raggi del sole mi colpirono il viso. Strizzai un po' gli occhi mentre cercavo di mettere a fuoco la sua immagine, ma continuavano ad apparirmi dei minacciosi cerchi neri e fui costretta a schermarmi la vista con una mano.

«Credo che oggi non studieremo...» constatò contrita. «Lo avevo intuito.» Le risposi ironica.

Lei si prese il viso tra le mani ed iniziò a deformarlo in smorfie assurde, poi con un tono sconfitto disse «Non supererò mai la mia insufficienza.»

«Temo che, di questo passo, anche io non ce la farò.»

«Ma piantala!» Ribatté lei decisa mentre sbatteva il mio libro a terra. «Il signor Butler ti adora.»

«Sì, per questo mi ha rimandata in inglese.» Aggiunsi, tralasciando il fatto che la mia insufficienza era voluta, desiderata. Un modo per non lasciare da sola la mia amica, ma anche un modo per far disperare mia madre.

Cat si alzò e mi porse la mano per aiutarmi ad alzare il sedere dal terreno. «Forza! Non c'è tempo da perdere.» Immaginai volesse propormi di andare a casa mia o sua a studiare ma invece disse «Dobbiamo prepararci per stasera.»

Afferrai la sua mano e, una volta in piedi, pulii i miei jeans, raccolsi il libro e lo infilai nella borsa. Mentre aspettavo che Cat raccogliesse le sue cose avvertii una sensazione di gelo percorrermi la schiena. Mi girai con la certezza che qualcuno ci stesse osservando e, infatti, notai un ragazzo dai capelli neri nascosto dietro un albero che ci osservava. Stringeva le mani in pugni e non cercava di nascondere la sua insistenza nel fissarci. Indossava una maglietta nera e dei pantaloni larghi altrettanto scuri. Non sapevo chi fosse né perché continuasse a fissarci in quel modo.

Cat richiamò la mia attenzione «Mel? Andiamo?» Era pronta per andare a casa mia, dove avevo nascosto il suo vestito e le sue scarpe dagli sguardi contrariati, e per nulla contenti, di sua madre. Controllai con la coda dell'occhio se lo sconosciuto si trovasse ancora lì e contro ogni logica, lui non si era mosso di un millimetro e continuava a tenere lo sguardo fisso su di noi. Finalmente, i nostri sguardi si incrociarono e notai un bagliore violetto provenire dai suoi occhi. Ero certa però che si trattasse di uno scherzo della luce del sole e della distanza che mi separava da lui. Non poteva di certo avere gli occhi viola!

«Melanie? Mi senti?»

Con un notevole sforzo di volontà mi costrinsi a tornare al presente e fissai Cat intontita, improvvisamente mi sentivo la testa vuota e piena allo stesso tempo, mi sentivo incredibilmente scossa. Continuavo ad avvertire gli occhi dello sconosciuto su di me e provai una fitta di delusione quando mi accorsi che era sparito.

Un altro brivido mi attraversò quando il vento mi sferzò il viso con prepotenza, sentivo crescere in me una strana convinzione, assurda addirittura: io conoscevo quel ragazzo. Non ricordavo il come, il dove o il quando, ma lo conoscevo. Anche se solo pochi istanti prima ero del tutto convinta di non averlo mai visto. Spezzai l'incantesimo in cui ero stata catapultata e mi concentrai sul rumore dei piedi di Cat che battevano sul terreno a un ritmo spazientito. Aspettava una mia risposta.

«Sì.» Riuscii finalmente a dire. «Andiamo.»

Jake

Stavo affilando uno dei miei pugnali quando l'aria si fece gelida, sapevo cosa ciò significasse: non ero più solo. Ma il mio visitatore non era il benvenuto.

Reprimendo l'istinto di lanciargli il pugnale contro dissi «Cosa vuoi, Keith?»

«Sei sempre così felice di vedermi. Vero, Jake?»

Poggiai l'arma sul tavolo. La cosa migliore era che non la tenessi tra le mani, dato che non c'era nessuno a fermarmi, a impedirmi di ucciderlo.

Come sempre, quando guardavo Keith negli occhi, avvertivo l'odio radicato in me crescere e travolgermi, annebbiando il mio buon senso. «Cosa vuoi?» Ripetei.

Lui ignorò la mia domanda e puntò dritto verso la finestra alle mie spalle. Lo osservai muoversi con la solita spavalderia e orgoglio, non curante degli ordini che gli venivano imposti.

Indossava i suoi soliti abiti neri, oscuri come la sua anima.

«Caspita! Quanti complimenti…»

Strinsi i pugni per evitare di assecondare il mio istinto che mi ruggiva contro di spezzargli il collo. Non lo avrei ucciso, ma mi sarei divertito a provarci più e più volte. «Smetti di ascoltare se non ti piace ciò che penso. Adesso, dimmi *cosa vuoi.*» Scandii lentamente ogni lettera, non avevo intenzione di perdere il mio tempo con lui.

«L'ho trovata.»

Non erano molte le cose che riuscivano a spiazzarmi e, di sicuro, ne esistevano ancora di meno in grado di paralizzarmi. Eppure, era così che mi sentivo: paralizzato. Non ero certo di dover essere felice di quella notizia, perché significava che Keith era riuscito dove io avevo fallito. Ma la causa andava oltre i nostri rancori.

«Dove? Chi è?»

Lui sorrise, uno dei suoi sorrisi studiati e freddi. «Cosa ci guadagno dicendotelo?»

«Non ti ucciderò.»

Lui sorrise mostrando i denti bianchi e perfetti. «Non potresti comunque. Ho la legge dalla mia parte, a meno che tu non

8

voglia perdere le ali e perdere il tuo posto Lassù... credo che dovresti spremere un po' di più le meningi e trovare un'idea migliore, a meno che non ti vada di accettare suggerimenti.»

La voglia che avevo di spaccargli la faccia cresceva ogni secondo che trascorrevo insieme a lui. «Cosa vuoi in cambio?»

«Parla con il Consigliere. Convincilo a restituirmi il mio vecchio incarico.»

«Hai voglia di tornare a casa?»

«Non proprio. Una fonte attendibile mi ha detto che le mie doti saranno molto più utili nel Neraka che qui.»

«Bene.»

Non avevo voglia di assecondare i suoi giochetti e non avrei di certo elemosinato per una spiegazione. Volevo solo sapere quel dannatissimo nome e che poi lui se ne andasse, magari per sempre. «Dimmi come si chiama.»

I suoi occhi viola si scontrarono con i miei. Fu il mio turno di sorridere quando lui distolse lo sguardo per primo. «Troppa luce?» Chiesi angelicamente.

La sua mascella ebbe un fremito ma poi tornò ad assumere la solita rigidità.

«Melanie Prince.» Disse. Poi, finalmente, sparì.

Melanie

Catherine indossava il suo vestito rosso fuoco firmato *Ralph Lauren*. L'abito le copriva una porzione generosa della coscia e del decolleté, ai piedi calzava delle *Louboutin* argentate e aveva raccolto i lunghi capelli biondi tra mille forcine, lasciando ricadere sul viso solo un boccolo ribelle. Dopo tre giravolte davanti al mio specchio sorrise soddisfatta. «Allora?»

Il problema con Catherine era che, anche se aveva appena chiesto un mio parere, lei aveva già stabilito che quello sarebbe stato il vestito che avrebbe indossato, a prescindere da quanto avessi potuto dire o fare per dissuaderla. «Sei uno schianto!» Le dissi. E lo pensavo davvero.

«Ora tocca a te.»

Mi sfilai l'accappatoio dalle spalle e lo lasciai cadere ai miei piedi mentre Cat mi porgeva il mio vestito azzurro di *Dior*. Si trattava di tubino senza maniche, incredibilmente semplice e, per questo, lo avevo amato dal primo istante in cui lo avevo visto. Cat mi aiutò a tirare su la cerniera, poi mi passò le scarpe, delle *Steve Madden* azzurre trovate in saldo da *Macy's*.

A differenza di quello che pensavano Cat e mia madre, a me non interessava indossare esclusivamente capi firmati. Apprezzavo ciò che i miei occhi ritenevano bello e piacevole e, infatti, la collana che avevo deciso di abbinare al vestito proveniva da una semplice bigiotteria.

Indossai le scarpe e poi tornai davanti allo specchio. Afferrai la trousse e mi diedi un po' di colore alle guance. Poi passai agli occhi ed infine alle labbra.

«Cosa pensi di fare ai capelli?»

Mi morsi il labbro. «A dire il vero, pensavo di lasciarli sciolti…»

Lei soppesò le mie parole e poi sorrise. «Fai bene. Sei meravigliosa!»

Avevo la sua approvazione! Soddisfatta mi spazzolai i capelli e guardai la mia immagine riflessa. In effetti, poteva andare…

Le mie guance erano rosee e facevano risaltare gli occhi color cioccolato. Le labbra erano colorate da un rossetto color carne e i miei capelli scuri, ricadevano come un velo morbido sulle spalle nude.

Qualcuno bussò alla porta e, siccome non attese il mio permesso per entrare, compresi che doveva trattarsi di mia madre.

«Ragazze? Siete pronte?» La chioma bionda di mia madre era incredibilmente voluminosa. Immaginai che Pierre, il suo parrucchiere, fosse passato a farle visita quel pomeriggio. Il suo sguardo radar scandagliò Catherine e vidi la sua espressione mutare da *"fammi vedere cosa stanno combinando"* a *"Oh no. E quello cos'è?"*

«Catherine... non credi che farà freddo?» Chiese mia madre con tono fintamente preoccupato. Se non l'avessi conosciuta avrei potuto credere davvero al suo tono costernato.

Cat, però, le sorrise affabile. «Non credo. Poi, ho con me il coprispalle per ogni evenienza.»

«Bene...»

Mentre mia madre e Catherine continuavano la loro battaglia silenziosa, fatta di sguardi contrariati e finti sorrisi, io avevo indossato la collana. Una semplice catenina con un ciondolo a forma di stella.

Lo sguardo di mia madre mi bruciava le spalle. Potevo quasi sentire i suoi pensieri indirizzati a me che dicevano *"Avanti, girati! Forza!"*

Tra me ed Evelyn, cioè mia madre, non correvano propriamente buoni rapporti. Avevo cercato più volte di dimenticare, di andare avanti. Ma avevo sempre fallito miseramente.

Mia madre aveva tradito mio padre quando avevo solo cinque anni ma avevano divorziato due anni dopo, quando, nonostante mio padre avesse deciso di perdonarla, lei gli aveva preferito Michael, l'ex amante ed attuale marito.

Io non avevo esitato a schierarmi dalla parte di mio padre e non mancavo mai un'occasione per ricordarlo a mia madre.

«Melanie, cara. Voltati, fatti vedere!»

Seppur riluttante mi voltai nella sua direzione e aspettai un suo giudizio, pronta a scattare ad una sua parola.

«Sei bellissima tesoro.» Le sorrisi per un secondo e poi tornai ad ignorarla. Presi la borsetta e tirai su dal mio letto Cat, quasi di peso. Lei adorava i momenti idilliaci che condividevo con mia madre. Fuori dalla camera trovai Margareth, la nostra domestica, che mi aspettava con il mio coprispalle tra le mani. «Mi raccomando», disse mentre me lo porgeva «stai attenta». Le diedi un bacio affettuoso e scesi le scale con Cat alle calcagna.

Fuori alla porta d'ingresso trovammo la limousine parcheggiata con Martin, il nostro autista, appoggiato alla fiancata. Quando alzò lo sguardo su di noi e vide Cat rimase a bocca aperta, letteralmente. Sentii il risolino frivolo della mia amica, evidentemente era contenta della reazione del mio povero autista, al quale sembrava stesse per venire un infarto.

Martin aveva ventotto anni e quei dieci anni di differenza creavano un ostacolo, almeno dal suo punto di vista, con Catherine. Lei, dal canto suo, cercava sempre di fargli abbassare la guardia. Martin era il figlio di Augustus, il nostro vecchio autista andato in pensione tre anni prima. Era un bellissimo ragazzo dai colori scuri che con un sorriso ti scioglieva come la neve al sole, impossibile resistergli. Almeno questo era ciò che diceva Cat.

Fui costretta a schiarirmi la gola più volte. L'aria intorno a noi si era fatta bollente ed io iniziavo a sentirmi fuori luogo. Martin si riscosse dal suo sogno ad occhi aperti e si affrettò ad aprirci la porta. Notai le gocce di sudore che gli scendevano dalla fronte sin dentro alla camicia. Cat mi superò ed entrò per prima in auto, rallentando mentre si abbassava, mettendo così in mostra una generosa porzione della sua scollatura. Percepii il respiro trattenuto di Martin e lo vidi sbiancare e decisi di salvarlo da quella possibile autocombustione.

«Grazie Martin, chiudo io la porta.»

Lui riuscii miracolosamente a distogliere lo sguardo da Cat e a spostarlo su di me. Deglutì a fatica e mimò un *"grazie"* con le labbra nella mia direzione. Entrai nella limousine e guardai Cat che intanto stava mangiando con gli occhi Martin. «Ma vuoi dargli un po' di tregua?» Le sussurrai, cercando di non farmi sentire da Martin.

«Non posso smettere. Ho appena iniziato in fondo…»

«Temo che se continui così, quel povero ragazzo non arriverà mai ai trenta.»

«Beh, lui dovrebbe solo comportarsi da uomo e prendersi ciò che vuole.» Aveva deliberatamente alzato la voce ed io le tappai la bocca. Ridevo, anche se non volevo in realtà, ma dovevo farlo lo stesso. Se avessi dovuto scegliere da che parte schierarmi avrei scelto sempre Catherine.

Dopo dieci minuti di viaggio, arrivammo davanti al locale, una discoteca chiamata *"Cielo"*, e ci mettemmo in coda nella lunga fila.

L'originalità di dare una festa in discoteca era stata frutto di un'idea di Holly Millar, la reginetta del ballo, una cheerleader, una piccola tuttofare insomma. Poiché la maggior parte di noi era ancora composta da minorenni (un fortunato *caso* aveva fatto sì che il padre di Holly fosse amico del proprietario della discoteca), avremmo indossato un bracciale come segno di riconoscimento e così non ci sarebbero stati serviti alcolici.

Cat mostrò il nostro biglietto per due al buttafuori che, dopo aver richiuso un braccialetto argentato al nostro polso, ci lasciò entrare.

Il locale era fantastico, non c'era alcun dubbio: le pareti sembravano essere fatte di sola luce mentre la pista da ballo era gremita di gente, centinaia di persone che si muovevano e si sfioravano a ritmo di musica.

Seguivo Cat tra la folla. Superavamo le persone ammassate nei salottini e avanzavamo alla ricerca di un buco in cui infilarci. Mi stavo ancora guardando intorno quando la mia amica mi prese per il polso ed iniziò a trascinarmi lungo tutto il locale, calpestando o spintonando i corpi ammassati. Ci fermammo davanti ad un tavolino con due poltrone libere, su cui mi lasciai cadere poco elegantemente, mentre Cat tirava fuori dalla sua borsa un tagliaunghie che somigliava più ad una tenaglia per quanto era enorme, e poi spezzò prima il suo bracciale, poi il mio.

«Forza ragazzaccia! Andiamo a divertirci un po'…»

La seguii controvoglia e quando arrivammo al centro della pista trovammo Holly, Dory, Michael e John, i nostri compagni di scuola, ma c'erano anche altri studenti. Intravedevo delle braccia alzarsi circondate dai bracciali argentati di cui noi ci eravamo liberate, ma non riconobbi altre persone.

Nonostante fossi appena arrivata al centro della pista iniziai subito a sudare freddo. Ogni volta mi ripromettevo di essere forte e superare il mio imbarazzo e, puntualmente, venivo meno alla mia promessa. Ero l'unica adolescente di New York che non amava ballare o quantomeno, non amava questo tipo di ballo scatenato. Per questo accolsi con gioia la proposta di Holly che invece, in un qualunque altro momento o luogo, non avrebbe fatto altro che irritarmi.

«Devo chiederti un favore enorme! Sto cercando disperatamente di far capire a Dory come muovere quel dannato culo, ma insiste nel farlo ondeggiare come se fosse un hula-hoop! Ho bisogno di bere... mi porteresti qualcosa? Qualsiasi cosa? Basta che sia alcolica!» Ammiccò, accennando al mio polso senza bracciale.

Avevo dovuto avvicinare il mio orecchio alla sua bocca perché altrimenti non avrei sentito nulla e mentre annuivo, lieta di potermi allontanare dalla calca, continuavano a sbucare mani ovunque che mi palpavano il sedere o cercavano di afferrarmi.

Mentre cercavo di non cadere e di non ritrovarmi abbarbicata ad un ubriaco, mi aggrappai al bancone del bar come se fosse stata la mia ancora di salvezza.

Jake

Melanie Prince…
Melanie Prince…
Quello era il nome che mi aveva perseguitato tutto il giorno.

Avevo fatto una ricerca su internet e ne era venuto fuori che Melanie Prince era la figlia diciassettenne di Edward ed Evelyn Prince, i proprietari della Prince's Bank.

I suoi genitori avevano divorziato dieci anni prima. Suo padre si era trasferito a Londra dove aveva allargato la sua catena commerciale, mentre sua madre si era risposata con un uomo d'affari, Michael Myers, conducendo una vita divisa tra il lusso e le serate di beneficenza.

Temevo che avrei dovuto fare da baby sitter ad un'adolescente ricca e viziata che mi avrebbe dato del filo da torcere sin da subito e grazie a *Google*, avevo scoperto che abitava sulla Fifth Avenue e che frequentava una scuola di èlite. Avevo trovato anche il suo profilo *Facebook* e così avevo scoperto dove rintracciarla quella sera.

Stavo nascondendo il mio pugnale nello stivale quando avvertii una presenza alle mie spalle. Sorrisi, riconoscendo immediatamente l'alone di luce azzurrognolo che illuminava il buco in cui vivevo temporaneamente.

«Caspita, ti sei sistemato!»
«Trovi?»

Mi voltai verso Rachel che se ne stava comodamente appoggiata alla porta, le ali spiegate che riempivano una parte del corridoio e della mia camera da letto. «Ti facevo più tipo da quartiere chic, non da bugigattolo.»

«Non volevo attirare l'attenzione…» dissi, scrollando le spalle.

Rachel esplose in una risata squillante. «Appena posso ti mando Flohe, sono curiosa di vedere la sua faccia dopo che avrà visto dove vivi!»

Indossai un giubbino di pelle e guardai la mia immagine riflessa. Capelli biondi ed occhi azzurri. Ero sempre io.

«Rachel, perché sei qui?»

Quella era una domanda più che lecita. Rachel era una Cacciatrice.

I nove Ordini dell'Arkena, il paradiso degli Angeli Bianchi, avevano istituito due nuovi Ordini: i Sette Angeli, di cui io facevo parte, creato per difendere l'Arkena dagli Angeli Oscuri, e l'Ordine dei Cacciatori, come Rachel, che poteva muoversi tra i tre mondi: la Terra, l'Arkena ed il Neraka, la sede degli Angeli Oscuri.

Se io mi trovavo sulla Terra, nonostante il mio posto fosse altrove, era per uno scopo ben preciso: individuare la Prescelta dopo l'ennesimo fallimento. Quindi, anche Rachel doveva avere un motivo valido per trovarsi lì.

«Michele…» sussurrò. Ebbi un brivido dopo aver sentito il nome dell'Arcangelo. Era raro che ci rivolgessero la parola direttamente. «Mi ha chiesto di tenere sotto controllo Keith.»

Mi limitai ad una scrollata di spalle. Era più di un secolo che cercavo inutilmente di convincere i Consiglieri e i Nove Ordini della poca affidabilità di Keith, un Angelo Oscuro, ma non mi avevano mai dato ascolto. «So che stai gongolando Jake, ma non dovresti.» Mi rimbeccò con una lieve sfumatura ironica nella voce.

«Non mi fido di lui, Rachel. Non mi sono mai fidato di lui…»

16

«Non per le giuste ragioni. Keith non ci ha mai dato motivo di diffidare della sua buona fede.»

Sorrisi, sprezzante di quella frase. «Ah no? Sono coincidenze quindi? Secondo te, tutte quelle Prescelte... quelle mortali... sono state solo un effetto collaterale di quanto accaduto tra me, Keith ed Eyshriin?»

Le sue ali vibrarono al nome di Eyshriin. Sapevo che non ero l'unico a soffrire per la sua scomparsa. «Comunque sia, ho ricevuto l'ordine di controllarlo, non so il perché.»

Rachel aveva deciso di cambiare argomento ed io fui felice di accontentarla.

«Bene. Adesso vado a recuperare la ragazza.»

Lei mi fissò come quando si aspettava che cogliessi un'allusione che solo io e lei avremmo potuto cogliere. Mi stavo perdendo qualche pezzo di quel puzzle, un pezzo fondamentale che mi avrebbe aiutato a capire la verità su Keith.

Rachel fece un cenno col capo e poi sparì in un lampo di luce, proprio come era arrivata.

Feci un profondo respiro e uscii fuori, nell'aria caotica di New York.

Quando arrivai fuori al locale notai la marea di ragazzi e ragazze che bloccava l'ingresso. Non avevo alcuna intenzione di rispettare la fila o di attendere il mio turno, così, mi limitai ad entrare, consapevole che nessun mortale avrebbe potuto vedermi.

L'interno del locale era anche peggio se paragonato alla folla che aspettava fuori. C'erano tanti corpi così accalcati da sembrare un'unica massa informe che rimbalzava, su e giù, al ritmo di una musica incessante e rumorosa.

Avevo letto di quell'evento anche sul sito internet del locale. Gli studenti della NY High School avrebbero indossato dei braccialetti argentati come segno distintivo, quindi, mi avevano inconsapevolmente ridotto già una parte del lavoro. Mi

17

appoggiai ad un muro che affacciava sulla pista da ballo mentre cercavo con lo sguardo Melanie Prince.

Dalle foto che avevo visto si trattava di una ragazza alta sul metro e settanta, fisico snello e slanciato e lunghi capelli castani che incorniciavano un paio d'occhi color cioccolato.

Me ne stavo lì, fermo ad annoiarmi, ma di Melanie Prince nessuna traccia. Possibile che avesse deciso di non partecipare alla festa?

Decisi di spostarmi e controllare l'area opposta a quella dove mi trovavo. Era possibile che fosse tra quelle ragazze che non ballavano e che se ne stavano ferme in un angolo, anche se dubitavo che lei rientrasse in quella categoria. Dall'idea che mi ero fatto di lei, lei rientrava nella sezione: sfreniamoci e balliamo tutta la notte.

Quando la vidi però, rimasi spiazzato.

Non riuscivo a toglierle gli occhi di dosso. E non per l'abito che indossava, non perché fosse incredibilmente più bella di quanto una fotografia mi avesse mostrato... ma perché per un solo istante, per un breve momento, avevo rivisto Eyshriin in lei.

Il mio cuore si fermò per quel secondo, così breve ma così immenso, lo avevo sentito accelerare e poi rallentare la sua corsa fino ad arrestarsi. Se fossi stato un mortale, sarei sicuramente morto per quella reazione inaspettata del mio corpo alla sua vista.

Stava porgendo un bicchiere con del liquido azzurro ad un'altra ragazza, le sorrise in risposta alla sua frase e poi alzò gli occhi su di me.

Sapevo che era impossibile, ma sembrava che riuscisse davvero a vedermi. Che si fosse accorta di me e stesse guardando... *me*.

Dopo qualche secondo lei arrossì.

Mi voltai per vedere chi aveva sortito quell'effetto su di lei, ma alle mie spalle non c'era nessuno.

Possibile che riesca a vedermi?

Di sicuro io riuscivo a vedere lei e provai un senso di smarrimento mai provato prima. La pelle mi fu attraversata da mille brividi mentre le ginocchia avevano iniziato a tremare sotto il peso del suo sguardo.

Poi, quella sensazione sfumò e mi resi conto che qualcosa non andava. Non era normale.

Melanie iniziò a camminare verso di me ed io mi irrigidii automaticamente. Avevo deciso di osservarla, seguirla e, al momento giusto difenderla. Non avevo mai messo in conto l'ipotesi di parlarle o meglio, quella era l'ultima opzione cui ricorrere eventualmente il piano A fosse andato storto e a quanto pareva, stava andando a rotoli proprio in quell'istante, prima ancora di cominciare. Ma non avevo mai creduto di dover elaborare un piano B.

Lei mi passò accanto, alzò lo sguardo su di me e mi sorrise. Io rimasi impietrito, mi sentivo come una statua, freddo e rigido. Melanie notò la mia espressione, così, distolse lo sguardo e si allontanò.

Il fatto che riuscisse a vedermi era un vero problema. Anzi, se iniziavo a pensarci c'erano parecchie cose che non quadravano.

Come aveva fatto Keith a trovarla? Fino a pochi mesi prima la riteneva una missione impossibile e adesso invece, avevo a che fare con una mortale che era in grado di vedermi!

Un luccichio attirò la mia attenzione e dall'altro lato della sala vidi Keith che mi stava fissando. Avanzai tra la folla che continuava a scatenarsi e mi avvicinai a lui. «Cosa sta succedendo, Keith?»

«Cosa intendi?»

«La ragazza riesce a vedermi.»

I suoi occhi scrutarono la folla, la attraversarono, e si posarono su Melanie. Avevo una voglia incredibile di spaccargli la faccia solo per quel semplice gesto.

«E'… interessante.»

«Interessante? Non è possibile che lei riesca a vedermi! E cosa ancora più importante, come hai fatto a trovarla con un così largo anticipo?»

Keith si strinse le braccia al petto, ma continuava a fissare Melanie. «Ho sentito il suo odore...»

«Hai sentito il suo odo... cosa?» Non ero sicuro di aver capito.

«Ho avvertito la presenza di Eyshriin.»

Strinsi la mascella e mi ficcai le mani nelle tasche dei jeans. «Devi spiegarti meglio, demone.»

«Vuoi che ti spieghi adesso o preferisci correre dietro la ragazza?»

Mi voltai e vidi Melanie salutare con un cenno una ragazza bionda. L'ultima cosa che vidi furono i suoi capelli. Io mi stavo già muovendo, quando arrivai fuori sentii una voce.

«Mamma, hai provato a chiamarmi? Oh no, è solo che non prende bene lì dentro e comunque non lo avrei mai sentito... c'è molta gente e tanta musica. Esci con Michael? Okay. A domani.»

Sentivo i suoi passi avvicinarsi alla porta, non stava andando via, doveva solo rispondere al telefono. Stavo pensando a dove nascondermi quando sentii altri passi dietro di lei.

«Ciao piccola.»

Ci fu un breve silenzio e poi una specie di brontolio.

«Daniel?»

«Vedo che ti ricordi...» sentivo il tono adorante e implorante di quel tipo. «Sapevo che ti avrei trovata qui!»

«Immagino che internet sia pieno di notizie sulla festa di questa sera.»

«Già, è così.»

Seguii un silenzio imbarazzato, poi dei passi e dei gemiti sommessi seguiti da un debole «No.»

Ero già sulla traiettoria di Melanie e di quel tipo, Daniel, che la stringeva mentre lei cercava di spingerlo via.

«Credo che tu debba lasciarla andare.»

Daniel e Melanie si voltarono al suono della mia voce, lei arrossì (di nuovo) mentre lo sguardo di lui si ottenebrava. Sentivo la sua eccitazione anche a metri di distanza.

«E tu chi diavolo sei?»

Esatto, io chi diavolo ero? «Jake.» Chiaro, no?

«Questi sono fatti privati.»

«Non lo sono affatto. Pensavo di averti detto chiaro e tondo di non essere interessata.» La voce di Melanie era ferma e sicura.

«Lo hai detto la prima volta che mi hai visto! Non mi conoscevi allora, concedimi una possibilità.»

«Dopo che mi hai afferrata, baciata e palpata? Non credo proprio!»

Mi stavano forse deliberatamente ignorando? Aggrottai le sopracciglia incerto sul da farsi. Stavo interrompendo una lite tra innamorati? No, si erano visti una sola volta, lo aveva detto quel tipo, Daniel.

Daniel strinse ancora di più la presa sui polsi di Melanie e mi avvicinai a lui. Staccai le sue mani da lei e gli lanciai uno sguardo truce. «Ha detto di non essere interessata.»

«Levami le mani di dosso, coglione.»

Strinsi un po' di più la presa sulle sue mani finché non avvertii la protesta delle sue ossa. «Non te lo ripeterò di nuovo: lasciala stare. Sparisci adesso e non farti rivedere in giro. Se ti trovo ancora a darle fastidio dovrai vedertela con me e credimi, una mano un po' arrossata sarà il paradiso rispetto a quello che ti farò sentire in quel caso.»

Okay. Mi ero giocato l'anonimato. Mi ero giocato la salute mentale.

Mi ero giocato tutto.

Capitolo Due

Melanie

Daniel arretrò senza aggiungere una parola, ma si voltò a guardarmi ancora una volta.

Sentivo la presenza dello sconosciuto che mi aveva "salvata" alle mie spalle. Chi era e cosa volesse erano ancora un mistero per me. *"Ma smettila! Deve volere per forza qualcosa?"* Mi rimproverai automaticamente.

Quando Daniel, un ragazzo conosciuto solo la settimana prima ad una delle tante feste a cui ero stata trascinata da Cat, si allontanò, mi girai per fronteggiare l'altro ragazzo, Jake.

Lo avevo notato anche prima nel locale. Era incredibilmente bello, era impossibile non notarlo. Spalle larghe, occhi azzurri e capelli biondi che gli ricadevano sul viso. Lui mi fissava ed io fissavo lui. Era la seconda volta quel giorno in cui mi ritrovavo a fissare uno sconosciuto.

Possibile che sia lui?

Lo osservai attentamente ma anche se era notte, mi resi conto che non erano la stessa persona. Il ragazzo di quel pomeriggio aveva i capelli neri e gli occhi... gli occhi erano sicuramente di un colore diverso.

«Grazie.» Gli dissi, sperando di sentire la sua voce ancora una volta. Dovevo ammettere che mi era piaciuto il modo in cui mi aveva difesa.

«Dovresti stare più attenta.»

«Daniel ha solo frainteso...» cosa? Alla fine ci eravamo scambiati due parole al massimo «...la situazione.» Dissi alla fine.

«Capisco.»

Evidentemente era un ragazzo di poche parole, sembrava gli costasse una fatica enorme rivolgermi la parola. Eppure, poco fa, non aveva perso tempo a spaventare Daniel. Lo guardai per circa due secondi prima di distogliere lo sguardo. Forse non era corretto definirlo ragazzo, sembrava avesse l'età di Martin, intorno ai ventisette – ventotto anni.

«Tu sei...»

Mi stavo fissando i piedi che erano stranamente diventati interessanti quando lui aveva iniziato a parlare. Incrociai di nuovo il suo sguardo, aspettando che continuasse, ma non lo fece. Si passò una mano tra i capelli che gli coprirono gli occhi e poi si irrigidì. «Faresti bene a tornare dentro. I tuoi amici si staranno preoccupando.»

Avevo dimenticato di aver detto a Cat che dovevo solo chiamare mia madre. Di sicuro pensava che fossi fuggita a gambe levate da quel locale. Il pensiero mi aveva sfiorato parecchie volte dopo essere stata palpata da decine di mani diverse.

Feci una smorfia. «Mi sa che torno a casa...»

Lui non riuscì a nascondere lo stupore. Mi resi conto troppo tardi che bel visino o meno, io non sapevo chi lui fosse. E se fosse stato un rapinatore? Un serial killer? Oh Dio. Gli avevo appena detto che volevo tornare a casa! «Adesso chiamo il mio autista...» aggiunsi. E inviai immediatamente un messaggio a Martin. Sapevo che non avrebbe impiegato più di due minuti a raggiungermi dopo aver aggiunto S.O.S. alla fine del messaggio. Il punto era che, nonostante una parte di me volesse conoscere quel ragazzo, un'altra parte di me invece, voleva fuggire via a gambe levate. Una sensazione sottopelle che mi diceva: fuggi via! E' pericoloso!

Lui sorrise, come se avesse potuto leggere i miei pensieri e disse «Hai inviato un messaggio?»

«Sì… beh... era più veloce.» Farneticavo e bluffavo. Da quando scrivere un sms è più veloce di una telefonata? Da come si allargò il suo sorriso anche lui doveva essersene accorto. «Quindi ho tutto il tempo per ucciderti o farti del male, non trovi?»

Deglutii rumorosamente. «Cosa?» La mia voce suonava stridula ed impaurita anche alle mie orecchie. Feci un passo indietro, maledicendo me, mia madre e Daniel.

«Rilassati. Se avessi voluto farti del male te ne avrei già fatto, non starei perdendo tempo a controllare che nessun altro ti molesti. E poi, pensi davvero che ti avrei permesso di contattare qualcuno se davvero avessi voluto farti qualcosa?» Il suo ragionamento non faceva una piega ma io comunque non riuscii a fidarmi né tantomeno mi rilassai. «Me ne vado, okay? Così puoi startene tranquilla e respirare.»

Non rientrò nel locale, anzi, prese ad avanzare nella stessa direzione di Daniel. «Jake?» Gli urlai dietro, nonostante lui non si fosse presentato.

Lui si fermò e mi guardò, le sopracciglia alzate, incredule. «Ehm...» perché lo avevo chiamato? Ah sì… «Grazie.» Dissi contro ogni logica. Anziché lasciarlo andare tranquillamente, lo avevo richiamato.

«Per averti salvata o per non averti uccisa?» Mi chiese, mentre un sorriso sghembo fece capolino sulle sue labbra e nei suoi occhi.

«Entrambe.»

«E' stato un piacere, Melanie.»

Sparì dietro l'angolo mentre la limousine si fermava a pochi passi da me. Martin scese come un razzo dall'auto e mi venne incontro. Leggevo l'ansia sul suo viso.

«Melanie? Stai bene?»

«Sì.»

«Mi hai fatto prendere un colpo! Bastava che dicessi fai presto o altro... addirittura una richiesta di aiuto!»

«Tecnicamente ho avuto bisogno di aiuto, ma hanno provveduto al tuo posto.» Sghignazzai.

Inviai un messaggio a Cat. "*Martin è qui fuori, torno a casa. Vieni con me?*"

«Stai bene?»

«Sì, Martin... un amico mi ha aiutata.»

«Ma cos'è successo?»

«Nulla di grave.» Il *bip* del cellulare attirò la mia attenzione. Sapevo già la risposta di Cat quale sarebbe stata. "*Come? Di già?! Cos'è successo? Lascia perdere, mi racconterai tutto in auto. Sto arrivando.*"

«Io inizio ad entrare. Cat sta arrivando.» Gli sorrisi angelicamente e lui arrossì. Decisi di giocarmi il tutto e per tutto.

«Non abbiamo molto tempo prima che Cat esca... ma, Martin? Posso darti un consiglio?»

«Credo che anche se ti dicessi no me lo daresti lo stesso» disse, alzando gli occhi al cielo.

«Esatto. Cat stravede per te e francamente, si vede che anche per te è lo stesso. Non perdere l'occasione.»

«Melanie...»

«No. Non dire Melanie come se stessi parlando alla tua sorellina.» Lo rimbeccai. «Catherine ha diciotto anni e tu ne hai ventotto. Okay, e allora? Prima di giudicarla dall'età prova a conoscerla, magari la troverai molto più interessante di qualunque venticinquenne o trentenne, o qualunque sia il tuo tipo. Altrimenti cerca di smettere di... fissarla in quel modo. Perché finirete solo col farvi male.»

La porta si aprì e Cat ne venne fuori. Aveva gli occhi rossi e lucidi. «Quanto puoi aver bevuto nei dieci minuti in cui io mi sono allontanata?» Le chiesi nonostante fossi consapevole che aveva sentito ogni singola parola.

«Ah... considerando che in totale siamo state quindici minuti la questione è discutibile. Dovevo recuperare, non potrò toccare qualcosa di alcolico fino al prossimo venerdì!» Poi si voltò verso Martin e gli sorrise apertamente. Niente sorrisini o sguardi furtivi.

Martin rispose al suo sorriso, anche se con meno calore, e aspettò che ci incamminassimo verso l'auto. Presi Cat sotto braccio e la guidai verso la macchina, non credevo fosse ubriaca, ma brilla lo era di sicuro. Quando lei entrò io la seguii.

«Martin, a casa mia direttamente.»

Cat mi guardò, i suoi occhi sembravano ancora più grandi. «Mi stai salvando da mia madre?»

«Cerco di salvarti da ogni pericolo. E tua madre è uno di quelli. Non solo sei quasi ubriaca ma indossi anche il vestito del diavolo e i tacchi della perdizione!» Citai le parole che sua madre le aveva rivolto quando aveva visto per la prima volta il vestito e le scarpe che Cat aveva comprato.

Lei rise e poi si addormentò con la fronte premuta contro il finestrino. Martin fece manovra e mi voltai a guardare fuori, mentre mi mordicchiavo la guancia.

Non mi ero resa conto che lo stavo cercando finché i miei occhi lo trovarono. Se ne stava appoggiato ad un muro, nascosto nell'ombra, ma guardava proprio me. Nonostante i vetri oscurati, nonostante non potesse sapere che c'ero io lì dentro… guardava me.

Jake.

Era bello anche solo pensare il suo nome. Avevo la pelle d'oca ma non per il freddo. Immaginai che la colpa fosse dei suoi occhi di ghiaccio che mi attraversavano, colpendo il centro della mia anima.

Jake

Me ne stavo appollaiato sul ponte di Brooklyn, nel punto più alto, dove nemmeno guardando attentamente qualcuno avrebbe potuto vedermi. Non i mortali, almeno.

Avevo un paio di cose su cui riflettere. Prima tra tutte: Melanie Prince.

Rimuginavo su di lei da un bel po' ormai, l'avevo lasciata un paio d'ore prima e adesso erano le tre di notte ed io me ne stavo lassù, a fissare il vuoto e a pensare a lei.

Era incredibile quanto mi ricordasse Eyshriin nonostante fosse il suo opposto. Eyshriin non arrossiva, non con me almeno.

Scacciai l'ultima parte di quel pensiero, la ignorai e finsi di non notare il dolore al petto. Era più facile fingere di non avere un vuoto dentro e ignorare il dolore che i ricordi, o i miei sentimenti, scatenavano.

Era più facile fingere di non avere un cuore piuttosto che ricordare quanto il mio fosse stato maltrattato e rovinato.

Il fatto era che non riuscivo a smettere di pensare al nostro incontro. Lei era una versione di Eyshriin dai capelli e occhi castani, una versione più delicata e ingenua. Forse, anzi sicuramente, di Eyshriin non aveva nulla… ma allora perché le loro immagini si sovrapponevano nella mia mente? Non riuscivo a vedere dove iniziava una e finiva l'altra.

Non riuscivo a sciogliere quella matassa e avevo ancora un altro problema da risolvere: lei riusciva a vedermi quando gli altri mortali non potevano.

«Keith!» Lo chiamai incurante del disprezzo che avevo provato non appena pronunciai il suo nome.

«Mi sembra poco carino chiamarmi a quest'ora...»

«La prossima volta ricordamelo, lo farò più spesso.»

Lui sbuffò e si mise a sedere. Odiavo il controllo che riusciva ad esercitare facendomi sembrare un rammollito, ma era evidente che l'odio che io provavo nei suoi confronti non aveva confini, era incontenibile. Lui poteva non sopportarmi, odiarmi anche, ma chi aveva tutte le ragioni per detestarlo con tutto se stesso, ero io.

«Spiegami com'è possibile che la mortale riesca a vedermi.»

«Vederci, vorrai dire.»

«Ha visto anche te?» Ero sorpreso.

Lui annuì mentre guardava le macchine che si rincorrevano qualche metro più sotto. «Se mi hai chiamato per chiedermi come sia possibile... onestamente, non lo so. La tenevo d'occhio da un po'. Purtroppo New York pullula di diciassettenni, ma sono poche quelle che compiranno diciotto anni il venti Marzo. Nessuna delle altre mi aveva provocato quella sensazione di familiarità, quella che tutte le altre Prescelte passate invece mi avevano trasmesso. Poi Melanie ha alzato lo sguardo e mi ha fissato, non una ma due volte. Lei riusciva a vedermi... è stato incredibile.»

«Sì, l'ho pensato anche io. Ma questo cosa significa?» Gli chiesi.

«Significa che Eyshriin ha deciso di cambiare strategia.»

«Perché dovrebbe farlo?»

«Credo che anche per lei sessantatré vittime siano troppe.»

Incrociai le braccia al petto. Keith era seduto davanti a me, sarebbe bastato così poco... avevo il pugnale nel mio stivale, avrei potuto ucciderlo. Lo volevo. Ma non potevo.

«Sento il tuo desiderio di farmi fuori, angioletto...»

«Ed io che pensavo non sentissi altro che l'odore di sangue!»

«Vuoi davvero giocare a questo gioco?»

«Un gioco?»

Lui si alzò agilmente e mi intrappolò tra le sue braccia, i suoi occhi viola fissi nei miei. Dove mi stava toccando sentii l'elettricità, la repulsione verso quelli della sua specie. «Levami le mani di dosso, demone» sibilai. Avvertivo le mie ali premere tra le scapole per il bisogno di liberarsi dalla loro prigionia e scatenare la loro forza contro di lui.

«Sta cambiando qualcosa, Jake. Sta cambiando le carte in tavola, e sai bene quanto me che quando Eyshriin prende una decisione non è da prendere alla leggera. Tieni d'occhio la mortale, non fare cazzate.»

Mi liberai dalla sua presa mentre le mie ali continuarono a vibrare, nervose e smaniose di librarsi in cielo. «Non sono io quello che ha mandato a puttane le nostre occasioni, Keith. Ci hai pensato da solo ed è per questo che adesso io sono qui.»

«So bene che non ti fidi di me. Ma non metterei mai Eyshriin in pericolo, lo sai bene.»

«Eyshriin è scomparsa. E quelle ragazze, anche se condividevano il suo sangue, non erano lei. E tu non le hai protette come hai giurato di fare. Non mi fiderò mai di te.»

Lui sparì senza aggiungere una parola ed io mi decisi a tornare a casa.

In fondo, tra poche ore mi aspettava il mio primo giorno di scuola.

Melanie

«Mel?»

Cercavo di aprire gli occhi ma erano come incollati. Li socchiusi appena un po' e un raggio di luce mi ferì. Tirai le coperte fino a coprirmi la testa ma qualcuno me le sfilò da dosso, lasciandomi in canottiera e mutandine, in balìa dell'aria fresca del mattino. Il contatto dell'aria sulla mia pelle nuda mi costrinse a svegliarmi.

Cat stringeva la mia coperta mentre mi fissava con sguardo severo. «Signorina, sono le sei del mattino e tu vorresti ancora dormire? Adesso capisco perché a scuola sembri un cadavere!»

Mi stropicciai la faccia e guardai Cat. «Mi hai svegliata alle sei del mattino? Perché?» Stavo per scoppiare a piangere. Io avevo bisogno di dormire, almeno nove ore... e sarebbero state invece sei per colpa di Cat che la sera prima non mi aveva permesso di riposare perché voleva i dettagli della mia serata, su Jake. Ma svegliarmi con sole cinque ore di sonno era troppo per i miei nervi, volevo piangere sul serio e anche lei se ne accorse perché mi disse «Mi dispiace. Ma ormai sei sveglia, che ne dici di prepararti?»

"Certo, le dispiace!" «Vedo quanto sei dispiaciuta. Comunque no, non ho intenzione di farmi fare nulla dalle tue abili mani.»

«Almeno riconosci la realtà!»

«Non ho mai negato questa tua capacità ed abilità. Sai bene che se avessi bisogno di una personal shopper, di un'estetista o di una parrucchiera chiamerei sempre e comunque te. Ma questo non ti giustifica per avermi strappata dal mio sonno ristoratore quindi no, non metterai le tue mani su di me, oggi.»

Lei fece il broncio. Il suo desiderio di rendersi utile, di truccarmi, pettinarmi, di prendersi cura di me era commovente, ma certe volte era anche una maledizione, come quella mattina. Il punto era che, sapevo che poi l'indomani sarei tornata a scuola senza un velo di trucco, al mio colorito cadaverico e non perché non ci tenessi al mio aspetto, al contrario. Ma se avessi dovuto scegliere tra il trucco e il sonno, beh, non c'era scelta in realtà. Il sonno vinceva ad occhi chiusi, ironia della sorte!

Mi misi a sedere mentre lei si infilava un paio di pantaloni di una mia tuta. Io andai in bagno a lavarmi i denti. Avevo il mascara che mi cerchiava ancora gli occhi così sciacquai abbondantemente con l'acqua.

Quando uscii trovai un biglietto di Cat sul mio letto. *"Perdona la sveglia mattutina, mi farò perdonare con una brioche calda, okay? Corro a casa (Martin mi accompagnerà ;) Ehi, non fare quella faccia!) a darmi una pulita e ad indossare l'uniforme. Ci vediamo in auto! Catherine."*

Infilai la mia uniforme e raccolsi i capelli nella solita treccia. Margareth bussò alla porta per informarmi della colazione, così scesi le scale con lei che mi seguiva.

«Com'è stata la festa?»

«Noiosa.»

«Immagino che ti saresti divertita molto di più qui a casa, vero?»

«No. Magari se avessi avuto un buon libro a farmi compagnia allora, sì.»

«E il libro che hai comprato due giorni fa?»

Non le risposi e sorrisi, sapevo che avrebbe capito. «Figlia mia! Tu sei una macchina. Non riesco a capire come tu faccia... tu non leggi ma divori i libri!»

Mi strinsi nelle spalle. «E' solo che mi sento più a mio agio con loro che in mezzo a tante persone. E' come se loro mi conoscessero davvero, capisci? Ogni libro che ho sfogliato, ogni pagina che ho letto... ha parlato direttamente al mio cuore e ne ha compreso gli stati d'animo. Le persone non sempre mi danno questa sensazione.»

«Vorrei dire che ti capisco, ma non è così. Adesso va a mangiare i tuoi cereali prima che tua madre dia i numeri.»

Entrai nella sala da pranzo dove trovai mia madre con una mano sulla gamba di Michael e le loro bocche attaccate come due ventose. Mi schiarii la gola con notevole forza, tanto che la gola mi bruciò per qualche minuto. Loro due si staccarono e si ricomposero. Quella era una cosa a cui non mi sarei mai abituata.

«Buongiorno, Melanie.»

«Buongiorno, Michael.»

«Dai, chiamami Mick come fanno tutti. »

Lo guardai con aria di sfida. «Dai, chiamami Mel come fanno tutti.»

Mia madre sbuffò, infastidita. «Continui a farti chiamare Mel?»

«Certo, perché no?»

Sapevo quanto mia madre odiasse il mio diminutivo, o i diminutivi in generale, ecco perché avrebbe voluto affibbiarmi un nome come Hilary o Mia o Wanda, nomi che non ne avevano.

Era ridicola quella sua ossessione, ma sapevo che era dovuta al fatto che mio padre continuava a chiamarmi così, ed io sapevo che lei non lo sopportava ed in fondo, era per quello che continuavo a farmi chiamare in quel modo.

Tracannai il mio latte coi cereali. Detestavo dover trascorrere molto tempo con la "coppia felice". Sapevo di essere infantile ed egoista, ma non potevo fare a meno di pensare a mio padre, dall'altro lato del mondo, solo e senza nessuno. Solo perché mia madre non si era accorta di che tipo d'uomo fosse Edward Prince. Un uomo che amava viaggiare, dedicarsi all'aria aperta e agli animali nonostante il suo spiccato senso degli affari. Mia madre voleva un uomo con i suoi stessi interessi: la ricchezza e il lusso.

«Io vado a scuola.»

«Fai attenzione.»

«Certo.»

La limousine era già fuori che mi aspettava, Cat aveva le guance arrossate e anche Martin aveva un po' più di colore del solito. Avevo voglia di andarmene a scuola a piedi ma Cat spalancò la porta e mi fece posto.

«Tutto okay?» Mi chiese.

«Ho beccato mia madre e Michael mentre si baciavano» le confessai, disgustata.

«Dio mio, terribile!» Disse con eccessivo disgusto.

«Smettila, lo so che adori Michael.»

Il suo sorriso si allargò. «Sei tu l'unica strana Mel. Hai troppi pregiudizi. Dovresti semplicemente essere felice che i tuoi genitori adesso stanno meglio. Alcune persone per stare bene devono essere lontane e in questo modo riescono anche a volersi più bene. Questo è quanto accaduto ai tuoi genitori.»

Odiavo quando Cat diventava ragionevole e matura ed io mi comportavo come una bimba capricciosa. Odiavo ancor di più quando lei aveva ragione ed io torto marcio.

«Lo so. Solo che non riesco a perdonare mia madre per averlo tradito... capisci? Avrei capito il divorzio perché alla fine era inevitabile, ma addirittura tradirlo? Quella è una cosa che non le riesco a perdonare.»

«E Michael cosa c'entra?»

«Beh, lui *era* l'amante...»

Lei mi guardò come se io non capissi. «Appunto Mel, lui era l'amante. Obiettivamente con te non aveva nulla a che fare! Si è innamorato di tua madre, fine della storia. Che colpe ha?»

«Era una donna sposata!»

«Sai bene quanto me che tua madre avrebbe chiesto comunque il divorzio.»

Lasciai cadere l'argomento, era una strada senza via d'uscita, un vicolo cieco. Sapevo che i miei avrebbero divorziato comunque, nonostante mio padre amasse follemente mia madre lui non era abbastanza per lei, e forse era quella la cosa che mi feriva di più. Ma avrei accettato il loro divorzio con il cuore leggero se le ragioni fossero state quelle, ma il comportamento immorale di mia madre mi aveva ferita. Forse aveva ferito più me stessa che mio padre.

Ma non sapevo spiegarlo. Era tremendamente difficile.

Non mi resi conto di essere a scuola finché le mie mani non trafficarono con il lucchetto del mio armadietto. Cat si era già allontanata verso il suo, attirando su di sé gli sguardi di tutti.

Non le avevo ancora chiesto cosa fosse successo tra lei e Martin.

Alla mia sinistra, Charlotte e Melissa parlavano animatamente, erano eccitate e si sentiva a chilometri di distanza perché chiunque passava di lì le fissava e cercava di mettere insieme le frasi sconnesse dei loro discorsi.

«Lo hai visto?»

«Un fico da paura!»

«In che classe è?»

«Non l'ho mai visto prima!»

«E' incredibile!»

«Wow.»

Mi era venuto un gran mal di testa e così, a differenza di tutti gli altri, le ignorai e raggiunsi Cat che mi aspettava appoggiata all'armadietto.

«Cos'avranno da dirsi quelle due? Proprio non le capisco.» Mi disse quando la raggiunsi.

«Immagino ci sia uno studente nuovo.»

«Io credo si tratti di un professore nuovo.»

Perché adesso commentavamo i discorsi di Charlotte e Melissa?

«Comunque» le dissi, per richiamare la sua attenzione «cos'è successo in auto?»

Il sorriso con cui l'avevo lasciata tornò ad affacciarsi. «Sicura di volerlo sapere adesso?»

«Certo! Morirei se dovessi aspettare la fine delle lezioni.»

Si mostrò soddisfatta della mia risposta. Sapevo quanto le facesse piacere che prestassi attenzione alla sua vita privata.

«Martin mi ha baciata!»

«Cosa…?»

Lei annuì felice e sempre sorridente. «Non potevo crederci nemmeno io! Sembra che il tuo discorsetto abbia funzionato!»

«Allora ammetti di avere origliato?»

«Mel, non rientravi più e di solito le telefonate con tua madre durano cinque secondi se ne hai voglia. Ringrazia che non sia uscita dopo dieci secondi di ritardo!»

Ricambiai il suo sorriso. Poteva avere tutti i difetti di questo mondo ma era lei la sola persona che mi conosceva meglio di chiunque altro.

La campanella ci costrinse ad entrare in aula. Avevo da poco preso posto, in terza fila con Cat seduta alle mie spalle, quando Jake entrò in aula.

Jake

Avevo dovuto modificare la memoria di tutti i dipendenti di quel liceo senza contare quella del professor Butler, che adesso era convinto di avere una brutta polmonite che lo avrebbe costretto a letto mentre io sarei stato il suo assistente.

Avevo impiegato quasi due ore nel modificare i ricordi, le credenze e i pensieri dell'intero dipartimento scolastico. Avevo iniziato quella mattina scovando gli insegnanti nei loro letti, nelle loro case. E avevo continuato a scuola con quelli che mi erano sfuggiti. Mi ero scelto il professore più noto di tutto il liceo a quanto sembrava.

Quando la segretaria, la signora Flowers, mi diede il programma delle lezioni mi avviai verso l'aula di Melanie.

La campanella suonava squillante sopra la mia testa, svoltai un angolo ed individuai la classe. Avrei dovuto farmi dare una cartina, quel posto sembrava un labirinto.

Entrai in aula e posai i miei libri (quelli che il signor Butler mi aveva generosamente *prestato*) sulla cattedra. Sentii i sospiri e le esclamazioni alla mia presenza, di sicuro sembravo giovane e non ancora pronto per essere un professore, quindi la copertura di assistente calzava a pennello.

Il mio sguardo corse immediatamente alla ricerca di Melanie. Osservai i banchi posti in ultima fila, mi aspettavo d trovarla lì, dove avrebbe potuto inviare liberamente i suoi sms senza essere notata o distrarsi, ma non la vidi. La trovai poco più avanti, i capelli raccolti in una treccia che le scendeva su una spalla, il viso senza un filo di trucco e lo sguardo sorpreso e allibito.

Potevo leggere tranquillamente nella sua espressione che l'ultima cosa che si aspettava era rivedermi, o almeno, rivedermi in un'occasione del genere.

«Io sono Jake.» Ottimo, mi serviva un cognome. «Brown.» Il colore dei capelli di Melanie era venuto in mio soccorso. «Sono l'assistente del professor Butler che mancherà per qualche settimana o un mese su per giù.»

Non volevo fissare Melanie troppo a lungo, così distolsi lo sguardo da lei e osservai i suoi compagni. I ragazzi mi fissavano infastiditi, le ragazze… le ragazze mi fissavano come avrei voluto che facesse Melanie. Invece lei era passata dalla sorpresa alla rigidità ed evitava accuratamente di guardarmi anche se le sue guance erano tinte di rosa.

Sorrisi e alcune ragazze mi risposero con un sospiri enfatici. Okay, avrei dovuto fare attenzione a come mi comportavo, questo era uno dei motivi per cui avrei preferito il piano A ma dovevo ammettere che anche il piano B aveva i suoi vantaggi. Speravo di non dover creare anche un piano C.

«Il professor Butler mi ha detto che oggi avevate un test?»

Scavare nella mente di quell'insegnate era stata un'impresa. Era un uomo che aveva nel cervello tanti concetti e conoscenze quasi quanto l'abisso emotivo che riempiva la sua vita.

La ragazza alle spalle di Melanie alzò la mano. Le feci un cenno d'assenso. «Sì. Il test però era per coloro che sono stati rimandati in inglese.»

Melanie impallidì. Possibile che fosse stata rimandata in inglese? Quel pensiero mi faceva venire voglia di sorriderle.

«Potrei sapere chi sono i rimandati in inglese?»

La ragazza che aveva sollevato la questione alzò di nuovo la mano e, dopo poco, anche Melanie la seguì.

Trattenni a stento una risata. «Bene. Parleremo dopo la lezione e vedremo come risolvere la questione. Adesso, vorrei chiedervi se avete un argomento che preferite trattare.»

Avevo raccolto le informazioni necessarie per adempiere al mio nuovo ruolo di insegnante barra angelo, ma sapevo che non avrei avuto scampo. Era meglio affidarmi a loro, e sugli argomenti che avrebbero scelto avrei cercato di farmi una cultura, di sicuro non potevo parlargli della mia.

«Scrivete su un foglio gli argomenti che vorreste trattare nel tempo che trascorreremo insieme, cercherò di organizzarmi e di accontentarvi tutti.»

Passarono quasi venti minuti in cui l'unico rumore che si sentiva era quello delle penne che sfioravano una volta decise, una volta leggere, i fogli.

Mi arrivò un malloppo di quindici fogli tra le mani, il nome che ricorreva più spesso era Shakespeare. Avevo sentito parlare di lui, anche se non ricordavo in che occasione.

Finsi di prestare attenzione ai fogli perché in realtà non sapevo che pesci prendere quando fui salvato da una donna in una gonna a fiori e un maglione rosa confetto.

La preside.

«Allora ragazzi, avete conosciuto il signor Brown. Siamo spiacenti per questo improvviso cambiamento ma purtroppo il professor Butler non… era malato, tutto qui. Ma il signor

Brown ci è stato consigliato da lui stesso e siamo certi che vi troverete benissimo con lui.»

I ragazzi avevano ascoltato il discorso strampalato con sguardi confusi mentre le ragazze sorridevano. Sentii una frase che suonava simile a "voleva rivederlo" provenire dai banchi, ma non vi prestai attenzione. Anzi, feci viaggiare il mio sguardo verso Melanie, con molta lentezza per non farmi notare, ma lei si ostinava a non fissarmi. La preside uscì dall'aula e quel gruppo di adolescenti e giovani adulti aspettava che io dicessi qualcosa.

«Okay, noto che molti di voi prediligono Shakespeare anche se temo sia un argomento degli anni precedenti. Ma vedrò cosa posso fare al riguardo. Dickens... Grandioso! Lo preferisco di gran lunga a Shakespeare!» Stavo blaterando e speravo che loro non se ne accorgessero. In realtà non avevo la più pallida idea di chi fosse Dickens. «Allora, mi rendo conto che oggi è il vostro primo giorno quindi, ho pensato di lasciarvi andare via prima del previsto. Possono avvicinarsi le persone rimandate in Inglese?»

Melanie e la ragazza bionda si avvicinarono. Decisi di parlare prima con la sua amica.

«Sono Catherine. Catherine D'Amour.»

«Francese?» Le chiesi più per cortesia che per reale interesse.

«No o meglio, da parte di mio padre ma io sono americana al cento per cento.»

Feci un cenno d'assenso, come se a me fosse importato qualcosa. «Allora, onestamente non avrò tempo per farvi sostenere il test, quindi le soluzioni sono due: la prima, prevede che aspettiate il ritorno del vostro professore. Invece la seconda, che vi fermiate per un'ora qui a scuola per delle ripetizioni.»

«Io aspetto il signor Butler.»

Sapevo che avrebbe scelto quella strada, ma non ero sicuro della decisione di Melanie. Feci un cenno a Catherine che si voltò e disse a Melanie «Ti aspetto fuori, devo raccontarti ancora tante cose!»

Melanie le sorrise e annuì, poi il suo sguardo tornò serio e freddo mentre si avvicinava alla cattedra.

L'aula era vuota, eravamo rimasti solo noi, Melanie non parlava quindi immaginai toccasse a me.

«Ci si rivede.»

Lei affilò ancor di più lo sguardo. «Sono Melanie Prince, vorrei sapere cosa fare per colmare le mie lacune nella *sua* materia.»

Avrei voluto ridere del suo tono, adesso mi dava del lei! «Temi ancora che possa ucciderti?»

Lei mi fulminò con uno sguardo e cercai di assumere un tono più professionale.

«Ti chiedo scusa. Allora, per quanto riguarda le tue lacune, come dicevo alla tua amica, hai due alternative: o aspetti il ritorno del signor Butler oppure resti qui per dei corsi di recupero dopo l'orario scolastico.»

Lei parve riflettere sulle mie parole. «Non sono sicura che una cosa del genere sia prevista dal regolamento scolastico, *signore*.»

«Non lo credo nemmeno io ma questi sono i miei metodi, signorina Prince.»

Finalmente riuscì a scalfire un po' la sua rigidità. «M-Mi scusi...»

«Non importa. Immagino che dopo il modo in cui ci siamo conosciuti vedermi qui sia... strano.»

«Okay, scelgo le lezioni supplementari. Posso andare?» Disse con veemenza, era chiaro che non voleva toccassi l'argomento del nostro primo incontro.

Mi passai una mano tra i capelli. Era esasperante quella ragazza. «Sì, vai pure.»

Stava per uscire dall'aula quando la chiamai. Lei si fermò e si voltò a guardarmi, negli occhi ancora un'aria di sfida. «Prego.» Fu quanto le dissi.

«Come?»

«Ieri sera mi hai ringraziato ed io ti sto rispondendo gentilmente.»

Lei si allontanò svelta sparendo dalla mia vista ma non prima che notassi il rossore colorarle le guance.

Capitolo Tre

Melanie

Catherine camminava avanti e indietro nella mia stanza mentre io me ne stavo seduta sul letto, con le gambe incrociate, il cuscino a forma di *Winnie the Pooh* stretto al petto.

«Mi stai dicendo che quell'Apollo di nome Jake Brown è lo stesso ragazzo misterioso che ieri sera ti ha salvata da quel Daniel?»

Era ridicolo come non ricordasse chi fosse Daniel considerando che era stata lei a presentarmelo.

«Sì, è esattamente ciò che sto dicendo.»

«Caspita Mel!»

«Caspita?» Chiesi sorpresa. Io avrei detto qualcosa più del tipo "Oh no! Un professore!"

«Insomma è un gran fico! Adesso capisco perché Melissa e Charlotte fossero così agitate.»

Mi sdraiai sul letto a pancia in su. «Sono sciocca a sentirmi delusa, vero?»

Il materasso si abbassò e Cat si stese al mio fianco. «No, anche io mi sentirei a disagio. Ma vorrei capire una cosa adesso, ti piace o no?»

«Beh, come mi stai facendo notare anche tu è molto carino.»

«Per usare un eufemismo.»

«Okay dal punto di vista fisico, mi piace.»

«Ma?»

« Ma è un professore!»

«E Martin ha ventotto anni. »

Sorrisi, sapevo che Cat si sarebbe fatta condottiera di quella battaglia anche se io non avevo alcuna intenzione di impugnare le armi. Immaginavo che quello della sera precedente sarebbe diventato un aneddoto divertente, su cui riderci sopra, non che l'altro protagonista tornasse a tormentarmi ogni giorno. Non avevo mai preso in considerazione l'ipotesi di rivederlo, certo ci speravo, ma New York era immensa. Quante probabilità avevo di incontrarlo di nuovo?

«Ascolta Mel, tu eri troppo impegnata a mangiucchiarti le unghie o fissarti le scarpe, chissà! Ma mentre noi tutte mangiavamo con gli occhi il bel professore, lui nonostante cercasse di non farsi notare - devo dargliene atto - non faceva altro che cercarti con lo sguardo.»

Scattai a sedere. «Cat, non iniziare a crearti una storia che non ci sarà mai! Ti supplico, lascia perdere! Ieri sera è stato solo gentile nient'altro...» volevo essere ferma e convincente invece sembravo debole e insicura, così aggiunsi «e poi c'è Carl...» mi ero giocata la carta che non avrei mai voluto giocarmi.

Cat diceva che Carl, un ragazzo dell'ultimo anno di un'altra classe, fosse perdutamente innamorato di me.

«Carl? Ma se sono anni che cerco di fartelo conoscere e tu scappi sempre via!»

«Davvero?»

Lei sbuffò. «Odio quando fai la finta tonta! Allora, al secondo anno ti avevo chiesto di raggiungermi in biblioteca e tu mi hai risposto dicendo che dovevi correre in libreria a comprare un libro, Dio solo sa quale! Al terzo anno ci ho provato, per ben due volte: la prima ti avevo chiesto di venire con me, non ricordo dove, ma tu avevi un impegno e la seconda volta, invece, al mio compleanno dopo solo averti detto "Mel, lui è Carl" tu hai detto "Cat, dov'è il bagno? Mi viene da vomitare!"»

Non ricordavo nessuno di quegli episodi ma non dovevo sorprendermi che invece Cat li ricordasse con chiarezza.

«Okay. Ma vorrei provarci, che ne dici? Mi aiuti?» Non sapevo perché insistevo con quella storia, cioè, Carl era solo il mio argomento jolly da tirare fuori nel momento del bisogno o per tirarmi fuori da una brutta situazione. Com'era possibile che il mio jolly fosse diventato *la* brutta situazione?

«Mi stai chiedendo di combinarti un appuntamento?»

No. «Sì.»

Lei si toccò la punta del naso e rise come una sciocca tanto era eccitata. Bastava davvero poco per farla felice, ma perché questa sua felicità doveva basarsi sulla mia disperazione?

«Ci penso io!» Mi diede una pacca sulla coscia e corse via dalla mia camera. Avremmo dovuto studiare insieme ma immaginavo che il mio imminente appuntamento con uno sconosciuto avesse la priorità. La mia vita si stava riempiendo di sconosciuti, che fortuna! Nascosi il viso tra i cuscini e sbuffai con forza, avrei voluto gridare ma sapevo che sia Margareth che mia madre mi avrebbero sentita.

Due minuti dopo il mio cellulare trillò.

"Detto fatto! Carl non riusciva a crederci! Avete un appuntamento questa sera. Passo a darti una sistemata più tardi! Cat."

Questa volta gridai e, come avevo previsto, Margareth entrò nella mia camera con tanto di scopa tra le mani, pronta ad affrontare qualunque pericolo.

«Melanie? Che succede?»

«Nulla.»

«Hai gridato.»

«Sono frustrata e incazzata.»

«Linguaggio signorina!» E mi colpì la testa leggermente con la scopa. «Cos'ha combinato Cat?»

«Perché dici che è stata Cat?»

«Di solito solo lei riesce a farti innervosire così. Quando non lo fa tua madre ovviamente, e visto che lei è di sotto nel suo studio non può avere colpe.»

Mi sfilai l'uniforme della scuola e mi misi comoda con dei pantaloni di una tuta e in canottiera. «Cat è... Catherine. Certi giorni sembra la mia migliore amica altre volte sembra la signorina D'Amour.»

Margareth approfittò della situazione per spazzare anche nella mia camera e raccolse la mia uniforme che avevo lasciato cadere sul pavimento.

«Ti vuole bene, credo che voglia vederti solo più felice.»

«Allora dovrebbe lasciarmi vivere la mia vita.» Era sbagliato che dicessi una cosa del genere, me ne rendevo conto, in fondo ero stata io a dirle di organizzare un appuntamento, non potevo di certo dare la colpa a lei. Avrei dovuto prendermela con Jake, con il professor Brown, anche se sapevo che non aveva colpe nemmeno lui, almeno non tutte.

Digrignai i denti e marciai dritta verso l'armadio. Catherine avrebbe messo le mani sui miei capelli e sul mio viso ma avrei deciso *io* cosa indossare! Una piccola vendetta.

Scelsi la mia gonna di jeans con una camicia nera ed un paio di ballerine. Avrebbe fatto un po' di casino ma poi le sarebbe passata.

Mi infilai sotto la doccia e per un po' cercai di non pensare alle parole della mia amica: "lui, non faceva altro che cercarti con lo sguardo". Quando l'acqua mi colpì la pelle, stavo sorridendo.

Jake

Rachel non riusciva a smettere di ridere. «Mi stai dicendo, che ti sei improvvisato insegnante di liceo?»

Bevvi un altro po' di vino. «Ho avuto una pessima idea, lo riconosco.»

«Ma almeno sai da dove iniziare?»

«Francamente, no.»

«Allora, cosa farai?»

«Domani farò tornare il loro professore. Dirò che non era polmonite ma semplice influenza. Lo convincerò di essere un tipo ipocondriaco. Io farò il suo assistente ma a debita distanza, tipo il suo schiavetto personale.»

Rachel rise ancora più forte. «Non riesco a crederci, aiuto...»

Sorrisi anche io, in fondo avevo combinato un bel casino. «La situazione mi è sfuggita di mano. Il fatto è che lei riesce a vederci, capisci? Ci vede anche quando non dovrebbe.»

«Sì, è interessante.»

«La smettete tutti di dirmi che interessante? Solo io penso che sia assurdo e impossibile?»

«Ehi calma. Dico solo che lei è la Prescelta, non è poi tanto strano. Keith ti ha detto che Eyshriin sta cambiando modus operandi, questo potrebbe essere uno dei cambiamenti.»

«Purtroppo ci sono molte cose che non mi tornano. Le altre Prescelte manifestavano un minimo di coscienza, di consapevolezza. Ma non potevano vedere Keith finché lui non si rivelava loro.»

Rachel mi posò una mano sulla spalla con fare rassicurante. «E' la tua prima esperienza Jake. Io anche credo che Keith sia ambiguo, ma per quanto mi rincresca ammetterlo, lui conosce Eyshriin meglio di noi.»

Sapevo che non le aveva dette per ferirmi ma, quelle parole ebbero comunque il potere di farlo.

«So che non ti piace sentire queste cose.» Sussurrò.

Sbuffai per quanto le risultasse facile leggermi dentro. «No, tranquilla. Sentiti libera di dire ciò che provi.»

«Lo avrei fatto comunque.»

Mi alzai dalla sedia e la lasciai seduta davanti ai resti della nostra cena. «Penso che il cibo degli umani sia fantastico, tu no?» Mi chiese d'un tratto.

«E' piacevole.»

«Sì. Lo è.» Convenne lei. «Allora, come mai non mi hai ancora chiesto cosa ho scoperto su Keith?»

«Perché solo ieri hai iniziato a controllarlo, non credo che tu abbia potuto scoprire molte cose.»

«Infatti, hai ragione.»

Sapevo che voleva farmi ridere, sollevarmi il morale ma lei sapeva anche che, una volta che si parlava di Eyshriin, il suo nome aleggiava come un'amara presenza intorno a me. «Allora perché me lo dici?»

«Così. Ti facevo più curioso.»

«Io... ho altro per la testa.»

«Una brunetta per caso?»

Guardai Rachel che spazzolava via tutto dal suo piatto. «Non fissarmi così mentre mangio. E per rispondere alla tua domanda inespressa: sì, l'ho vista. È molto carina.»

«Non ti ho chiesto se la ritenevi carina.»

Lei si alzò. «Il dovere di segugio mi chiama. E comunque, non l'hai chiesto ma lo pensi.»

«Cosa te lo fa pensare?»

« Insomma Jake! Ti sei improvvisato professore! Se non ti conoscessi direi che...»

«Diresti che?»

Lei fece una smorfia a metà tra un sorriso e un ghigno e un vago senso di colpa. «Direi che questa Prescelta mi sta molto simpatica.»

Ero a Times Square e fissavo le vetrine dei negozi e le luci che mi sovrastavano. Non ricordavo come fossi arrivato lì. Ero sceso per schiarirmi un po' le idee, poi sarei andato da Melanie, quando dormiva e non avrebbe potuto vedermi, solo per tenerla d'occhio.

Avevamo perso sessantatré Prescelte esattamente tre mesi prima del loro diciottesimo compleanno che cadeva il venti Marzo, ciò significava che il venti Dicembre, come tutti gli altri venti di Dicembre prima di quello, sarebbe stato il giorno decisivo per Melanie e per noi. Se fossimo riusciti a proteggerla avremmo potuto salvare non solo lei, ma anche il nostro mondo.

«Professor Brown?»

Impiegai qualche secondo prima di rispondere, non avevo capito che stessero parlando con me.

Mi voltai e vidi Catherine D'Amour che mi guardava con un ghigno compiaciuto.

«Signorina D'Amour?»

«Professore… cosa ci fa lei qui?»

«Una passeggiata…» perché non ero invisibile? Insomma, solo perché adesso mi ero creato una falsa identità ciò non significava che potessi andarmene in giro come nulla fosse! Che stupido!

«Oh capisco. Mi scusi se sono stata invadente.»

«Non si preoccupi... lei, invece?»

«Io ho accompagnato la mia amica, Melanie Prince, ad un appuntamento. Adesso me ne torno a casa! Ci vediamo domani a lezione, professore.»

Mi lasciò imbambolato in mezzo alla folla.

Melanie era uscita. Eppure ero sicuro di aver controllato bene i suoi impegni. Dopo la scuola sarebbe andata a casa a studiare. Stavo già camminando verso la sua posizione quando mi resi conto di non sapere dove si trovasse.

Sapevo di essere irrazionale. Fino al venti Dicembre Melanie sarebbe stata al sicuro, ma questo non mi impediva di temere per lei. Diamine, ero preoccupato.

Una vocina nella mia testa mi stava gentilmente chiedendo se fossi preoccupato per la sua incolumità o per il suo appuntamento, ma era inutile pormi quel dilemma quando era ovvio che ci tenevo solo a salvarle la vita. Non era mai successo prima che una Prescelta si rivelasse con così largo anticipo, non potevamo giocarci quell'occasione.

Camminavo alla cieca tra la folla. Non avrei mai avuto speranze di rintracciarla.

Strinsi i pugni e, dopo essermi accertato che nessuno riuscisse a vedermi, liberai le mie ali e mi librai sopra New York alla ricerca di Melanie.

Melanie

Carl era un giocatore di Basket. Era alto almeno due metri, aveva capelli castani e occhi verdi e non faceva altro che ridere ad ogni mia frase.

Se dicevo «Ho freddo», lui rideva.

Se dicevo «Che ne dici di un caffè?», lui rideva!

Era passata quasi un'ora e lui non faceva altro che blaterare della squadra, del Basket, della scuola. Eravamo seduti in uno *Starbucks*, io sorseggiavo un caffè bollente rischiando di far sciogliere le mie papille gustative e guardavo fuori dalla grande vetrata mentre Carl parlava ancora della sua uniforme.

Oziosamente mi chiesi come avrei fatto a sbarazzarmi di lui. Era ridicolo il casino in cui mi ero ficcata da sola. Per la serie "darsi da soli la zappa sui piedi", beh, io mi ero appena tirata sopra un trattore.

«Ti sto annoiando?»

Terribilmente! «No, ti prego, continua pure!» Mi sarei presa volentieri a schiaffi, ma almeno aveva smesso di ridere.

«Stai fissando fuori da un bel po'. Scusami. So che parlo molto ma sono nervoso. Quando Catherine mi ha chiamato oggi non riuscivo a crederci. Aspetto questo momento da tempo!»

«Non lo sapevo.»

«Non ho mai trovato il coraggio. Sai... e poi quando Catherine ci ha presentati tu...»

Mio Dio, ma riusciva a terminare una frase senza iniziarne subito un'altra? «Vedi? Stai guardando fuori dalla finestra anche adesso.»

Aveva ragione. Mi ero distratta di nuovo. Era facile per me perdermi, quella sera soprattutto avevo vissuto già una decina di viaggi mentali.

«Scusami, sono stanca.» Dissi. Era una mezza bugia ma comunque migliore della verità. Di sicuro non potevo dirgli "Diamine, ma quanto parli? E poi cosa pensi che me ne freghi della tua divisa?".

«Ti accompagno.»

Grazie a Dio! «Va bene.»

Camminavamo in silenzio uno accanto all'altra, vedevo Carl strofinarsi le dita. Alzai lo sguardo e vidi le sue sopracciglia aggrottate, il suo cervello si stava arrovellando per trovare qualcosa di intelligente da dire? Oddio, non volevo mica che si sciogliesse per lo sforzo!

Una vocina però mi disse di stare attenta, Carl poteva anche star pensando di passare alla fase due! Oh no, no, no e no. Non volevo e lui non poteva pensare che io fossi pronta (anche se non lo sarei mai stata) dopo il disastro che era stato il nostro appuntamento. Avevamo passeggiato lungo la Fifth Avenue costeggiando Central Park, ci eravamo diretti a Times Square, eravamo saliti sull'Empire ignorando i turisti e la folla e poi ci eravamo ritrovati seduti in uno *Starbucks*. I piedi mi facevano male e noi non avevamo spiccicato parola, o almeno io. Tranne quando gli facevo notare qualcosa e lui rideva come se avessi appena finito di raccontargli una barzelletta, ma purtroppo si divertiva da solo. Avrei finito col perdere il mio senso dell'umorismo con lui, ne ero certa.

«Se mi dai un'altra occasione prometto di non comportarmi così... insomma, hai capito...»

Era corretto dire una frase del genere ad alta voce? Non sarebbe stato meglio, almeno per me, concludere la serata con un semplice saluto e un addio implicito? «Carl, mi dispiace ma non credo che le cose possano funzionare.»

«Ho rovinato tutto, vero?»

«No, no» ma quanto era insicuro questo ragazzo? Insomma, era bellissimo ed era un giocatore e di sicuro aveva una personalità "interessante", ma solo perché io continuavo a pensare ad un'altra persona non significava che Carl non meritasse affetto o qualunque cosa desiderasse. Io speravo solo che non lo desiderasse da me. «Carl, sei un bravissimo ragazzo, sei bellissimo e sono sicura che hai una sfilza di ragazze che ti viene dietro. E' solo che io non me la sento.»

«Allora perché mi hai chiesto di uscire?»

«Catherine ti ha detto che io...» un altro nodo che veniva al pettine. Avrei dovuto fare i conti con la mia migliore amica. «Hai ragione. Pensavo di essere pronta, ma invece non lo sono. Sono uscita da una storia da poco, e volevo andare avanti con la mia vita quando poi mi sono accorta che solo io mi ero fermata mentre gli altri erano andati avanti.» Avevo sentito quella frase da qualcuno, anche se non ricordavo da chi, e avevo montato quella storia nel giro di tre secondi perché non volevo ferire Carl con la verità: io e lui non avremmo avuto un futuro. Lui era rosso come un pomodoro ma in compenso non parlava più. Lo avevo zittito! Non sapevo dire se quella fosse una conquista o un motivo in più per sentirmi in colpa.

«Mi dispiace, Carl.»

Dovevo aver detto qualcosa di sbagliato perché Carl si fermò, mi prese per un polso e calò con incredibile velocità le labbra sulle mie. Lo shock mi paralizzò per circa tre secondi poi mi tirai indietro.

«Volevo provarci. Esserne sicuro... ma tu hai già deciso, vero?»

Dovevo essere una pessima bugiarda. Cosa pensava significassero le parole "pensavo di essere pronta ma invece non lo sono?" Credeva fossero un invito a baciarmi o a farmi una dichiarazione d'amore?

Okay, mi stavo comportando come un'isterica ma la verità era che io non volevo essere lì, avevo distolto l'attenzione di Cat dal professore ma l'avevo attirata su Carl. Adesso su chi dovevo spostarla per non trovarmi nei pasticci?

Stavo per scusarmi di nuovo quando mi resi conto che le mie scuse lo avevano indotto a baciarmi. Ecco una cosa di cui ero sicura: in una relazione non dovevo crearmi tutti quei problemi. Dovevo scegliere le parole con cura addirittura! «Sì, ho deciso.» Non volevo essere fredda, non volevo ferirlo ma evidentemente lui era uno di quei ragazzi che aveva bisogno di sentirsi dire certe cose.

Quello che fece dopo mi sconvolse e mi fece pentire amaramente di non avergli detto tutta la verità. Se ne andò. Letteralmente.

Mi aveva lasciata da sola in mezzo alla strada ed era andato via.

Mentre camminavo inviai un messaggio a Cat "*Ho infranto il suo fragile cuore ed è tornato indietro a cercarne i pezzi. Sul serio!*"

"*No! Se n'è andato?*"

"*Cammino da sola e senza meta! Dovrò cercarmi un nuovo principe azzurro.*"

"*Tesoro, a te un principe non basta. Tu hai bisogno di qualcuno con le manette che ti tenga ferma!*"

"Adesso chiamo Martin. Magari ha un paio di manette! ;)"

"Giù le mani da Martin! Dimmi dove sei che ti mando George."

Sorrisi. George era il suo autista ultracentenario. *"Rilassati, Martin è con mia madre e Michael. Su George declino l'offerta, faccio prima a piedi! Ti chiamo dopo."*

Non ero lontana da casa, anche se l'idea di camminare da sola per New York non mi esaltava. Avrei potuto prendere un taxi e lo avrei fatto, ma sembrava che quella sera nessuna macchina gialla si trovasse dove mi trovavo io, e questo era molto strano. Le strade di New York erano dominate dai taxi, da sempre! Insomma, eravamo famosi per i nostri taxi!

Stavo per svoltare l'angolo che mi avrebbe portato a casa quando Jake mi comparve davanti.

«Melanie? Stai bene?»

Si guardò intorno come se cercasse qualcuno. «Sì.» Risposi semplicemente.

«Sei sola?»

«No.»

Non credevo di aver mai detto tante bugie così come mi era successo negli ultimi dieci minuti.

«Ah.»

«Ci vediamo domani, *professore.*»

Lo superai e mi incamminai verso casa. Dei passi alle mie spalle mi fecero raggelare e sussultai quando la voce di Jake mi parlò. «Non avevi detto di non essere sola?»

«Non credo siano affari suoi, professore.»

«Diamine! Ce l'hai con me perché sono il tuo professore?»

«Io non ce l'ho con te!»

Lui mi raggiunse in un nanosecondo. «Senti, non è colpa mia se sono capitato nella tua classe e comunque, domani tornerà il vostro vero professore.»

La borsetta mi cadde dalla mano e mi chinai per raccoglierla. Quella serata non poteva concludersi nel modo peggiore. «Non era polmonite, era un semplice raffreddore con mal di gola.» Aggiunse. Io continuavo a non parlare mentre ascoltavo la sua spiegazione. Perché secondo lui, mi interessava conoscere quei dettagli? Mi interessavano? Sì. Lo avrei mai ammesso? No.

«Comunque, io resterò a scuola per le tue lezioni supplementari. Il professor Butler è d'accordo.»

«Okay. Va bene. Adesso io dovrei andare a casa.»

«Ti accompagno.»

Era la seconda volta che mi veniva offerto un accompagnatore per il ritorno, avrei fatto fuggire anche Jake? «Non ti preoccupare. Sono quasi arrivata.»

«Non mi dà fastidio. Anche io sono di strada.»

«Ma se quando ci siamo scontrati stavi andando nella direzione opposta!»

«Ti stavo cercando.»

«Cosa?» Chiesi sbalordita.

Il suo sguardo passò da "cosa cazzo ho detto?" a "Si salvi chi può!" e disse «Scherzavo.»

«Sai, non ho ancora smesso di pensare che tu sia un serial killer.»

Un piccolo sorriso affiorò e notai che quando sorrideva si formavano due fossette ai lati della bocca.

«La prudenza non è mai troppa.»

«Esatto. Quindi capirai se non mi fido e ti dico "no, grazie."»

Ripresi a camminare ma Jake mi afferrò per un braccio. Stavo rivivendo la stessa scena di prima, era cambiata solo la controparte maschile. «Melanie, mi sentirei più a mio agio se ti accompagnassi e ti sapessi al sicuro nel tuo letto.»

«Ma tu pensa! Io invece mi sentirei più tranquilla se tu continuassi a ignorare il mio indirizzo di casa!»

« 825, Fifth Avenue.»

Impiegai qualche secondo prima di richiudere la bocca. Non mi ero nemmeno accorta di averla aperta. Aveva il mio indirizzo.

«Oddio. Sei uno stalker, vero?»

«Se anche lo fossi, credi che te lo direi?»

Potevo sempre darmela a gambe levate. Sì, potevo voltarmi e fuggire. «Melanie il tuo indirizzo è segnato nel registro di classe. Rilassati.»

«E ricordi tutti gli altri indirizzi?»

«No, solo il tuo e quello di Catherine.»

«Perché siamo state rimandate in inglese?»

«Sì.» Lo disse come se fosse stata una cosa ovvia il che mi fece sentire un po' sciocca.

Il trillo del cellulare mi salvò. "*Melanie sei ancora viva? Avevi detto che mi avresti chiamata ma è passato molto tempo! Stai bene?*"

"*Tutto okay. Sono quasi arrivata.*"

«Okay, accompagnami.»

Camminai senza aspettare una sua risposta, senza aspettare che mi raggiungesse. Camminavo e basta. Volevo entrare in casa, togliermi quei vestiti e poi infilarmi a letto. Erano quasi le undici ed ero sicura che non sarei riuscita a recuperare il sonno che Cat mi aveva sottratto quella mattina.

Quando intravidi casa mia, mi sentii il cuore più leggero. Jake non parlava, e più di una volta mi ero girata a controllare che ci fosse ancora o peggio, che non avesse estratto una pistola o altro. Okay, ero paranoica, me ne rendevo conto, ma percepivo ancora quella sensazione che mi incitava a fuggire via, lontano da lui. Un'insegna a neon che lampeggiava con la scritta "pericolo".

Razionalmente ero consapevole che se avesse voluto farmi del male lo avrebbe già fatto, le occasioni non gli erano di certo mancate, ma non riuscivo a mettere a tacere quella paura.

«Jake!»

Mi voltai e vidi che Jake veniva raggiunto da una ragazza. Quando la vidi rimasi scandalizzata da tanta bellezza. Aveva i

54

capelli dello stesso colore chiaro di quelli di Jake, mielati e dorati, un miscuglio pazzesco, ed aveva i suoi stessi occhi azzurri. Sembravano gemelli.

«Rachel?»

Lui era sorpreso e lo ero anche io. Rachel lo abbracciò ed io abbassai lo sguardo, evidentemente ero un terzo incomodo.

Mi schiarii la gola «Ehm, grazie per la scorta. Ci vediamo a scuola.»

Entrai e non mi voltai nemmeno una volta.

Tra i tanti scenari che mi avevano affollato la mente da quando avevo conosciuto Jake, la possibile esistenza di una "Rachel" non mi aveva mai sfiorata.

Jake

«Sembrava ferita?» Mi chiese speranzosa Rachel.

«Ferita?» Ripetei confuso. Non ero sicuro di aver colto la sua malsana illusione.

«Insomma, non che mi faccia piacere abbracciarti e comportarmi come una mortale. Ma vedo che tu ti diverti, ed è solo il tuo secondo giorno!»

Scossi il capo. «Non mi diverte, è ridicolo. Hai parlato con le Dominazioni?»

«Sì. Non sanno spiegarlo Jake. E' assurdo che un mortale riesca a vederci.»

Ci trovavamo ancora davanti al palazzo di Melanie, ma non avvertivo più la sua presenza.

Perché per lei era così facile lasciarmi indietro mentre io non ci riuscivo? L'avevo cercata per tutta la città e non ero riuscito a trovarla, ero andato a casa sua sperando di trovarla lì, ma in casa non c'era anima viva. Non invidiavo gli Angeli Custodi e mi mancava il mio ruolo di Difensore.

«Io non posso andare avanti così per altri tre mesi, Rachel. La mortale riesce a vedermi, mi sono dovuto improvvisare professore ma non conosco nulla della mortalità. Adesso ho risolto la questione ma ci saranno studenti confusi da questa situazione… é passato solo un giorno ma mi sento incredibilmente stanco.»

«Non preoccuparti per gli studenti, ci ho pensato io.»

«Davvero?»

«Sì. Tu cerca solo di far dire al professore le cose giuste e nessuno si accorgerà di nulla.»

«Ottimo, allora devo pensare solo al resto del personale.»

«Già fatto.»

«Sei un angelo.»

«Anche tu.»

«Rachel, perché sei venuta qui?»

Non era un caso che Rachel mi avesse trovato fuori casa di Melanie e non era un caso che lei trascorresse tutto questo tempo sulla Terra. Ma non capivo perché passasse la maggior parte del suo tempo con me anziché con Keith.

«Keith non ha fatto ancora nulla, rilassati. Passa la maggior parte del suo tempo a seguire Melanie e te.»

«Come?»

«Vecchie abitudini, credo.»

«Deve farsi da parte.»

«Lo so. E lo sa anche lui. Comunque sono qui per due motivi. Il primo è che ero curiosa di conoscerla. Caspita, le somiglia tantissimo.»

Non aveva pronunciato il suo nome ma l'effetto fu lo stesso, ma cercai di ignorarlo. «Trovi?»

«Dài, non dirmi che non hai notato i capelli, la bocca e il corpo!»

Sentii il mio viso surriscaldarsi, ma Rachel guardava verso il palazzo di Melanie e riuscii a nasconderglielo. Il fatto era che avevo notato tutte quelle cose e non solo, avevo notato le sue gambe, avevo notato le sue sopracciglia aggrottate quando qualcosa la sorprendeva. Avevo notato che se rimuginava troppo a lungo su qualcosa iniziava a mordicchiarsi la guancia.

«No, non ci ho fatto caso.» Mentii.

«Sei un bugiardo patentato. Posso essere onesta?» Non aspettò che le risposi e disse «Io credo che ti piaccia, anche solo fisicamente, semplicemente perché ti ricorda lei. Non starò qui a dirti che è sbagliato, ma fa attenzione Jake, è una mortale. Prima o poi… hai già sofferto abbastanza, non trovi?»

«Grazie per l'interessamento Rachel, ma credimi, non ho alcun interesse per quella ragazza. La proteggerò e se sopravvivrà al *giorno della tragedia*, come mi diverto a chiamarlo, la addestreremo. Sai bene che lei non è solo la Chiave per il nostro mondo ma è anche la Chiave per ritrovare il medaglione.»

Rachel se ne stava in silenzio e anche io non avevo altro da aggiungere. Era ridicolo pensare a me e Melanie in termini diversi da ciò che eravamo in realtà: un angelo e una mortale. Questo non sarebbe mai cambiato ed io non volevo che cambiasse. Ero attratto da lei perché somigliava ad Eyshriin. Non c'erano altre spiegazioni. Dopo averla protetta sarei tornato nel mio mondo, sarei tornato ad essere un Difensore e qualcuno avrebbe aiutato Melanie a sopravvivere, ad andare avanti. Le cose sarebbero andate così.

«Nonostante tu sia un angelo certe volte sei davvero sciocco come un comune mortale.»

Mi lasciò lì e senza aggiungere una parola, svanì.

Capitolo Quattro

Melanie

Quel martedì non era iniziato nel migliore dei modi, prima di tutto perché non avevo chiuso occhio e, quindi, avevo ore di sonno arretrate che mi rendevano irritabile e nervosa, poi Catherine continuava a chiedermi i dettagli sul mio appuntamento con Carl che io evitavo accuratamente di offrirle, così come evitavo di raccontarle di Jake. Sapevo che sarebbe partita all'attacco e non potevo affrontare l'uragano Cat senza prima dormire. E mancavano solo quindici minuti al mio corso di recupero.

A nessuno sembrò strano che il professor Butler avesse confuso un banalissimo raffreddore con una polmonite e aveva passato la maggior parte del suo tempo a spiegare il suo errore, i suoi sintomi e la sua lezione era volata in quelli che mi erano sembrati una manciata di secondi.

Alla fine, mi convinsi anche io che il professore aveva una certa età ormai ed iniziava per questo a perdere colpi.

La campanella ci avvisò della fine delle lezioni e Cat mi raggiunse. «Allora quando esci da scuola passi da me?»

«Non lo so.» Le dissi arrabbiata e nervosa.

«Perché?»

«Hai detto a Carl che io ho voluto quell'appuntamento.»

«Ma era la verità.»

«Non è così che sono andate le cose, io ricordo che parlavamo in astratto.»

Lei si strinse nelle spalle e si allontanò. Ecco come la mancanza di sonno mi faceva comportare.

Rimasi sola in aula e Jake tardava ad arrivare. Mi alzai e guardai fuori dalla finestra: tutti andavano via, tranne me.

«Buongiorno.»

La voce di Jake mi fece trasalire ma cercai di non badarci.

«Buongiorno».

Un'inspiegabile sensazione mi spingeva a non guardarlo negli occhi ed io l'assecondai. Se il mio istinto mi avesse detto che era meglio buttarmi giù da un grattacielo piuttosto che stare nella stessa stanza con Jake, lo avrei assecondato senza pensarci due volte. Okay, forse prima di lanciarmi avrei cercato di fuggire via. In fondo, anche io tenevo alla mia vita.

«Allora, il signor Butler mi ha detto di partire da Dickens, okay?»

«Sì, va bene.»

Non credevo fosse una cosa normale quella che mi stava capitando. Jake se ne stava seduto su un banco di fronte al mio mentre io scrivevo ciò che lui mi spiegava, il mio collo protestava per la posizione scomoda in cui lo avevo costretto, ma lo ignorai. Non alzai mai lo sguardo su di lui, nemmeno per rilassare i muscoli indolenziti.

«Melanie, stai bene?»

«Sì, professore.»

«Per oggi direi che basta così, okay?»

«Va bene.»

Misi il mio quaderno in borsa e infilai anche la penna al suo interno. Uscii fuori dall'aula e tirai un profondo respiro. Bene, nell'aria non c'era traccia della presenza di Jake.

Martin doveva essere fuori che mi aspettava e così passai accanto al mio armadietto. Non avevo alcuna intenzione di portarmi tutti i libri a casa, quando lo aprii però ne venne fuori un biglietto.

Temevo già che si trattasse di una dedica d'amore di Carl o di una minaccia, magari il suo lasciarmi da sola di sera non era altro che un gesto romantico!

"*Non fidarti di lui, anche se il tuo cuore ti dirà di farlo... non fidarti.*"

Fissavo il bigliettino allibita. Doveva essere uno scherzo di Cat. «Melanie?»

Stavo ancora fissando il bigliettino quando mi ritrovai a guardare negli occhi di Jake. «Sì?»

La mia voce era stridula e lui aggiunse «Scusa, non volevo spaventarti.»

«No, ero sovrappensiero.»

«Sei stata strana oggi.»

«Non sono strana.»

«Non volevo dire che sei strana. Dico che ti sei comportata stranamente.»

Mi strinsi nelle spalle. Quella era la mia tattica quando non avevo nulla da dire. "*Non fidarti di lui*". Nella mia mente continuavano a vorticare quelle parole. Possibile che si riferissero a Jake? O erano rivolte a Carl? Ma perché qualcuno doveva prendersi la briga di lasciarmi un messaggio del genere senza dirmi a chi fosse riferito? Ovviamente era qualcuno che non sapeva che la mia vita si era popolata di persone sconosciute!

«No, si sbaglia. Adesso devo andare.»

Ignorai il suo richiamo e presi a camminare quanto più veloce possibile. Martin era fuori che mi aspettava, sul viso un'espressione corrucciata.

«Martin, tutto okay?»

«Sì. Catherine mi ha chiesto di portarti dritto a casa sua.»

"*Oh cielo*", mettere in mezzo alla nostra piccola discussione il povero Martin! «Quella ragazza è proprio una bambina quando si comporta in questo modo.»

«Solo due sere fa mi hai detto che non lo era...»

«Insomma, nessuno di voi si muoveva ed ero stanca di vedere le vostre espressioni sofferenti. Non dovrebbe essere così difficile, Martin. Non avreste dovuto aspettare il mio aiuto!» Esclamai esasperata, entrai in auto e mi richiusi la porta alle spalle. Quando Martin entrò mi feci accompagnare da Catherine.

Bussai alla sua porta e lei mi venne ad aprire in mutande e reggiseno.

«Ti costa molto metterti qualcosa addosso?»

Era al telefono e mi fece cenno di aspettare. «Ah, certo. Capisco. No, va bene. È grandioso! Domani? Non potremmo fare nel week end? Bene! A presto, certo!» Catherine fece un profondo respiro e poi si voltò a guardarmi e mi corse incontro per abbracciarmi, urlando come un'anima dannata.

«Cat? Mi soffochi così.»

Lei allentò la presa ma non mi lasciò andare «Mi hanno presa, Mel!»

«Ti hanno presa?»

«Sì! Mi hanno presa!»

Ma che Martedì era quello? Era Martedì tre Settembre! Cat aveva partecipato ad un concorso per aspiranti modelle e se avevo fatto i giusti collegamenti... «Sei una modella?»

«Sono una modella!»

Fui io a stringerla tra le braccia e lei tossicchiò con fare esagerato. «Mel, tesoro, mi stai soffocando.»

«Congratulazioni!» Gridai mentre lei diceva «Sono così felice!»

«Anche io.»

Si infilò la vestaglia e mi lasciò nella sua camera mentre lei urlava per tutta la casa. Io mi misi a sedere sul suo divano mentre aspettavo il suo ritorno.

«Okay» disse, e si richiuse la porta alle spalle. «Vieni qui e dammi un pizzicotto.»

«Cosa?»

«Dài, tanto volevi comunque darmele di santa ragione, ti concedo un pizzicotto.»

Mi venne da ridere. «Ma fai sul serio?»

«Devo prendermi a calci da sola? Dài!»

Mi alzai e la raggiunsi, lei mi porse il braccio e io presi un bel po' di carne e strinsi forte.

«Cazzo, Mel! Ahi!»

«Convinta di non stare sognando?»

Lei si massaggiava il braccio. «Sì. Mi hai fatto male.»

«Te lo meritavi.»

«Okay, scusa. Mi è sfuggita la situazione di mano con Carl.»

«Sfuggita? Sei andata a briglia sciolta!»

Si avvicinò alla scrivania e prese dei cioccolatini. Cat aveva sempre dei cioccolatini in camera, ne mangiava uno al giorno. Se era depressa o triste poteva farne fuori un centinaio e nonostante tutto il suo fisico non cambiava di una virgola.

«E' stato così terribile?»

«Credo che la cotta per me gli sia passata da un pezzo.»

«Ci credo, ti è stato dietro per anni e non te lo sei mai filato!»

«Allora perché non me lo hai detto?»

Lei sorrise e mi passò un cioccolatino. «Volevo vedere fin dove ti saresti spinta pur di non ammettere che il signor Brown ti piace.»

Masticai il mio cioccolatino con lentezza, non avevo voglia di rispondere a quelle domande inespresse che riempivano l'aria. Ero andata lì per farle una sfuriata e invece mi sentivo come un'indagata durante un interrogatorio.

«Se non ti va di parlarne lo capisco. Hai sempre fatto così, quando si tratta di ragazzi non ami parlarne. Nemmeno con me. Volevo solo aiutarti a fare un po' di chiarezza.»

«Non è vero che non ne parlo, è solo che non ho nulla di cui parlare. I ragazzi con cui sono uscita erano tutti… non so nemmeno spiegartelo, ma mi sentivo come se non fossero mai abbastanza. Io mi sentivo come se non fossi mai abbastanza. Avevano tutti delle aspettative su di me perché ero, cioè sono, una Prince.»

Cat mise una mano sulla mia spalla. «Non fa niente, quando troverai quello giusto me lo dirai da sola.»

«Quello è il punto, io non lo sto cercando.»

«Ottimo. Perché la persona giusta è quella che entra nella tua vita quando non l'hai invitata a farlo. E' quella che giorno dopo giorno distrugge le tue barriere e tu ti trovi indifesa davanti a lei. Quella è la persona giusta.»

«Da quando offri le tue perle di saggezza gratis?»

«Non ho mai detto che era gratis!»

«In che pasticcio mi sono ficcata senza che me ne accorgessi?»

«Devi raccontarmi *tutto*. In fondo, non mi hai ancora raccontato i dettagli!»

Jake

Dovevo rientrare nel mio mondo a causa di un incontro con il Consigliere.

Stavo infilando i miei pugnali nei rispettivi foderi quando il pensiero di Melanie attraversò la mia mente come un fulmine a ciel sereno.

Quel giorno volevo provare la manipolazione della sua mente ma lei aveva evitato accuratamente ogni contatto con me. Non volevo farlo per indurla a fare o pensare qualunque cosa avessi desiderato, volevo solo vedere se con lei potesse funzionare. In fondo, con Melanie sembrava che non valessero le regole che funzionavano invece per tutti gli altri esseri umani.

Volevo cercare di capire quanto più possibile di lei ma sembrava un libro chiuso.

La luce bianca mi avvolse non appena arrivai nel mio mondo. Annunciai la mia presenza e la Grande Porta si aprì lasciandomi entrare.

Era presente l'intero Consiglio: i Consiglieri, i Sette Angeli (contando anche me stesso) e i Cacciatori. Al centro della sala sedeva Keith.

Andai a sedermi tra Rachel e Flohe che mi strizzò l'occhio. Ricambiai il suo saluto con un cenno del capo.

Il Consigliere si alzò e disse «Sono state sollevate delle questioni della massima importanza a cui speriamo di poter attribuire una spiegazione. La prima di queste è per te, Angelo Oscuro.»

Keith fissava il Consigliere senza battere ciglio. Lo fissava negli occhi e non sembrava interessarsi del sangue che macchiava il suolo. Lui avrebbe potuto provare a mentire, ma il sangue glielo avrebbe reso impossibile, questo era il potere dell'Oracolo.

«Com'è possibile che, dopo sessantatré anni tu sia riuscito a trovare con così largo anticipo la Prescelta?»

«La Prescelta è riuscita a vedermi quando ero immateriale.»

«Questo, non è possibile.»

«Non ho motivo di mentirle.»

Rachel si guardava le unghie mentre Flohe fissava con curiosità la scena tra Keith e il Consigliere.

Sapevo che la mia presenza lì era stata richiesta per un motivo particolare. Io non ero l'unico a temere che Keith avesse altri scopi.

«No, demone, non ne hai. Eppure le tue parole non riescono a convincermi.»

«Dovrebbe farlo il mio sangue.»

Il Consigliere lo guardò sprezzante. «So bene che Eyshriin ti ha spiegato molto del nostro mondo, demone. Nonostante anche tu fossi uno di noi la tua memoria di Angelo Bianco è stata rimossa, ma ciò non significa che tu non abbia sfruttato il potere di Eyshriin.»

«Non è così. Sono disposto a versare altro sangue nell'Oracolo, se questo basterà a convincervi della mia lealtà.»

«Spiegaci allora, come ritieni possibile ciò che sta accadendo?»

Keith lasciò passare qualche secondo prima di rispondere. Ero curioso di sentire la sua risposta anche se sapevo che sarebbe stata la stessa che aveva dato a me. Magari avrei potuto notare delle incongruenze, delle cose che non quadravano e scoprire così i suoi veri scopi.

«Io credo che il merito vada ad Eyshriin. E' lei che ha sempre deciso le Prescelte ed evidentemente, Melanie Prince, deve avere qualcosa di particolare per aver indotto Eysh a cambiare tattica. Ne sono sorpreso anche io, se è questo ciò che mi state chiedendo, ma non so spiegarne i motivi. Immagino che quando la memoria della ragazza si risveglierà, allora sapremo.»

Il Consigliere gli intimò di fermarsi e sorrise, beffandosi di Keith. «La memoria della ragazza, dici? Ricapitoliamo la situazione. A un anno dalla morte di Eyshriin, avvenuta sessantaquattro anni fa, ogni anno vi è una nuova Prescelta, una mortale che condivide il suo sangue. Non siamo mai riusciti a conoscerne l'identità se non pochi istanti prima dalla loro morte o in rare eccezioni, giorni. Tu sei ancora vivo perché hai giurato di aiutare la causa, difendere i tre regni da Dorkan e portare in salvo la Prescelta. Sono sessantatré anni in cui hai solo fallito miseramente.»

Le corde ai polsi di Keith si stringevano sempre di più alle parole del Consigliere. «Sessantatré vite umane spezzate. E tu non sei riuscito a impedirlo. Sai spiegare questo, Keith?»

«L'ultima Prescelta… lei...» anche le corde intorno al suo collo avevano iniziato a stringersi mentre lui si affannava alla ricerca delle parole che avrebbero potuto allentare la loro presa ferrea.

«Lei… ha parlato di New York...»

«Esatto.» Il Consigliere si fermò davanti a Keith e continuò dicendo «Sappiamo che la Prescelta vive a New York ma chi ci assicura che Melanie Prince sia colei che cerchiamo?»

«Lei... lei...» A malapena riuscivo a capire le parole che si affannava a pronunciare. «Lei riesce a vederci...»

«Dicci qualcosa che non sappiamo, demone.»

Keith era in difficoltà, ero quasi felice della piega che la situazione stava prendendo quando Rachel si alzò. «Signore, devo dire una cosa.»

«Parla pure, Rachel.»

«Come mi è stato chiesto ho seguito Keith in questi due giorni. Nonostante la presenza di Jake, il demone ha continuato a tenere sotto controllo la mortale. Anche quando Jake, mi rincresce ammetterlo, l'aveva persa di vista.»

Le parole di Rachel furono come una pugnalata. La fissavo scioccato ma lei evitava di guardarmi. Flohe era indeciso su chi fermare lo sguardo, se su di lei o su di me. Le corde che trattenevano Keith si allentarono.

«Cosa vuoi dire, Rachel?»

«Keith non ha fatto nulla contro la causa. Credo che un'ultima possibilità gli debba essere concessa.»

Il Consigliere soppesò le parole di Rachel e poi si rivolse a me. «Jakheiah, hai qualcosa da dire?»

Strinsi i pugni per impedirmi di dire o fare qualche sciocchezza. «No, signore.»

«Hai perso di vista la ragazza?»

«Lei riesce a vedermi. È complicato riuscire a proteggerla senza farmi notare.»

«Keith ci riesce. Perché tu no?»

Perché io no? Perché per una volta volevo vedere cosa significasse avere a che fare con una versione di Eyshriin che era ma non era lei. Perché dopo il primo sguardo con Melanie volevo continuare a sentire i suoi occhi posarsi su di me e volevo ancora provare i brividi che mi percorrevano quando ero con lei.

«Non ho gestito bene la situazione. Ho pensato che, avvicinandomi alla ragazza, sarebbe stato più facile.»

«E lo è?»

«Devo conquistarmi la sua fiducia. È ancora presto per dirlo.»

«Non abbiamo molto tempo.»

«Lo so. Farò del mio meglio.»

«Bene.»

Il Consiglieri sparirono. I Cacciatori si dileguarono e anche Keith sparì, quasi temendo di subire lo stesso trattamento di nuovo, magari dal sottoscritto.

«Jake?» Era la voce esitante di Rachel. Come poteva pensare che avessi voglia di parlarle dopo quello che aveva fatto?

«Sta zitta...»

«Jake, ascoltami.»

«Cosa dovrei ascoltare, Rachel? » Scattai. «Spiegami... qual è la spiegazione al tuo comportamento? Dovremmo essere come fratelli. Compagni d'armi e una famiglia. Invece mi sento come se non ti conoscessi, come se ti vedessi per la prima volta...»

«L'ho fatto per te! Devi capire che quando Melanie riacquisterà la memoria la persona che vorrà al suo fianco sarà Keith. Non tu Jake, ma Keith. Sai bene che non possiamo mentire al Consigliere, rischiamo di perdere le ali e non potevo far punire Keith per colpe che non ha. Ma rifletti, cosa accadrà quando Melanie si ritroverà ad avere a che fare non solo con i suoi ricordi ma anche con quelli di Eyshriin?»

«Avrei trovato una soluzione, Rachel!»

Lei mi si avvicinò ed io arretrai. «Non c'è altra soluzione Jake. Melanie vorrà avere Keith al suo fianco. Che ti piaccia o no.»

Non mi piaceva infatti. «Non sai ciò che dici, Rachel. Melanie mi conosce, ma non sa chi sia Keith. Questo significherà pur qualcosa!»

«Certo che significa qualcosa. Ma devi impegnarti un po' di più con quella ragazza, altrimenti Eyshriin prenderà il sopravvento e per te sarà come perderla una seconda volta.»

«Cosa intendi?»

«Intende che quando sei entrato avevi l'aria di uno che aveva appena visto il paradiso per la prima volta.» Fu Flohe a rispondere. A cosa avevo pensato? La risposta non tardò ad arrivare: avevo pensato a lei, a Melanie.

«Forse tu non riesci a percepire l'ascendente che quella ragazza ha su di te Jake, ma ce l'ha. Non sai ancora cosa sia perché non la conosci, forse è solo attrazione perché ti ricorda Eyshriin, forse è proprio perché non ha nulla che le somigli, se non all'esterno.»

Questo era uno dei problemi con Rachel e Flohe, non riuscivano a chiudere il becco quando dovevano.

Melanie

Avevo trascorso l'intero pomeriggio con Cat. Le avevo raccontato del primo incontro con Jake, del mio appuntamento con Carl e di come mi fossi ritrovata dinanzi Jake, di nuovo. Non avevo trascurato alcun dettaglio. Nessuno, escluso il bigliettino che avevo trovato nel mio armadietto.

Sentivo la borsa più pesante o forse era solo il peso di quelle parole che in realtà non volevo sentire.

Poi era arrivato il momento di tornare a casa. Martin mi salutò ed io scesi dall'auto. Stavo cercando le chiavi di casa quando notai un'ombra accanto alla mia porta.

«Jake?» Sussultai per la sorpresa. Non poteva essere vero…

«Ciao Mel.»

Ignorai il modo in cui mi aveva chiamata. «Che ci fai qui?»

«Hai dimenticato queste.»

Stringeva tra le mani le mie chiavi di casa. Come avevo fatto a dimenticarle quando ero sicura di non averle mai cacciate dalla borsa? «Dove le hai trovate?»

«Ai piedi del tuo armadietto.»

Si avvicinò e mi porse le chiavi. *"Non fidarti di lui"*. Era un'eco lontana, una voce che mi risuonava tra i mille pensieri, sconosciuta ma sempre presente.

«Grazie...»

Feci un passo avanti nel tentativo di avvicinarmi alla porta di ingresso ma Jake mi si parò davanti, bloccandomi la strada.

«Mi spieghi che problemi hai?»

«Nessuno.» Davvero non capiva? Era un mio insegnante, dannazione!

«Sono solo due giorni che ti conosco e posso comprendere che tu sia restia a fidarti di me. Se aggiungiamo alla situazione che per un giorno sono stato il tuo insegnante le cose non si fanno di certo più semplici ma, credevo...»

Non ero sicura di cosa stessimo parlando in realtà, così non dissi nulla. Mi aspettavo una predica lunga tre giorni, invece lui mi disse solo: «Senti, ti va una passeggiata?»

Mi azzardai a guardarlo. Sì, era dannatamente serio. «Dovrei rientrare.»

«Non voglio farti passare l'intera notte fuori casa. Vorrei solo provare a conoscerti.» Lo disse come se fosse la cosa più normale del mondo.

«Perché?»

«Non lo so.» Ammise aggrottando la fronte. Evidentemente quella situazione appariva strana e confusa anche ai suoi occhi.

Non avevo staccato gli occhi dai suoi nemmeno per un secondo. Sembrava davvero sincero.

«Dieci minuti.»

«Proverò a farmeli bastare» borbottò sottovoce, ma riuscii comunque a sentirlo. Eravamo vicini, troppo vicini.

«In che senso, scusa?»

«Niente. Andiamo?»

Non aspettò una mia risposta, mi superò ed attraversò la strada. Puntava dritto verso Central Park.

Calma, avevo accettato di parlare, di fare una breve passeggiata ma non sarei entrata nel parco con lui.

Lui aspettava che io attraversassi mentre io mi guardavo intorno. Le strade erano ancora affollate e le luci ancora spente. Controllai l'ora, erano appena le sette di sera. Ero certa che Central Park fosse ancora gremito di gente.

Lo raggiunsi e lui si addentrò nel parco. Mi aspettavo una lunga camminata ma invece, si fermò accanto ad una panchina e aspettò che mi avvicinassi. Ci sedemmo, lui al centro ed io compressa nell'angolo destro mentre stringevo la mia borsa. Avevo i piedi ben piantati a terra: ero pronta ad una possibile fuga.

«Forse ti devo delle scuse.» Quello sì che mi stupì, non me lo aspettavo.

«Per cosa?»

«Devo averti confusa.»

«Cosa intendi?»

A dire il vero con lui sentivo tutto tranne che confusione. Ad esempio, in quell'istante mi sentivo le guance bollenti, le mani mi tremavano e non riuscivo a smettere di masticare la mia guancia.

«Quando ci siamo visti in quel locale, io ti ho trovata molto carina» aveva esitato, ma non riuscivo a dire se lo avesse fatto perché non era vero o volesse intendere altro. Nessuna delle due ipotesi mi rincuorava. «Poi ho scoperto di essere il tuo insegnante, in seguito ci siamo scontrati per strada ed oggi, a scuola, sembrava avessi paura di me. Ho provato a mettermi nei tuoi panni, immagino che vista dall'esterno la cosa possa sembrare sospetta. Ma avendoti trovata carina Mel, non sapevo come comportarmi con te, in quanto tuo insegnante. Quindi sono realmente felice che il signor Butler sia tornato!»

Aveva parlato senza inflessioni, aveva cadenzato bene le parole e le pause, così come solo una persona che ha imparato un discorso a memoria poteva fare. "*Non fidarti di lui*". Ecco che quelle parole tornavano a tormentarmi, ad attraversare i miei pensieri.

Non volevo pensare al significato di quella frase, ma lei prepotente tornava alla mia mente e allora sì che iniziavo a sentirmi confusa.

La sua mano si posò sulla mia. Quella era la prima volta che ci toccavamo, in un modo che da parte mia consideravo intimo, almeno per l'effetto che scatenò in me. L'afferrarmi per un gomito o un braccio prima che io mi dileguassi non contava. Io mi ero resa conto di quel contatto, lo sentivo riverberare sulla pelle, dentro la pelle. Anche lui lo sentiva?

Jake aveva gli occhi sbarrati e la bocca era ferma in una posa incredula. Le sue labbra erano leggermente aperte, come se non avesse potuto credere a ciò che aveva appena fatto. Immaginai che non avrebbe esitato a ritrarre la mano ma invece, anziché lasciarmi andare mi afferrò il polso e lo strinse forte.

Il mio cuore accelerò i suoi battiti. Avevo baciato tanti ragazzi nella mia vita, avevo provato le carezze, gli occhi dolci e i brividi, ma niente di tutto quello era paragonabile a ciò che stavo provando in quel preciso istante. Il tocco di Jake era un qualcosa di nuovo, qualcosa che non avevo mai provato prima: come poteva la sua mano ferma attorno al mio polso sembrare un gesto così intimo e profondo quanto un bacio non lo era mai stato?

Sentivo dei leggeri spostamenti d'aria attorno a noi, avevo il fiatone?

No, era il respiro di Jake.

Nessuno di noi due parlava mentre continuavamo a fissarci negli occhi. Jake non mollò la presa su di me nemmeno per un secondo. Temeva che scappassi? Anche volendo non avrei potuto. Ero incatenata al suo tocco, avvinta al suo sguardo. Stavo perdendo me stessa. Mi stavo perdendo dentro lui.

Qualcosa di caldo mi sfiorò la guancia, quando avvertii dei movimenti regolari che andavano dalla bocca all'orecchio, compresi che Jake aveva posato l'altra mano sul mio viso.

Era una situazione così assurda, era come se non riuscisse a smettere di toccarmi mentre io non riuscivo a muovermi, anche se desideravo toccarlo a mia volta. Se avesse chiesto al mio cuore di rallentare o di scoppiare, ero certa che lui gli avrebbe obbedito.

«Melanie… cosa sei?»

Mi sforzai di ritrovare la voce, era una domanda stranissima.

«Cosa sono?» ripetei un po' scombussolata.

«Me lo sto chiedendo da un po'. Non è mai stato così complicato cercare le risposte che volevo. Con te diventa tutto così difficile…»

Dovevo immaginare che non sarebbe durata per sempre.

Tirai via la mano dalla sua presa e mi alzai, controllai l'ora: avevamo trascorso mezz'ora a fissarci.

«Tempo scaduto.» Gli dissi, cercando di apparire più fredda di quanto in realtà fossi: ero ancora accaldata per il dolce contatto della sua pelle sulla mia.

Strinsi ancor di più la borsetta e mi incamminai verso casa.

Non mi voltai nemmeno una volta, non avevo bisogno di farlo per sapere che Jake non mi stava seguendo. Non sapevo se sentirmi offesa o delusa da quel suo comportamento.

Quando varcai la soglia di casa compresi che ciò che sentivo era delusione. Una parte di me aveva sperato che Jake mi fermasse, che mi spiegasse le sue parole. Ma un'altra parte, quella sicuramente sana di mente, riportò alla mente le parole che qualcuno si era preoccupato di farmi ricevere, cioè, di non fidarmi di lui.

Forse era ciò che anche Jake mi stava dicendo. Forse era attratto da me da non riuscire a starmi lontano ma non poteva… cosa? Non poteva cosa? Non era successo nulla in fondo.

Allora perché sentivo ancora la pelle scottare dove mi aveva sfiorata?

Capitolo Cinque

Melanie

Non riuscivo a credere di essere sopravvissuta a quella settimana. Il tempo sembrava non voler passare mai, sopratutto quando ero a scuola sembrava volare per poi fossilizzarsi in quei sessanta minuti che trascorrevo con Jake a parlare di Dickens o di chiunque altro.

Era stata una mia scelta quella di essere rimandata in inglese, non volevo lasciare da sola Cat ed invece, lei aveva già superato con successo la prova che il professor Butler le aveva fatto sostenere mentre io ero ancora bloccata con Jake, nella spirale dell'eterna confusione.

Se per un secondo mi ero illusa di non essere mai stata confusa a causa sua, adesso invece, confusione era il mio secondo nome. Un giorno sembrava che Jake volesse dirmi qualcosa, il giorno dopo tornava ad essere un insegnante di inglese, taciturno e pensieroso.

Composi il numero di mio padre e lo chiamai, a Londra dovevano essere le due del pomeriggio.

«Mel?» Rispose al decimo squillo come sempre, strappandomi così un sorriso.

«Ciao papà.»

«Bambina mia! Come stai?»

Bene, anche se ho una dannata voglia di prendermi a schiaffi.

«Sto bene. Tu, invece?»

«Benone! Ascolta tua madre ti ha accennato ai progetti per il tuo compleanno?»

Mi insospettii immediatamente. Non portava mai bene una frase che conteneva le parole "mia madre" e "progetti", soprattutto se erano accostate a "tuo compleanno". «No. Che progetti avete per il *mio* compleanno?»

La risata di mio padre mi fece rilassare, almeno un po'. «Nulla che tu non voglia, non temere. Avevamo pensato di dividerti a metà.»

«Preferisci un'ascia o una motosega?»

«Nessuna. Sai che questo compleanno dovresti trascorrerlo con il sottoscritto...»

Quello era un patto che avevano stipulato i miei genitori dopo aver firmato i documenti del divorzio. Un compleanno con mio padre ed un altro con mia madre. Tecnicamente quel compleanno avrei dovuto trascorrerlo con lui, nonostante i desideri della mia *cara* mamma. Ma sapevo che mia madre non mi avrebbe mai concesso di trascorrere i restanti compleanni della mia vita con mio padre, e sapeva fin troppo bene che, se avessi potuto fare di testa mia, quello sarebbe stato il risultato.

«... quindi, dato che si tratta di una soglia importante per te, tua madre ha *gentilmente* proposto un accordo.»

«Quale?»

«Ci tengo a specificare che le ho detto sin da subito che non saresti stata d'accordo, okay?» Sospirò, poi aggiunse «Anziché restare da me per due settimane...»

«Assolutamente no.» Non gli diedi il tempo di finire la frase. «Ci vediamo pochissimo, papà. Tu lavori sempre e, tra il lavoro e i continui viaggi non abbiamo mai molto tempo da trascorrere insieme. Sai bene che non mi interessa il mio compleanno, io voglio stare con te! La mamma è con me ogni santo giorno della mia vita, può fare a meno di me per quattordici miseri giorni!»

«Ho provato a spiegarle che non saresti stata d'accordo.»

«E lei?»

«Ha detto che ti avrebbe parlato.»

«Manderà Michael in avanscoperta. Come sempre.»

Mio padre non rispose. Non provava molta simpatia per l'uomo che gli aveva rovinato il matrimonio.

Sospirai. «Le parlerò papà, ma se la mamma vuole festeggiare potremmo farlo prima. Non ho alcuna intenzione però di cederle sette giorni del mio tempo con te.»

«Nemmeno se quei sette giorni li usassi per venire da te tra un paio di mesi al massimo?»

Mi stava ricattando. Mia madre doveva avergli fatto il lavaggio del cervello. «Non potresti aggiungerli ai quattordici che ti spettano?»

«A dire il vero sì. Ma se tua madre sapesse che te l'ho detto mi fucilerebbe.»

Allentai la presa sul telefono, lo stavo stringendo talmente forte che le dita mi facevano male.

«Papà, anche dopo i diciotto anni continuerò a vivere i miei compleanni divisa a metà tra di voi, anche se sai bene quanto me che non esiterei un secondo a riempire le valigie e a venire da te. Cercherò di farle capire questo.»

«Buona fortuna allora.»

«Grazie.»

«Adesso devo andare bambina. Chiamami più spesso, ho temuto che ti fossi dimenticata di me.»

«Mai. Sei sempre nel mio cuore.»

«Anche tu.»

Non avevo il coraggio di riagganciare e, anche quando la linea non faceva altro che infastidirmi le orecchie con i suoi *tu-tu-tu*, rimasi aggrappata al telefono come se fossi stata aggrappata a mio padre.

Dovevo affrontare mia madre ma non volevo farlo. Preferivo di gran lunga i momenti in cui non ci parlavamo.

Indossavo ancora i boxer e la canottiera che ero solita indossare quando dormivo.

Margareth mi fece degli strani versi ma io non ero in vena di parlarle. Avevo ancora l'adrenalina che mi scorreva lungo il corpo, dovevo approfittarne. Entrai nello studio di mia madre, che, ovviamente non era sola.

«Melanie!»

Era scioccata e lo ero anche io.

Jake era nello studio di mia madre e nonostante avesse distolto lo sguardo, lo vidi arrossire.

Chiusi la porta alle mie spalle, Margareth mi stava venendo incontro. L'adrenalina aveva ceduto il posto all'imbarazzo.

«Ho cercato di avvisarti...»

«Non me lo aspettavo... io...» iniziai a farfugliare anziché andarmene dritto in camera mia.

La porta alle mie spalle si aprì di nuovo ed io percepii, ancor prima di voltarmi, la presenza di Jake alle mie spalle.

Perché non ero salita di corsa in camera?

Gli lanciai uno sguardo veloce, lui era ancora rosso e, dovetti riconoscerglielo, faceva di tutto per non guardarmi. Mi decisi a filare in camera e indossai una vestaglia che tendevo a non mettere mai. Aveva ancora il cartellino, meraviglioso!

Tornai giù e Jake era ancora lì. Cosa diamine era venuto a fare qui?

«Cosa ci fai qui?» Sembravo scortese e lo ero stata in realtà. Volevo imprimere nel mio tono scortesia, delusione e rabbia. Ma immaginavo che avanzasse un po' di spazio anche per l'imbarazzo.

«Tua madre ha contattato la scuola. Credo che volesse conoscermi...»

«Poi dici che non devo considerarti uno stalker o un serial killer! Ti ritrovo ovunque ormai, nemmeno a casa mia posso starmene tranquilla che ci sei tu che sbuchi ovunque!» A dire il vero nella mia mente la frase era diversa, somigliava più a questa: "nemmeno a casa mia posso andarmene in giro in mutande".

«Mel... dobbiamo parlare.»

Indossavo solo una vestaglia a mezza coscia, ero scalza ed avevo ancora addosso una notte di sonno inconcluso, quindi non osavo immaginare i miei capelli e il mio viso in che condizioni fossero, ed io che facevo? Me ne stavo nell'ingresso di casa mia a parlare con Jake. Voleva parlare di questo?

«No, Jake. Non dobbiamo parlare. Hai detto che ti ha contattato mia madre?» Realizzai con qualche istante di ritardo. Ero talmente presa dall'assurdità che era diventata la mia vita che non avevo colto il senso delle sue parole.

«Voleva capire con chi passassi tanto tempo. Immagino che tua madre conosca tutti i tuoi insegnanti.»

Era così infatti, nulla poteva sfuggire all'occhio vigile di mia madre. «Okay. Adesso che ti ha conosciuto perché sei ancora qui?»

«Perché sei cosi arrabbiata?» Mi chiese con gentilezza. Io lo avevo aggredito e lui era gentile. Ma io non avevo dimenticato il nostro ultimo incontro. Ma, un secondo... mi aveva davvero chiesto perché fossi arrabbiata? Era evidente allora che la sera precedente non fosse altro che un frutto della mia immaginazione. Solo io avevo immaginato che in quel momento qualcosa di bello stava succedendo prima che lui dicesse che con me, rispetto alle altre, era tremendamente difficile? Okay, non era mai stata pronunciata la parola "altre" ma ero ancora in grado di leggere tra le righe.

«Non sono arrabbiata.» Bugie. Bugie. «Voglio solo che tu vada via da casa mia.» Ancora bugie.

«Non me ne andrò finché non avremo parlato, Mel.»

Il suo tono mi fece arrabbiare ancor di più, non poteva venire a fare il professore in casa mia.

«Io non ti devo niente Jake, a meno che tu non voglia essere ripagato del tuo aiuto con Daniel. Ma io non ricordo di avertelo mai chiesto! E poi, ti è mai passato per l'anticamera del cervello che io non abbia nulla da dirti?» Okay, Melanie Prince alla riscossa. Ormai avevo iniziato, non riuscivo a fermarmi. «Sai che c'è? Io sono arrabbiata, è vero. Ma non so il perché, so solo che adesso lo sono ancora di più!»

Mia madre ci interruppe, notò la mia mise ma non disse nulla, anche se leggevo sul suo viso quanto quel mio atteggiamento la facesse infuriare. Ottimo. Eravamo tutti arrabbiati.

«Ci sono problemi, signor Brown?»

«No. Melanie voleva sapere come mai mi trovo qui. Glielo stavo giusto spiegando.»

Ero tornata ad essere Melanie. Aveva intuito che mia madre odiava i diminutivi o aveva capito che doveva lasciarmi in pace?

«Mi era sembrato di sentirla gridare.»

«Non ha fatto proprio i salti di gioia per le lezioni private.»

Puntai mia madre così come un cane da caccia avrebbe fatto con la sua preda. «Lezioni private?»

«Beh, Melanie cara, non potevi di certo aspettarti che ti lasciassi passare interi pomeriggi a scuola.»

«No mamma, non potevo di certo aspettarmi che non ti intromettessi nella mia dannatissima vita!»

Stavo dando spettacolo davanti a Jake: litigavo con una persona con cui non aveva senso litigare e che non conoscevo poi così bene, inoltre indossavo dei boxer sotto la vestaglia, boxer che Jake aveva visto.

Quel sabato mattina sarebbe entrato nella storia. «Melanie, credo che tu debba farti una tisana.»

«Mamma, credo che tu ti sia bevuta il cervello, ma ne parleremo dopo. Adesso posso, se non è chiedere troppo in questa casa, parlare con il signor Brown?»

«Certo.»

Mia madre non era così arrendevole di solito, mi sentivo inviperita ed evidentemente lo aveva notato.

Tornai a rivolgere la mia attenzione a Jake. «Da quando ti ho conosciuto mi sento come se avessi perso il controllo della mia vita e questa cosa non mi piace. Mi sento sempre osservata, come se tu ti aspettassi qualcosa da me mentre io non riesco a capire cosa. Avverto una sensazione sottopelle che mi dice di allontanarmi da te perché è come se avessi un'insegna a neon che brilla sulla tua testa che dice "sono pericoloso!" E l'altra sera...»

«L'altra sera?» Chiese lui con una scintilla negli occhi.

«L'altra sera non l'ho provata nemmeno per un secondo.»

«Ma sei fuggita via lo stesso» concluse. Il suo tono era basso e supplichevole. Il suo "perché" non pronunciato mi accarezzava le orecchie, i pensieri, mentre si faceva strada fino a raggiungere la mia voce.

«Certo che sono fuggita via. Non è propriamente simpatico o gentile sentirsi dire in un momento come quello che le cose sono difficili...» confessai mentre iniziavo a sentirmi un po' troppo calda in viso.

Mi stavo torcendo le mani, perché aveva tutta l'aria di una riconciliazione tra innamorati? I silenzi imbarazzati, gli sguardi rubati. Okay, ammettevo (come avevo sempre fatto) che Jake mi piaceva, ma era un po' ridicola quella situazione. Forse mi stavo creando troppi problemi e stavo rendendo la sua vita difficile, magari non era il contrario come mi stavo convincendo. Forse erano le mie paranoie e pensieri assurdi ad avermi catapultata in quella situazione.

«Credo di essermi perso nel tuo ragionamento. Cioè, non sono sicuro di aver afferrato bene il concetto.»

«Senti, in questa casa anche le mura hanno orecchie. Possiamo parlarne da un'altra parte?»

«Certo. A pranzo?»

«Sembrerebbe un appuntamento.» Iniziai a mangiucchiare la mia povera, innocente, e già abbastanza maltrattata, guancia.

«Non vuoi che lo sia?»

«Sei il mio insegnante.»

Lui alzò gli occhi al cielo, sembrava esasperato. «Non è vero. Sono l'assistente del tuo insegnante che ti aiuta in una materia in cui in realtà vai benissimo.»

«Va bene, a pranzo. Dove?»

«Decidiamo insieme dopo. Adesso vai a vestirti» e mi lanciò un sorriso malizioso. Stava flirtando con me?

«Ah... ehm, dove ci vediamo?»

«Ti troverò io.»

Jake aveva sollevato un bel polverone ed anche tanti dubbi nella mia testa. Per un nanosecondo mi ero dimenticata di mia madre e della sua idea assurda, così quando me ne ricordai, filai dritta nel salone. La trovai che parlava con Margareth di una cena o qualcosa del genere.

«Margareth, mi lasceresti da sola con mia madre?»

«Certo, signorina.»

Si richiuse la porta alle spalle ed io scattai al click della porta.

«Ho chiamato papà stamattina. Sappi che non sono d'accordo con la tua idea. Festeggerò il mio compleanno a Londra e vivrò i miei quattordici giorni di beatitudine con mio padre. Sono disposta a festeggiare qui anche con te, non temere. Ma non avresti dovuto nemmeno provare a sottrarmi del tempo con lui!»

«Non volevo sottrarti del tempo con tuo padre, non lo farei mai. Pensavo ti facesse piacere festeggiare qui, con i tuoi amici, con Catherine.» Disse con tono amareggiato.

«Lo avrei fatto comunque, mamma.»

Lei mi guardava con lo sguardo imbronciato. «Va bene, allora.»

«Non credere che non abbia capito il tuo gioco, mamma. Smettila. Non dimenticare che una volta che avrò compiuto diciotto anni sarò libera di scegliere da sola con chi passare i miei compleanni.»

La sua espressione si trasformò: passo da una muta tristezza a un sibilo di dolore, l'avevo ferita. Mi sentivo soddisfatta di quel risultato ma mi dispiaceva anche. Non volevo starmene lì a ricordarle quello che provavo e sentivo nei suoi confronti, ma non avevo fatto altro che dirle la verità. Avevo scelto di essere onesta quando invece avrei fatto bene a mentire, era pur sempre mia madre. Anche se, tendevo a dimenticarlo molto facilmente e fin troppo spesso.

Mi infilai sotto la doccia, quello di sicuro avrebbe allentato la mia tensione, per quanto possibile. Avevo ancora i capelli bagnati quando inviai un messaggio a Cat.

"*Ho litigato con mia madre. E Jake mi ha vista in mutande.*"

Infilai un paio di mutandine, sicuramente più femminili dei miei boxer, e un reggiseno. Lessi la risposta di Cat: "*E' ancora viva tua madre? Come sarebbe a dire che Jake ti ha vista in mutande? Si tratta di una situazione bollente o sto solo costruendo tanti castelli campati per aria?*"

"*Mia madre è giù a leccarsi le ferite, ma tornerà presto all'attacco. Lei ha chiamato Jake perché era sorpresa di non conoscere un mio insegnante e lui mi ha beccata in mutande. Adesso ho un appuntamento con lui a pranzo.*"

Decisi di indossare dei jeans. Avevo sfidato abbastanza la sorte con Jake tra gonne e boxer da notte. Vi abbinai la maglietta nera della *diesel* e poi andai ad asciugarmi i capelli.

Avrei fatto bene a tagliarli quanto prima, erano troppo lunghi.

Il messaggio di Cat era lungo quasi due pagine! "*Come? Mio Dio! Ti avevo detto che bastava poco! Tu ti sei fatta trovare in mutande e lui ti invita a pranzo! Visto che riesco a leggerti nel pensiero, amica mia, dimmi esattamente cosa stai indossando in questo istante e dimmi che non è qualcosa di cotone blu scuro come un jeans, altrimenti mi fiondo lì da te ed invado la tua privacy! Accidenti, non puoi trasformarlo in un appuntamento a quattro? Mi manca il fondoschiena del professor Brown ;) Non arrabbiarti, ho dato solo una sbirciatina. Mandami una foto dei tuoi vestiti!!!!!!!!"*

Diamine, otto punti esclamativi!

Presi un vestito dall'armadio e gli scattai una foto che inviai a Cat. Non avevo alcuna intenzione di indossarlo. Dovevo darci un taglio con questa storia di Jake. Speravo almeno di riuscire ad ottenere un po' di chiarezza sulla nostra situazione che sin da subito era stata ingarbugliata.

Erano solo le dieci e trenta del mattino ed io ero già pronta. Misi il telefono nella borsa e uscii fuori. Il tempo non prometteva nulla di buono, ma per fortuna avevo un ombrellino con me. Martin era lì che parlava al telefono, quando si voltò a guardami cambiò espressione. Oh no! Cat aveva mandato il mio autista in avanscoperta. Gli intimai di stare zitto e lui mise il vivavoce.

«Cosa indossa?» Chiese la voce traditrice della mia migliore amica dall'altro lato del telefono.

Mostrai la foto a Martin del vestito lilla che le avevo inviato poco prima.

«Un abito lilla.»

«Le scarpe?»

Allargai le mani a mimargli "tacchi" e lui comprese al volo.

«Delle scarpe argentate con un tacco notevole.»

«Ah okay, va bene. Allora, tornando a noi...» Martin si affrettò a togliere il vivavoce e dopo aver scambiato qualche parola con Cat si voltò a guardarmi.

«Me la farà pagare quando scoprirà che ti ho coperta.»

Mi strinsi nelle spalle. «Preferisci sopportare la sua ira o di essere licenziato?»

«Bene.»

Ci sorridemmo. Martin sapeva che non lo avrei mai licenziato, ma evidentemente comprendeva il mio disperato bisogno di evadere da tutti quei controlli nella mia vita.

«Ho bisogno di passare in Biblioteca.»

«Va bene. Poi?»

«Poi puoi lasciarmi lì.»

«Non posso.»

«Come sarebbe non puoi?»

Martin era impegnato a non investire una dog-sitter che stava attraversando senza rispettare il semaforo.

«Tua madre mi ha chiesto di tenerti d'occhio.»

«Ora mando un messaggio a Cat e le dico che non hai intenzione di lasciarmi sola.»

Lui mi lanciò uno sguardo di supplica. «Facciamo una cosa, Martin. Hai la giornata libera e ti do il permesso di mentire a mia madre dicendo che siamo insieme. Quando dovrò rientrare ti chiamerò e ci accorderemo per una storia di copertura, okay?»

«Non credo che vada bene, ma suppongo che se non faccio come dici ripeteremo una delle tante storie che mi racconta mio padre.»

«Tipo quale?» Chiesi curiosa.

Avevo tanti ricordi legati ad Augustus, ma quelli della mia infanzia erano radi e privi di connessioni logiche.

«Tipo quella di quando volevi una granita e, nonostante non potessi mangiarla perché avevi delle coliche, sei fuggita via dal parco finché mio padre non ti ha riacciuffata con tanto di affanno.»

Risi. «Sì, solo che adesso corro molto più veloce di allora.»

«Lo so.»

Martin fece come gli avevo chiesto e mi lasciò fuori alla Biblioteca. Non c'era un motivo preciso per cui fossi andata lì, avevo solo voglia di sentire l'odore dei libri e starmene un po' tranquilla. Di starmene in un posto dove potevo sentirmi a mio agio, tra le sole parole in grado di confortarmi e comprendermi.

Jake aveva detto che mi avrebbe trovata, non mi restava altro da fare, se non vedere quanto tempo avrebbe impiegato.

Jake

Aspettavo che Mel uscisse dalla Biblioteca, il cielo era coperto di nuvole e c'era un leggero vento che portava via le prime foglie cadute. Mancava ancora un mese all'autunno, ma quello non aveva arrestato la loro caduta.

Era così che mi sentivo anche io: in caduta, una picchiata folle e fuori tempo, fuori dallo spazio. Verso Melanie.

Avevo trascorso le ultime ore a cercare di capire come affrontare la storia con lei. Nessun legame e nessuna aspettativa. Dovevo solo proteggerla, poi sarebbe arrivato il giorno in cui le nostre strade avrebbero preso direzioni opposte. La mia conduceva al mio mondo, la sua la vedeva legata alla mortalità.

Ma non potevo dimenticare quello che avevo provato quando l'avevo toccata. Cercavo un modo per imprimerle un marchio, qualcosa che mi permettesse di trovarla, sempre. Il Consigliere non mi avrebbe concesso una terza possibilità.

Le avevo sfiorato la mano e, per la prima volta nella mia esistenza, avevo avvertito l'elettricità.

Ero abituato a sentirmi freddo e vuoto, ma quando avevo sfiorato la pelle di Melanie, non avevo sentito altro che calore e qualcosa di sconosciuto, qualcosa che non avevo mai provato. Almeno, non così intensamente.

Il corpo di Melanie opponeva resistenza e le avevo stretto il polso e bloccato il viso tra la mia mano e il mio sguardo. La stavo marchiando, le stavo lasciando una parte di me per poterla localizzare. Non avevo previsto che anche lei potesse fare lo stesso con me.

Inconsapevolmente, Melanie mi aveva toccato dove nessuno era mai arrivato. Mi aveva marchiato, anche se in maniera diversa da come lo avevo fatto io.

Ciò che era nato per essere un legame senza vincoli si era trasformato in una prigione emotiva.

Era da poco passato mezzogiorno quando Melanie entrò nel mio campo visivo. Indossava un paio di scarpette da ginnastica, un jeans ed una canottiera sportiva. Legato in vita aveva un giubbotto di jeans. Quando mi vide mi si avvicinò, aveva l'aria imbronciata, arrabbiata, ed era terribilmente adorabile.

«Dove andiamo?» Mi chiese. I suoi capelli erano mossi da quel vento leggero e le ondeggiavano sulle spalle.

«Non conosco bene la città. Dove consigli di andare?»

«Io non ho molta fame.»

«Nemmeno io.»

«Senti Jake...» Non mi stava guardando e non la smetteva di spostarsi le ciocche ribelli dal viso.   «Posso farti una domanda?»

Sorrisi. «Siamo qui per questo.»

«E sarai sincero?»

«Se mi sarà possibile.» Era l'unica cosa che potevo garantirle. La sua memoria era ancora spenta, non era pronta a conoscere la verità ed io non potevo rivelargliela.

«Cosa vuoi da me? Perché sei così ostinato? Dimmelo ti prego, perché io non so davvero cosa credere, cosa pensare. Non mi piace non avere il controllo della mia vita e con te mi sembra di perderlo troppo spesso. Mi confondi. Un attimo prima sei un ragazzo che mi salva da avance indesiderate ed il momento dopo sei un insegnate, poi ti riveli l'assistente del mio professore e l'attimo dopo mi ritrovo seduta in un parco con te che… che mi dici che sono complicata. E' circa una settimana che ti conosco ma dal primo momento hai incasinato la mia vita. Ora ti chiedo, perché?»

Non credevo che Melanie provasse tanti sentimenti contrastanti nei miei confronti. Immaginavo di essere l'unico a non sapere come comportarmi con lei, a pormi mille domande. Prima fra tutte: perché mi sentivo in quel modo quando ero con lei?

«Tu mi confondi Mel. Per un secondo credo di riuscire a gestire la situazione e poi tu fai qualcosa che me lo rende impossibile.»

«Non hai risposto alla mia domanda, ma può aspettare. Cosa faccio di preciso che ti manda in confusione?»

Dovevo conquistarmi la sua fiducia, potevo offrirle un briciolo di verità? Dovevo.

«Mi guardi con quei tuoi occhi enormi, spalancati, fiduciosi e sembra che tu riesca a vedermi dentro. Distogli lo sguardo quando arrossisci… sono piccoli gesti che non mi rendono lucido ed io devo esserlo quando sono con te.»

Le sue guance si tinsero di rosa e mi sentii soddisfatto perché ero stato io a provocarle quella reazione, una mia piccola conquista segreta.

«Rispondi alla mia domanda, Jake.»

«Voglio conoscerti Mel. Solo questo. E' chiedere troppo?»

«No, Jake, non lo è. Ma è strano, capisci? Non riesco a capire se…»

Percepivo chiaramente il suo tormento. «Non riesci a capire le mie intenzioni con te.»

Lei annuì e guardò lontano, lontano da me. Mi passai una mano tra i capelli, ero frustrato. Non doveva essere così difficile, se Melanie non fosse riuscita a vedermi per le sue strane ragioni tutto questo non sarebbe mai successo. Mi ritrovavo per la seconda volta a non essere invidioso degli Angeli Custodi. Anche se io ero l'angelo, avevo notato che essere mortale comportava molti più rischi, molti più problemi. Molte più contraddizioni.

Cosa potevo risponderle? Che volevo esserle amico? Che dovevo proteggerla? La sua domanda implicita ci circondava e ci soffocava, ma nessuno di noi due dava aria ai polmoni per lasciarle prendere forma: "Dove ci porterà tutto questo?"

Io lo sapevo: ad un vicolo cieco. Dopo aver fatto il mio dovere, Melanie sarebbe stata solo un paragrafo nella mia storia, forse un capitolo, ma comunque un'esperienza passata. Un ricordo.

Ed io? Io cosa sarei stato per lei? Ammesso che fosse sopravvissuta e che avrebbe mantenuto la memoria dell'altro mondo. Io per lei cosa avrei rappresentato, se non colui che l'aveva trascinata in una guerra, in un altro mondo?

«Ti prego di credermi quando ti dico che sto cercando di non dare libero spazio alla mia immaginazione, e sto tenendo a freno anche le sensazioni che sento, e la vocina nella mia testa che mi ripete di non fidarmi di te. Però tu non lo rendi facile. Hai detto che con me è complicato, allora perché continui a provarci?»

Faceva tutte le domande giuste ma al momento sbagliato. Ed io ancora non avevo deciso come risponderle. Come avrebbe reagito se le avessi chiesto "Proviamo ad essere amici?"

Come mi sarei sentito se lei lo avesse chiesto a me? Sollevato. Infuriato. Mi sarei tolto un peso dallo stomaco ma sarei stato insoddisfatto per tutto il tempo che l'avrei avuta al mio fianco. E se lo sapevo era perché, anche ora che lei mi stava di fronte con le sopracciglia aggrottate, i capelli ribelli che le svolazzavano davanti al viso, io non desideravo altro che toccarla. Lo avevo desiderato da quando aveva sciolto il contatto della nostra pelle la sera prima nel parco. Da allora non avevo fatto altro che pensare all'elettricità che mi aveva attraversato e a come mi ero sentito bene mentre il mio pollice le accarezzava il viso.

«Perché non riesco a farne a meno. Vorrei farlo funzionare...»

Non sapevo come interpretare il suo sorriso. Era freddo e distaccato. «Far funzionare cosa, Jake? Stai dicendo tutto, ma in realtà non dici niente. Come pensi che io capisca di cosa stiamo parlando?»

«Possiamo provarci Mel, intendo, a fidarci l'uno dell'altra?»

«Io non mi fido di te.»

«Io invece, mi fido di te.»

Finalmente riuscii a scuoterla dallo stato in cui si era congelata. Mi stava fissando incredula, ma almeno adesso mi guardava. Non sarei stato mai sazio dei suoi occhi persi nei miei. Era come trovarsi in una distesa di terra, dolce e calda che ti avvolgeva, intorpidendo i sensi e che ti faceva desiderare di restare lì per sempre. Se l'azzurro era il colore di chi apparteneva ai cieli, il marrone era il colore del paradiso. Perché quando guardavo i suoi occhi, mi sentivo finalmente a casa.

«Melanie, posso chiederti un atto di fiducia nei miei confronti?»

«In che senso?»

«Prometto di dirti tutto. Solo, fidati di me quando ti dico che adesso non posso. Posso solo prometterti che non ti nasconderò nulla, non lo farò mai più dopo averti confessato la verità.»

«Potrei accettare se mi fidassi di te, Jake. Ma non mi hai dato un solo motivo per farlo.»

L'orologio segnava l'una. Parlavamo da un'ora e non avevo trovato ancora una soluzione, non riuscivo a rompere le barriere che Melanie costruiva quando si trovava con me, si rifugiava dietro di esse e riaffiorava soltanto ogni tanto. Il marchio che le avevo imposto mi lanciava dei messaggi chiari, voleva fidarsi ma non ci riusciva. Qualcosa glielo impediva.

Ero perso nella mia testa, tra i miei pensieri e non mi ero accorto che Melanie non era più davanti a me. Stavo già camminando nella sua direzione quando la vidi ferma vicino un chiosco, a comprare due hot dog. Ne addentò uno poi mi offrì l'altro. Lo presi senza riflettere. Mi aveva comprato il pranzo. Quella ragazza che non faceva altro che essere arrabbiata con me, che non poteva fidarsi di me, che mi considerava uno psicopatico, mi aveva comprato il pranzo.

«Credevo che non ti accontentassi di un hot dog.»

«Che intendi?»

«Sei una Prince.»

Lei alzò gli occhi al cielo. «Questo non aiuta la tua causa nella corsa alla fiducia.»

Le sorrisi e diedi un morso al mio pranzo. «All'inizio pensavo di averti inquadrata bene, sai? Ragazzina viziata e piena di soldi.»

«E adesso?» Aveva la bocca sporca di ketchup, lo le leccò via e mi chiese con l'aria di chi la sa lunga: «Hai cambiato idea per un hot dog?»

«No. Ho cambiato idea quando ti ho vista a scuola. Tra tutte le ragazze tu eri quella che spiccava di più. E non perché tu sia la più bella, ma perché sei diversa. Distruggi tutte le aspettative, non fai mai quello che credo tu possa fare in una data situazione. Sei sorprendente.»

Lei diede un altro morso mentre continuava a sostenere il mio sguardo. Era divertente e intenso quando lo faceva, quando cercava di capire se fossi sincero o se stavo provando a manipolarla in qualche modo per ottenere la sua fiducia. Mi guardava negli occhi per cercare la verità. Quando distolse lo sguardo per appallottolare la carta del panino, mi chiesi cosa avesse visto e se le fosse piaciuto quello che aveva scovato.

Camminavamo per le strade affollate di New York. Io mi sentivo claustrofobico mentre Mel avanzava decisa come se stare in mezzo alle persone la facesse sentire a suo agio, come se fosse libera.

Non so se lo avesse deciso lei o il fato, ma tornammo a Central Park e Melanie si sdraiò sull'erba. Io la raggiunsi e la osservai.

«Ipotizziamo che anche io voglia provarci...»

«Sì?» Chiesi speranzoso, facendo nascere un piccolo sorriso sulle sue labbra.

«Dopo quanto tempo mi diresti la verità?»

«Dopo quanto la vorresti?»

Lei sorrise alla mia domanda e allargò le braccia sull'erba. «Subito.»

«Non puoi...» e le indirizzai un sorriso anche se non poteva vedermi.

«Bene. Prima di Natale?»

Quello era un buon accordo. Per allora Melanie avrebbe dovuto acquisire la memoria di Eyshriin.

«Affare fatto.»

Avevamo siglato un patto e, per la prima volta in sessantaquattro anni, non avevo provato il solito brivido pensando alla mia ex compagna.

Capitolo Sei

Melanie

Amavo New York con tutta me stessa, ma quel giorno la sentivo come un'estranea. Non riusciva a infondermi quel senso di pace come faceva sempre, l'ansia che sentivo crescermi dentro sovrastava la magia che quella città, la mia città, esercitava su di me. Sapevo anche che la colpa era di Jake. Ovunque andassimo, vedevo donne e ragazze andare in estasi solo posando gli occhi su di lui e non potevo di certo biasimarle.

Jake non aveva solo un bel visino. Aveva anche un bellissimo corpo. E non lo dicevo perché lo avessi visto, non era affatto così, al massimo intravisto… lo dicevo perché la sua maglietta blu elettrico e il suo jeans, non lasciavano molto all'immaginazione, ecco.

Se pensavo che solo quella mattina mi aveva vista quasi nuda mi veniva voglia di fuggirmene a gambe levate o di urlare per la vergogna.

«Sei silenziosa.»

«Anche tu non sei molto loquace.»

«Mi sto godendo il momento.»

«Quale momento?»

«Questo. Noi due. Tu che non fai troppe domande.»

Mi chiesi cosa mi nascondesse. Un'ex fidanzata invadente? Un passato pericoloso? Chi era Jake Brown, e cosa voleva da me? Non avevo accettato la sua proposta per i motivi che lui credeva, volevo semplicemente sapere. Solo questo mi interessava. Aspettare e poi sapere era sempre meglio di non sapere mai e poi mai.

Eravamo ancora a Central Park ed io me ne stavo comodamente sdraiata sull'erba, rimpiansi di non aver portato con me un libro. Anche se il tempo era cupo e il vento mi dava il tormento, leggere, circondata dagli scoiattoli e dagli uccellini, sarebbe stato rilassante. Ma con Jake al mio fianco non potevo pensare di potermi rilassare, nemmeno per un secondo. Jake teneva vivi e all'erta i miei nervi.

«Allora… parlami un po' di te.» Gli chiesi.

«Come?»

«Hai detto che non conosci molto bene New York. Allora, di dove sei?»

Aprii gli occhi, immaginando di trovarmelo davanti ma lui non c'era. Mi alzai sui gomiti e sentii un brivido lungo la schiena. Abbassai lo sguardo alla mia sinistra e notai che era la sua mano quella che mi aveva provocato quel brivido. Mi stava toccando. Di nuovo.

«Scusa, avevi un po' d'erba sulla schiena…» si schermì ed io mi morsi il labbro. «Allora?»

Era più facile parlare di cose neutrali che riflettere sulle sensazioni che mi provocava il contatto della nostra pelle.

«Non posso dirtelo.»

«Non avevo capito che la questione della fiducia fosse una strada a senso unico. Ti informo che non funziona così.» Ribattei offesa.

«Mi dispiace Mel, ma non posso.»

«Perché mi chiami Mel?»

Non aveva senso quella domanda eppure gliel'avevo posta. Dalla prima volta che mi aveva chiamata Mel volevo chiederglielo.

«Mi viene naturale, scusa. Se ti infastidisce ti chiamo Melanie.»

Mi misi a sedere, non sopportavo di stare così vicina a lui e non poterlo toccare. «Va bene Mel. Non mi stai dando nessun aiuto Jake.»

«Allora ti dirò ciò che posso, okay?»

Sospirai guardando i fili d'erba ai miei piedi. «Proverò a farmelo bastare.»

«Il posto da dove vengo non è New York, non è qui negli Stati Uniti.»

«Hai mai pensato di darmi una vera risposta? Non fai altro che far aumentare le domande… e a quanto ho capito è ciò che tu non vuoi.»

Anche lui si mise a sedere, negli occhi uno sguardo disperato e feroce. Era come se avesse voluto davvero rispondermi ma non ci riuscisse.

«Okay. Bene, fa niente.»

Strinsi le ginocchia al petto e guardai fisso davanti a me. L'aria era diventata fredda e così mi infilai il giubbotto. Jake mi osservava attentamente e più i suoi occhi seguivano i miei movimenti, più il mio cuore accelerava.

«Non dovresti avere un ragazzo, Mel?»

Era un tentativo di sembrare indifferente mentre mi chiedeva se avevo il fidanzato? «E' una lunga storia…»

«Raccontamela.»

«Non ho il ragazzo perché sono una stronza, okay?»

Lui rise. «Okay, me lo ricorderò.»

Ignorai le farfalle nello stomaco per la vaga allusione e aggiunsi «Tu credi che io stia scherzando? Avresti dovuto vedermi all'appuntamento dell'altra sera. Praticamente l'ho fatto fuggire via a gambe levate!»

«Quando ci siamo incontrati?»

«Sì. E' come se qualcosa dentro di me scattasse quando si tratta di ragazzi. Una sorta di sesto senso che mi dice "Mel, non fidarti!"» Sospirai e gli dissi guardandolo in tralice: «Ultimamente quella è la frase che sento più spesso.»

«Il tuo intuito ti dice di non fidarti di me» era una constatazione e lui non aveva battuto ciglio. Gli sembrava normale?

«Già.»

Mi sorrise compiaciuto. «Ma ci stai provando lo stesso. Perché?»

Ecco, quella era una domanda che mi aspettavo ma a cui non sapevo rispondere, non ne avevo la più pallida idea. Non ero io quella che faceva domande?

Notai una strana pietra luccicante accanto ai miei piedi, mi allungai a prenderla mentre la maglietta e il giubbotto mi scoprivano la schiena, il vento freddo mi fece rabbrividire.

Stringevo tra le mani una pietra a forma di mezzaluna, non era perfetta ovviamente. Era smussata e irregolare, una delle due punte era incredibilmente doppia, il suo opposto era invece, molto sottile.

«Trovato qualcosa?»

«No.» Lasciai ricadere la pietra e tornai a stendermi accanto a Jake. Le nostre mani erano vicine, ma lui non accennava a muoversi e nemmeno io. Avevo una voglia matta di provare le sensazioni che avevo provato quella prima volta, quando ci eravamo sfiorati, ma temevo di scoprire che si era trattato solo di un bel sogno, che quello che avevo sentito e vissuto lo avessi provato solo io.

Jake si scostò e si girò su un fianco per guardarmi. Io voltai la testa di lato e ricambiai il suo sguardo.

Non capivo quel ragazzo e non sapevo nulla di lui. Ma volevo conoscerlo, almeno un po'. «Quanti anni hai, Jake?»

«Rispondi alla mia domanda ed io risponderò alla tua.»

«La tua domanda?»

«Perché hai deciso di fidarti?»

Gli sorrisi. «Non ho deciso di fidarmi. Sei ancora in fase di valutazione.»

«Non eludere la domanda.»

«Non eludere le mie, allora.»

Anche lui sorrise e tornò a fissare il cielo. «Credo che stia per piovere.»

Non aveva nemmeno finito di dirlo che una goccia mi colpì. Mi alzai e mi pulii quanto meglio possibile i jeans. La pioggia iniziava a cadere sempre più fitta, anche se leggera, e tirai fuori il mio ombrellino. Jake se ne stava impalato, sotto la pioggia. Aveva intenzione di farsi il bagno?

«Che aspetti? Vieni!» Lo incalzai.

Lui mi raggiunse e mise la sua mano sulla mia. Non avevo pensato che quella distanza fosse necessaria perché altrimenti, sotto il mio ombrellino, saremmo stati *costretti* a sfiorarci. Costretti poi, era una parola grossa.

«Lascia che lo porti io, sono più alto.»

Gli lasciai il controllo del mio ombrello e con l'altro braccio mi strinse a sé. "*Oddio. Respira, Mel*".

Speravo che non si accorgesse del mio cuore impazzito, speravo che non mi guardasse nemmeno per un secondo, perché altrimenti avrebbe letto il mio imbarazzo, la mia gioia, la mia euforia per quella semplice vicinanza di circostanza.

Avrebbe capito che ero attratta da lui, certo glielo avevo quasi confessato con le mie frasi sconnesse, ma era comunque diverso.

«Se ti lascio fuori casa, poi mi presti l'ombrello?»

Un tuono squarciò il cielo. Erano solo le tre del pomeriggio ma sembrava fosse calata la notte. Alla pioggia seguì una discesa libera dal cielo di pezzettini di ghiaccio.

Parlai senza riflettere. Perdevo di nuovo il controllo della mia razionalità. «Jake non ti lascio andare in giro con questo tempo. Entra pure, ti asciughi e poi…»

Lui si fermò di scatto e mi trattenne per la spalla. Ottimo, doveva aver frainteso le mie intenzioni ed io mi sentivo così stupida. «Ma non guardi i semafori?» Mi chiese esasperato.

«Come?»

«E' rosso.» Mi fece notare ed io non gli risposi per l'imbarazzo. Poi aggiunse «Ti ringrazio, ma sei sicura che per te non sia un problema? Il tuo corpo si è appena irrigidito.»

«Va bene.» Cercai di apparire rilassata e disinvolta, ma dubitavo di esserci riuscita. Aveva notato la reazione del mio corpo!

In casa non ci sarebbe stato nessuno eccetto i domestici, pregai che Jake non fraintendesse le mie intenzioni. Era stata semplice cortesia la mia! Lo stalker era lui, non io.

«Vieni con me.»

Fino al giorno precedente pensavo a Jake come un possibile assassino e adesso me lo portavo in casa e gli facevo fare anche il giro turistico.

Entrai nella camera di mia madre per prendere da uno dei cassetti un pantalone di Michael e una sua maglietta, li porsi a Jake e gli indicai il bagno padronale. «Sentiti libero di usare la doccia. Gli asciugamani sono nel mobile accanto al lavandino.»

Lo lasciai lì e mi rifugiai nella mia camera. Mi sfilai i vestiti, che non erano poi molto bagnati, e infilai i pantaloni della tuta e la mia solita canottiera. Raccolsi i capelli in una coda e poi uscii fuori.

Margareth stava salendo le scale «Melanie, bentornata.»

«Ciao, Maggie.»

Vedere Maggie aveva portato alla memoria un piccolo dettaglio: Martin. Rientrai in camera e digitai un messaggio veloce *"Martin, la pioggia mi ha colta alla sprovvista. Sono a casa!"*

La porta della mia camera si spalancò e Maggie entrò, bianca come un lenzuolo. «Maggie?»

«La porta del bagno è chiusa.» Stringeva tra le mani gli asciugamani puliti e mi fissava terrorizzata.

«Non preoccuparti, è un mio amico.»

Lei non si rilassò nemmeno un po'. «Un tuo amico?» Mi chiese con voce stridula.

«Non ti preoccupare. Rilassati.»

Sentii il rumore della porta e superai una Margareth scioccata mentre raggiungevo Jake.

Il bagno si trovava di fronte alla mia camera, ma al lato opposto delle scale quindi, c'era uno spazio enorme che ci divideva e che affacciava sulle scale che portavano al piano inferiore.

I capelli di Jake erano più scuri grazie all'acqua e gli ricadevano sul viso in ciocche dense e lucide, i suoi occhi sembravano ancor più luminosi, più scuri e intensi. La maglietta di Michael lasciava scoperte le sue braccia mostrandomi quanto fossero muscolose e tornite.

Lo stavo fissando a bocca aperta, ma anche lui mi stava guardando con un'espressione intontita. Mi strinsi le braccia al petto come per proteggermi. Mi faceva sentire nuda quando mi guardava in quel modo. Ingoiai il groppo che avevo in gola e mi avvicinai a lui. Quando lo raggiunsi gli sfilai i vestiti dalle mani e mi accorsi che erano completamente bagnati.

«Ma cosa…?» Io non ero tornata così fradicia a casa. Certo, l'acqua mi aveva colpita, ma era come se Jake ci avesse camminato per ore sotto!

Incontrai il suo sguardo e la sua occhiata mi diede la risposta che non volevo: aveva riparato solo me.

«Perché?»

«Non voglio che ti ammali.» Disse semplicemente.

«E tu?»

«Io non mi ammalo mai.»

Qualcuno alle mie spalle si schiarì la voce. «Signorina Prince?» Margareth. Le andai incontro con un sorriso a trentadue denti

«Devo chiederti un enorme piacere Maggie! Lui è Jake ed è un mio amico, quindi non ti preoccupare!»

«Melanie, come puoi essere amica di un uomo di trent'anni?»

«Trent'anni?»

«Tua madre così dice.»

Okay. Informazione non desiderata. «Non preoccuparti di questo. Ti dispiacerebbe mandare in lavanderia i suoi vestiti?»

Lei prese la pila di panni dalle mie mani e mi lanciò un'occhiataccia. Sapevo che non voleva lasciarmi da sola con lui, ma si allontanò comunque sibilandomi «Bada a ciò che fai, bambina».

Jake

Ero seduto su una poltrona nel salotto di Melanie. Lei batteva il piede e controllava ogni cinque secondi l'orologio, e il tempo.

«Ti va un caffè?»

Erano le prime parole che mi rivolgeva da quando eravamo entrati nel suo salotto, uno spazio enorme tinto di bianco. Un arredamento moderno e soft regnava sovrano in quella casa, era difficile credere che si trovasse all'interno di un edificio. Nulla a che vedere con il mio appartamento fuori mano.

«Va bene.»

Lei si alzò. Non avevo previsto che il caffè dovesse farlo lei. Mi aspettavo che fosse un compito della domestica.

«Dove vai?»

«A preparare il caffè.»

«Ho cambiato idea. Non lo voglio.»

Lei si toccò la coda e riprese a mordersi il labbro. «Sei nervosa, Mel?»

«No.» Aveva risposto in fretta ed era arrossita, io le sorrisi e lei arrossì ancor di più. Dio, cosa mi stava succedendo? La situazione mi stava sfuggendo di mano, Melanie mi destabilizzava ad un livello profondo. Le bastava uno sguardo per ridurmi in cenere. Perché?

«Okay, lo ammetto. Sono un po' nervosa ma non è per colpa tua.»

«Ah no?»

«Ti farebbe sentire meglio se ti dicessi che hai ragione?»

«Forse un po'.»

«A me no. A me farebbe stare solo peggio. Quindi cerca di non farmi troppe domande a cui non mi va di rispondere. Penso tu me lo debba, no?»

Colpito e affondato. «Va bene. Non ti farò domande indiscrete.»

Un tuono percosse le mura dell'appartamento e sentii un gemito provenire da Melanie. Sembrava che fuori si stesse scatenando una tempesta, la stessa che provavo io in quel momento, mentre il mio mondo veniva scosso da quella ragazzina innocente.

«A me va un caffè. I tuoi vestiti saranno pronti tra poco. Io... cioè tu... insomma, se ti va puoi venire con me mentre lo preparo, oppure puoi aspettare qui.»

«Vengo con te.»

Mi alzai e la seguii. Della cameriera non c'era traccia ma sentivo costantemente il suo occhio vigile che ci seguiva. Era affezionata a Melanie e il sentimento era ricambiato, Mel sembrava molto più a suo agio con la domestica che con sua madre, da quanto ero riuscito a percepire solo quella mattina.

«Hai una casa splendida.»

«E' la casa di mia madre e di suo marito» affermò, come se quello giustificasse o spiegasse almeno quel lusso. Melanie non sembrava affatto aver risentito del suo status sociale, anzi era come una delle tante ragazzine che avevo seguito per New York prima di trovarla. Era normale a modo suo, ma era già qualcosa.

Entrammo nella cucina e Melanie iniziò a preparare il suo caffè. Dopo cinque minuti esatti il suo aroma ci avvolse e Melanie lo zuccherò. Prese due tazze e me ne offrì una.

«Volevo chiederti una cosa.»

«Dimmi.»

«Abbiamo trascorso l'intera mattina insieme, abbiamo passeggiato e abbiamo raggiunto una sorta di accordo. Eppure, nonostante non ci siano stati grandi discorsi o dialoghi tra di noi, mi sento come se ogni semplice sillaba di quelle poche parole, come se ogni singola parola avesse un peso enorme...»

«Questa non è una domanda.»

«No, non lo è. Mi chiedevo perché sento...» sbarrò un po' gli occhi e poi li rivolse altrove, verso la credenza. «Nulla. Lascia stare. Sto blaterando.»

Non volevo lasciar stare, anche se era sbagliato, anche se non dovevo e anche se non aveva senso, volevo sapere tutto ciò a cui pensava. Credeva che io non mi sentissi come lei? Disorientato? Travolto? Incompleto? Dovevo essere un buon attore e stavo svolgendo al meglio il mio dovere se era così. Dentro però, sentivo un vuoto incolmabile, che svaniva quando lei era con me.

«Melanie...»

La porta si aprì ed entrò Margareth. Stringeva tra le mani i miei vestiti e me li porse continuando a guardare severa Melanie.

«La ringrazio... signora?»

«Signora Smith.»

«Okay. Grazie mille, signora Smith.» Per me il vezzeggiativo Maggie era off-limits.

Lei non si mosse ed io compresi che stava aspettando che andassi a cambiarmi. Le indirizzai un sorriso di scuse e avanzai di un passo. Lei mi fece strada verso il bagno e mi concesse un po' di privacy per indossare i miei abiti, puliti e asciutti.

Quando rimasi solo, mi afferrai la testa tra le mani. Mi stava succedendo qualcosa, qualcosa che mi impediva di tenere il controllo della mia vita.

E quel qualcosa aveva un nome: Melanie.

C'erano momenti, quando mi guardava, in cui non vedevo lei, ma avvertivo dei profondi occhi blu fissarmi, dolci e penetranti. Poi in altri, riuscivo a distinguere Mel da Eyshriin. Ma non era così semplice. Erano diverse, non c'era dubbio. Ma dentro di me, avvertivo la presenza di Eyshriin in Melanie. E dovetti ammetterlo, ne avevo paura. Una paura tremenda.

Melanie era un lago calmo e placido nel quale potevi annegare senza mai provare paura, perché sapevi che lei ti avrebbe sorretto e aiutato, compreso e amato nonostante tutto. Eyshriin era un cielo in tempesta, se non prestavi abbastanza attenzione rischiavi di ferirti, talvolta mortalmente. Come quando il cuore ti veniva strappato dal petto per essere ridotto in mille pezzi. Quello era ciò che aveva fatto Eyshriin con me, mi aveva distrutto. Mi aveva strappato il cuore, e adesso lo sentivo battere. Di nuovo.

Quando Melanie pronunciava il mio nome, quando fermava il suo sguardo nel mio, quando si imbarazzava. Era come se avesse trovato quel muscolo atrofizzato, disorientato e ferito e lo avesse rimesso al suo posto, e con piccoli gesti, delle brevi attenzioni, gli stesse spiegando come fare per tornare a vivere, sussurrandogli parole dolci.

Mi stavo innamorando di lei.

Erano solo pochi giorni che la conoscevo ed io mi stavo innamorando di lei. Avrei dovuto capirlo quando una morsa rovente mi aveva attanagliato le viscere dopo aver saputo che aveva un appuntamento, dovevo capirlo quando sentivo il bisogno di averla accanto e mi rifugiavo dietro le mie convinzioni, il mio dovere: proteggerla.

E se come temevo l'amavo, voleva dire che ero di nuovo vulnerabile, che lei avrebbe potuto farmi del male e forse, avrebbe potuto addirittura uccidermi.

Un cuore spezzato non tornerà mai lo stesso di una volta. I segni del suo dolore saranno sempre visibili e se dovesse essere spezzato di nuovo, allora, nulla potrà tenerne uniti i pezzi.

Adesso Melanie stringeva tra le sue mani il mio cuore ferito e pulsante. Non mi aveva chiesto alcun permesso, se l'era semplicemente preso.

Non riuscii a trattenere le ali, si spalancarono e notai il bagliore argenteo che emanavano.

A differenza degli Angeli Oscuri, le nostre ali erano bianche, ma le mie avevano una sfumatura argentata che da tempo era sparita.

Avevo sentito un detto qui sulla terra: "gli occhi sono lo specchio dell'anima". Per noi angeli invece, lo erano le ali. E le mie tremavano e mi informavano del mio cambiamento.

Quando uscii dal bagno di Melanie non ero più lo stesso di quando vi ero entrato. Mi aggrappavo ai vestiti che avevo indossato come ad un ancora, temevo di separarmene, perché avevo paura di annegare. Melanie mi avrebbe portato in salvo, ne ero certo. Ma a quale prezzo?

Quanto sarebbe costato ad entrambi quel mio sentimento per lei?

Capitolo Sette

Melanie

Ero certa di non avere le allucinazioni.

L'orologio segnava le cinque del pomeriggio, ma sapevo che non era possibile. Solo poco prima ero nel parco con Jake. Avevo trascorso davvero tutta la giornata da sola, con lui?

Il tempo era semplicemente scivolato via. Un battito di ciglia e mi ritrovavo con una tazza di caffè terribile tra le mani. Jake non lo aveva nemmeno assaggiato e ne fui contenta. Era orribile, davvero.

Di sicuro avevo sbagliato qualcosa, perché il caffè che faceva Maggie era uno dei migliori.

Molte volte Cat proponeva di prendere un caffè a casa mia anziché andare in una caffetteria qualunque.

Decisi di lavare le tazze nonostante fossimo attrezzati di lavastoviglie. Avevo pensato che fare qualcosa mi avrebbe aiutato a guardare le cose dalla giusta prospettiva, insomma, un modo per mettere le idee in ordine. Poi Jake entrò di nuovo nella cucina seguito da mia madre e da Michael. La tazza mi cadde dalle mani, colpendo il bordo del lavandino e precipitandoci dentro. Miracolosamente non si ruppe.

«Melanie, tesoro...»

Mia madre mi si avvicinò e mi diede un bacio sulla guancia. Alzai gli occhi al cielo per quella manifestazione d'affetto e lanciai un sorriso affettato a Michael, che parlava animatamente con Jake anche se non riuscivo a cogliere l'argomento della loro discussione.

Michael allora proruppe in una sonora risata e chiamò Margareth. Quando lei arrivò le disse «Bene, abbiamo un ospite a cena!»

La tazza mi cadde di nuovo dalle mani, ma questa volta non nel lavandino bensì a terra e non fui fortunata di nuovo. Questa volta si ruppe. Andò in mille pezzi, così come i miei piani per la serata. Avevo promesso a Catherine di uscire con lei.

«Melanie!»

Mia madre sembrava più sorpresa che irritata, il rumore doveva averla fatta sobbalzare.

Mi chinai a raccogliere i pezzi della tazza in frantumi quando Michael, incurante del mio piccolo incidente, aggiunse «Perché le sue lezioni con Melanie non le tiene direttamente qui a casa?»

Strinsi un pezzettino di ceramica così forte che gridai quando vidi una goccia di sangue. Non avevo sentito dolore, ma sentivo sicuramente la frustrazione crescere a dismisura. La situazione stava precipitando e non sapevo come interromperne la caduta verso quella che sarebbe sicuramente stata una fine disastrosa. Già la vedevo: io spiaccicata al suolo in un mare di rimpianti e rimorsi.

Jake mi si avvicinò immediatamente, mia madre trattenne il fiato mentre Michael mi strizzava l'occhio, come se lo avessi fatto apposta per attirare l'attenzione di Jake su di me.

Ma cosa stava succedendo? Ero capitolata in un altro mondo come *Alice*? Ma io non avevo seguito nessun coniglio bianco!

«Sei ferita?»

Possibile che i suoi occhi avessero assunto una tonalità più scura? Non riuscivo a distogliere lo sguardo da quella piccola striatura argentata che gli attraversava l'azzurro denso e immenso, altrimenti perfetto. Non avevo mai notato quanto fossero meravigliosi e profondi i suoi occhi.

Jake mi stava stringendo ancora la mano, o meglio, il dito che sanguinava. Era un taglio superficiale eppure mi fissava come se fossi stata in fin di vita. Feci un sorriso imbarazzato. «Magari certe notizie cercate di lanciarle non come bombe mentre io raccolgo cose affilate, okay?» Sorrisi a Michael anche se in realtà desideravo saltargli al collo e strangolarlo.

«Ci proverò!» Poi prese mia madre per la vita e la trascinò fuori con sé, sospingendo anche una Maggie alquanto sbigottita e contrariata.

«Ti fa male, Mel?»

«No, è solo un graffio.»

Lui prese il mio dito, lo fissò un secondo e poi se lo portò alle labbra. Per un attimo ebbi paura che volesse portarselo "dentro" la bocca, di sicuro sarei morta per autocombustione e ci stavo andando comunque maledettamente vicino. Quel semplice contatto delle sue labbra sulla mia pelle, mi fece capitolare comunque. Distrusse quel briciolo di autocontrollo che non sapevo di avere.

La mia mano libera si mosse veloce. Nemmeno mi ero accorta del mio braccio che si sollevava e delle dita che gli accarezzavano i morbidi capelli biondi. Desideravo toccarlo dalla prima volta che lo avevo visto.

La sua testa si voltò verso la mia mano mentre le sue labbra mi baciavano il centro esatto del palmo, mentre con le sue mani delicate stringeva ancora il mio dito ferito.

Sentii il calore avvolgermi, bruciarmi. Ecco, mi sentivo come se avessi iniziato a bruciare lentamente, pezzo dopo pezzo, sin dalla prima volta che lo avevo visto, quel sabato in discoteca. Un angelo biondo che fissava *me*. Quella fiamma si alimentava e divampava ogni volta che mi guardava, che mi rivolgeva la parola. Il solo modo che avevo per non ferirmi con quel calore era distogliere lo sguardo. Sempre, anche se non era facile. Poi, mi aveva sfiorato e il fuoco si era spinto fin dentro le mie ossa e da allora continuavo a sentirlo dentro. E adesso, le sue labbra sulla mia pelle, la mia mano sul suo viso, tra i suoi capelli. Il cuore dell'incendio aveva raggiunto il mio ed insieme bruciavano ciò che trovavano sul loro cammino: pensieri, idee, controllo. Perdevo tutto quando ero con Jake ma non era importante, perché c'era lui a tenermi ferma. Un puntino luminoso che illuminava la mia vita.

Ero sconvolta per la capacità del mio corpo di resistere a quella forza.

Il mio cuore rimbalzava nella cassa toracica come impazzito, voleva esplodermi dentro? Voleva fuggire via? Non riuscivo a contenerlo e pensai di poter perdere il controllo quando sentii il respiro di Jake sul mio viso. Azzardai uno sguardo nella sua direzione e i nostri sguardi si scontrarono, affondando l'uno in quello dell'altra. Lui sembrava impaurito ed io quasi tremavo dal desiderio che mi incendiava le vene. Le ciglia gli tremavano e il respiro era irregolare quasi quanto il mio.

«Melanie…» Sussurrò, poi le sue labbra sfiorarono appena le mie che la porta della cucina si spalancò.

Jake prese un fazzoletto e fermò quelle ridicole gocce di sangue. Io, con l'altra mano, quella che aveva osato toccarlo, raccolsi il resto dei cocci da terra. Entrambi eravamo ancora inginocchiati l'uno di fronte all'altra, ma lui non mi guardava. Non più.

Si alzò e mi porse una busta per gettare quello che restava della tazza. Era tornato ad essere il signor Brown.

Mentre buttavo i cocci in quel sacco vuoto mi sentii come quei piccoli pezzetti che avevo distrutto. Prima ero Melanie, l'attimo dopo, mi sentivo una sconosciuta dentro me stessa.

Jake

La presenza di Keith era ancora presente nell'aria. Era vicino alla casa di Melanie e la cosa non mi procurava alcun piacere. Un istinto possessivo e irragionevole non voleva che lui le fosse così vicino. Ma dovevo dargliene atto: riusciva a celare la sua presenza e poteva osservare Mel quando io non potevo.

Melanie aveva appena chiuso il sacchetto che conteneva i resti della tazza, lo ripose accanto alla pattumiera e poi mi superò senza dire una parola. La porta era stata aperta e richiusa. Nessuno era entrato, nessuno ci aveva visti eppure... eppure quel rumore ci aveva costretti a fermarci.

"Keith", pensai con rabbia.

Si divertiva, forse? Si prendeva gioco di me?

Strinsi i pugni e seguii Mel fuori, non volevo perderla di vista nemmeno per un secondo.

Lei non mi degnò di un'occhiata e salì al piano superiore, sentii la sua porta chiudersi e una serratura scattare. Fui raggiunto da sua madre che mi sorrideva scuotendo la testa.

«Non ci faccia caso. Mia figlia... beh, Melanie è... molto cocciuta, sa? Però è una brava ragazza.»

«Non l'ho mai messo in dubbio, signora.»

«E' ancora arrabbiata con me. Stamattina dopo che lei è andato via abbiamo litigato. Più cresce più mi sembra di vederla allontanarsi da me.»

Comprendevo come si sentiva perché avevo avvertito anche io la distanza tornare a frapporsi tra me e Mel. Quell'improvviso rumore aveva acceso il mio cervello temporaneamente spento. Non potevo fare una cosa del genere. Né ora, né mai.

Non sarebbe dovuto succedere, e non sarebbe successo, mai più.

«Signora Prince?»

«Oddio, nessuno mi chiama così da anni, ormai. Sono la Signora Myers, sa...»

«Mi scusi, non volevo offenderla.»

«Nessuna offesa, non si preoccupi.»

«Mi scuserebbe con suo marito? Io temo di non poter restare.»

Le si scurì immediatamente il viso. «Oh no! Non può! Michael è rimasto molto colpito da lei!»

Ah sì? Avevo ammaliato il patrigno di Mel perché non sapevo come avrebbe reagito alla mia presenza in casa, ma ero talmente perso nei miei pensieri su Melanie che forse dovevo aver esagerato con il povero Michael.

«Ma vede, io non voglio creare disagi a nessuno. Credo che Mel non mi voglia qui.»

Come per darmi ragione Melanie scese le scale. Si era cambiata: indossava una gonna di jeans ed una maglietta a maniche lunghe, delle ballerine e aveva sciolto i capelli. Deglutii silenziosamente maledicendo gli abiti terrestri.

«Vado da Cat. Stasera esco con lei. Non rientro per la cena.»

Esitò un secondo, ma poi avanzò dritto verso la porta d'ingresso.

Superai la madre di Melanie, senza aggiungere altro, e la seguii fuori.

«Melanie!»

La pioggia era scemata fino a diventare leggera e sottile. Melanie non si fermò ed io la seguii, quando comparve la limousine nel mio campo visivo accelerai il passo e le afferrai un braccio, come stava diventando mia abitudine fare.

«Lasciami!» Gridò.

«Mel, cosa succede?»

«Sono stata una stupida. Una stupida! Lasciami andare!»

Liberai il suo braccio ma non lasciai lei. Lei... non avrei mai potuto lasciarla andare.

La strinsi a me e nonostante continuasse a respingermi, strinsi ancor di più le mie braccia attorno al suo corpo, ancora più forte. Affondai il viso nel suo collo e sussurrai il suo nome, più volte, come una preghiera. Il tono caldo, calmo e affettuoso.

Lei smise di opporsi e rilassò le braccia lungo il corpo. «Io non voglio questo, Jake. Non voglio sentirmi così, capisci? Oggi è stata una giornata meravigliosa e adesso, guardami. Guarda come mi hai ridotta. Mi hai chiesto fiducia, ma se darti fiducia significa perdere me stessa allora non sono disposta a farlo.» Vedevo le lacrime che si sforzava di nascondermi farle brillare gli occhi. Glieli avrei baciati se fossi stato sicuro che quel mio gesto sarebbe servito a darle un po' della pace e della tranquillità che le avevo portato via.

«E cosa proponi?»

«Di finirla qui.» Disse decisa, scatenando in me una reazione di puro panico. Solo l'idea di perderla mi faceva impazzire.

«No. Io non penso proprio.»

E, alla fine spensi il cervello. Le afferrai il viso tra le mani e bloccai la sua bocca sulla mia. Desideravo farlo da quando l'avevo toccata la prima volta. Volevo stringerla, soffocare nel suo odore, fondermi con lei.

Le sue labbra erano morbide e bagnate. La sua bocca era calda e umida. Lei mi portò le mani al collo ed io la sollevai senza sforzo. «Non andare...» le sussurrai mentre le baciavo l'angolo della labbra. I suoi occhi piroettavano straniti da me alla casa, alla limousine. Catturai nuovamente la sua bocca. Reclamavo la sua attenzione. Tutta.

Eravamo entrambi bagnati dalla pioggia adesso, i miei tentavi di quella mattina di risparmiarle un raffreddore erano stati inutili, e la mia doccia anche.

Melanie strinse una ciocca dei miei capelli e tirò forte, costringendomi ad abbassare la testa mentre lei poggiava le sue labbra sul mio collo. Le cinsi la vita ancora più forte.

«Jake… fermo… cosa stiamo facendo?» Annaspò strappandomi così un sorriso. Come potevo fare del male a questa creatura così adorabilmente innocente? Come avrei fatto a lasciarla andare via quando io mi stavo perdendo in lei, nelle sensazioni che aveva risvegliato nel mio cuore che credevo morto?

«Ci stiamo baciando.» Le bisbigliai all'orecchio, come se fosse stato un nostro piccolo segreto.

Provai ad avvicinarmi ma non mi permise di sfiorarle di nuovo le labbra. Le avevo lasciate da soli pochi secondi e ne sentivo già la mancanza.

«Mel non allontanarti da me.» La supplicai.

«Noi non possiamo Jake. Sono stata sciocca a illudermi solo per un secondo ma... dove ci porterà questa storia?»

Lentamente mi staccai da lei, ma ogni parte del mio corpo tremava, era contraria a ciò che stavo per fare. Sentivo il bisogno di spalancare le ali e andare via, lontano da lei e dalle mie emozioni.

«Hai ragione.» Le dissi, perché anche se non volevo, quella era la sola verità possibile.

Le sue labbra ebbero un fremito, si voltò senza aggiungere altro e raggiunse l'auto.

Io rimasi lì a fissarla finché non sparì alla prima curva. Mi allontanai ma non prima di guardare negli occhi Keith, che dal tetto mi fissava, sul viso un'espressione indecifrabile.

Mi allontanai da lui, da Melanie e da quella giornata. Desiderai potermi allontanare anche da me stesso, ma sapevo che non ci sarei riuscito.

Melanie

Cat era su di giri dopo il racconto della mia passeggiata con Jake che si era poi trasformata in una puntata di una soap opera. Avrei preferito starmene a casa, a leggere e a leccarmi le ferite. Jake non poteva trattarmi come se non avessi avuto dei sentimenti. Anche io mi ero spaventata quando la porta era stata aperta, ma non per quello avrei evitato di affrontare l'argomento. Prima era premuroso e poi l'attimo dopo era di nuovo distante e freddo.

«Coraggio, adesso puoi lasciartelo alle spalle!» Disse la mia amica mentre continuava a sorridermi.

«Perché lo dici come se fosse una buona cosa?» Le chiesi infastidita.

«Perché stamattina mi ha chiamata Carl.»

Rabbrividii solo al sentire quel nome. «Oddio.»

«Non riesce a dimenticarti amica mia!»

Mi strinsi il cuscino di Cat al petto. «No, Cat. Non è il mio tipo. Ride e parla troppo.»

«Ha promesso di parlare pochissimo.» Disse e ammiccò nella mia direzione. Le lanciai il cuscino come segno di protesta.

«Niente disco?» Mi chiese, negli occhi ancora una piccola scintilla di speranza.

«No. Non mi va.»

«Un film d'amore strappalacrime?»

No. Non ero in vena. Avrei finito col tagliarmi le vene, sul serio. «No. Preferisco andare a casa.»

«E perché sei venuta fin qui?»

«Per stare con la mia migliore amica, no?»

Lei mi colpì piano con la punta della spazzola, ma mi fece comunque male. «Sei venuta qui per fuggire da lui, Mel. Non mentirmi e ti dirò che non fa niente. Io sono qui anche per questo, però...»

«Però?»

«Però cerca di risolvere questa cosa. Da quando conosci Jake Brown sei cambiata. Sei sempre la stessa Melanie, solo più triste e pensierosa. L'amore dovrebbe renderti raggiante e non un cadavere ambulante!»

Il mio cuore mancò un battito e mi strinsi la mano sul petto. «Non dire sciocchezze! Jake è solo un ragazzo bellissimo che bacia da Dio! Ma io non potrei mai amare un ragazzo di cui non conosco nulla.» *E di cui non mi fido*", aggiunse dispettoso il mio cervello mentre il mio cuore emetteva dei gemiti scettici.

«Si chiama colpo di fulmine.»

«Credimi, se mi avesse colpita un fulmine me ne sarei accorta.» Lei rise e mi lasciò stesa sul suo tappeto mentre iniziò a prepararsi. «Ora che io ho abbandonato la nave, tu cosa farai?»

«Starò sola con Martin» disse raggiante ed ammiccò, lasciandomi ben intendere i suoi progetti.

«Oh bene! Allora la mia assenza non è una cosa del tutto negativa!»

«Mi avrebbe fatto piacere stare con te, lo sai!» Mi rimbeccò.

«Lo so.» E finalmente riuscii a regalarle un sorriso sincero.

Ero rientrata da poco in casa, Maggie non c'era e mia madre era via con Michael. Avevo la casa libera, una delle situazioni che più amavo.

Pescai dalla scrivania la mia copia di un nuovo romanzo, regalo di Catherine. Un libro intitolato *Colpa delle stelle*, che non leggevo da un po'. Mi soffermai su una frase in particolare: "*Mi sono innamorata così come si ci addormenta: piano piano, e poi tutto in una volta.*"

Il mio cuore striminzito ebbe un fremito, mi fece male, ma ignorai stoicamente quel dolore. Forse se fingevo che non esistesse non avrebbe fatto più così tanto male.

Ma più leggevo, più quel libro si prendeva parti di me e così lo richiusi con un colpo secco. Perché quando le cose ci fanno male quello è ciò che vorremmo fare tutti: darci un taglio netto e smettere di soffrire. Avevo perso tanti pezzettini di me solo quel giorno a causa di Jake, non potevo permettere ad un libro di prendersi il resto.

Fuori aveva iniziato a piovere a dirotto, di nuovo, e anche la pioggia mi portò un senso di nostalgia. Mi fece ricordare del sapore delle labbra di Jake, le sue mani che mi stringevano, la sua voce che sussurrava gentilmente il mio nome. Nonostante fossero solo le dieci di un sabato sera, mi infilai sotto le coperte.

Dopo quella che mi parve un'eternità guardai l'orologio. Erano appena le undici. Avevo trascorso l'ultima ora rigirandomi nel letto, alla ricerca di bei pensieri e di una posizione più comoda. Ma, i miei pensieri erano affollati dalle immagini di quel pomeriggio ed il letto sembrava stranamente scomodo. Mi alzai e rimasi a fissare la strada fuori dalla mia finestra, la mente in subbuglio ed il cuore in pena.

Avrei solo voluto rivedere Jake. Nonostante gli avessi detto che dovevamo smetterla, che non c'era via d'uscita da quella situazione. Lui aveva preferito tenersi i suoi segreti piuttosto che me.

Era irrazionale da parte mia desiderare il ragazzo che era in grado di farmi del male semplicemente standomi accanto, tuttavia non riuscivo a farne a meno. Era un po' come quando avevi voglia di vedere il sole ma sapevi che non ci saresti riuscito per più di due secondi, dopo pochi istanti ti saresti ritrovato con gli occhi chiusi, lacrimanti, ma nonostante tu lo sapessi ci provavi lo stesso, perché non potevi farne a meno, perché anche quei brevi istanti per te significavano più di tutto.

E poi, pensai con amarezza, che quella era l'unica cosa che potevo fare, ammirarlo da lontano perché lui, con la sua bellezza, i suoi modi e il suo carattere non faceva altro che allontanarmi, ed io avevo fatto lo stesso con lui.

Tirai su col naso, non mi ero accorta che stavo piangendo finché non avevo avvertito il bisogno di strofinarmi gli occhi.

«Coraggio Mel, basta adesso» ma anziché cercare almeno di riposare, considerai l'idea di farmi un tè caldo.

La cucina era buia e fredda, Margaret aveva lasciato la finestra aperta, rabbrividendo la chiusi.

Misi un pentolino d'acqua sul fuoco e mentre aspettavo che l'acqua si scaldasse, poggiai la fronte contro il muro, con un senso di sconfitta a gravarmi sulle spalle. Me ne stavo lì, ferma e infreddolita come se il muro avesse potuto sostenermi se per caso avessi rischiato di cadere, ma esistevano cadute imprevedibili che non avevano nulla a che fare con una sbucciatura al ginocchio o dei punti sulla gamba. Rischiavi di romperti il cuore, e cosa potevi fare in quel caso? Quando la causa del tuo dolore era anche la sola che avrebbe potuto guarirti, cosa ti restava da fare?

«Maledetto Jake…»

Toccai istintivamente la mia cicatrice sul fianco. Ricordavo ancora con chiarezza il dolore che avevo provato quando una moto mi aveva investita facendomi cadere sull'asfalto e colpire col fianco il marciapiede.

Ero con Catherine e tutti continuavano a ripetermi "L'importante è che stai bene. L'importante è che non ti sei fatta male".

Ma il male o il dolore non erano cose fisiche. Certe volte era più salutare avere una gamba rotta che sentirsi psicologicamente ed emotivamente a pezzi, sconfitti ed impotenti. Quelli erano i dolori che non sapevi affrontare, che ti facevano paura e che ti segnavano, non una gamba rotta, non un livido o una cicatrice, quelli sarebbero passati.

Non volevo che quell'episodio deprimesse la mia vita e non gliel'avrei permesso, ma solo per una notte, per un solo giorno, potevo concedermi di essere triste? Tirando ancora su col naso, tolsi la pentola dal fuoco e versai l'acqua in una tazza e vi immersi la bustina del tè.

Sì, avrei pianto ancora un po', poi quando l'indomani mattina avrei riaperto gli occhi, il signor Brown sarebbe stato solo un amaro ricordo.

«Melanie?»

Lo spavento mi fece versare una goccia di tè sul pigiama. Il cuore mi batteva a mille mentre Margareth mi fissava sconcertata.

«Margareth! Mi hai spaventata.» Nascosi il volto dietro un fazzoletto e mi asciugai le lacrime.   «Non ti ho sentita rientrare!» Aggiunsi, cercando di apparire più tranquilla di quanto non fossi in realtà e cercando di nasconderle le lacrime che mi rigavano il viso.

«Scusa, Mel. Avevo sentito dei rumori e sono venuta a vedere se era tutto okay…»

«Sono solo io. Vuoi un po' di tè?»

«Stai comoda, faccio io.»

Ironicamente, pensai che Margaret avesse risposto alla mia domanda inespressa: non avevo il diritto nemmeno a quel piccolo momento per cedere alla delusione. In fondo, si trattava solo di quello. C'era solo delusione per essere stata rifiutata, anche se sapevo che non avrei potuto liquidare la situazione così facilmente perché, quel senso di oppressione che sentivo dentro di me e quella voglia di scoppiare a piangere non me lo avrebbero permesso, ma se non volevo essere sopraffatta da quei sentimenti avrei dovuto farlo, avrei perfino dovuto crederci.

«Non riesci a dormire?» Mi chiese Maggie, mentre reggevo la mia tazza di tè fumante.

«No.»

«Ti capitava spesso anche quando eri piccola. Venivi nella mia camera e mi chiedevi qualcosa di caldo. All'epoca ti facevo della cioccolata calda, nonostante tua madre non volesse. Anche allora capitava quando fuori regnava una tempesta.»

«Sì, lo ricordo. Tu ci sei sempre stata.»

Posai la mia tazza nel lavandino e non volendo che Margareth fosse costretta a pulire ciò che io avevo sporcato decisi di farlo al suo posto, ma prendere senza presine una pentola bollente non è un qualcosa da sottovalutare. «Ahi!» Lanciai un gridolino.

Mi ero scottata, solo un po' ma comunque bruciava terribilmente. Ecco, quella mattina mi ero tagliata la mano sinistra e adesso mi ero ustionata la destra. "Adesso ho qualcosa di diverso su cui concentrare i miei pensieri" pensai con aria lugubre.

«Melanie, sta bene?»

«Tutto bene, Maggie. Sono solo un po' sbadata. Vado a dormire e una cosa, ti dispiacerebbe chiudere la finestra della cucina la sera? Quando sono entrata prima era gelida.» E mentre lo dicevo mi strofinai le braccia.

Margareth si fece pensierosa. «Che strano. Non ricordo di averla lasciata aperta.»

Mi strinsi nelle spalle, evidentemente anche Maggie iniziava a perdere qualche colpo e tornai in camera dove il mio letto mi attendeva paziente.

Jake

Mi stavo allenando nel mio piccolo e angusto salotto che aveva tutto da invidiare a quello perfettamente arioso e spazioso di Melanie.

Melanie… solo al pensare a lei riuscivo a dedicarmi anima e corpo. Lei era quella che occupava i miei pensieri, continuamente, ogni giorno. Sempre. Come potevo essere stato tanto stupido da aver permesso una cosa simile?

Era una ragazzina, e paragonata a me poteva essere considerata anche una bambina, per l'amore del cielo! E per quel motivo cercavo, *inutilmente* – aggiunse in automatico il mio cervello – di considerarla come tale. Cercavo di non soffermarmi mai sui dettagli del suo corpo o del suo carattere, quelli erano solo un'altra distrazione ma a lungo andare, quei piccoli particolari mi si erano presentati davanti agli occhi con tutta la prepotenza che solo la stessa Melanie poteva vantare. E non perché fosse realmente prepotente, ma solo perché in un modo o nell'altro dovevi accettarla, desiderare di esserle accanto e di tenerla stretta a te. Ed erano proprio quelli i motivi che mi spingevano ad allontanarla ancora di più, anche se ciò che volevo fare in realtà era starle accanto, nonostante tutto. Più io l'allontanavo più lei ritornava, più lei decideva di sparire più io la cercavo, infatti, in quel preciso istante fui costretto ad aprire e chiudere più volte i miei pugni mentre mi chiedevo dove fosse e cosa stesse facendo. Era una storia senza via d'uscita la nostra, ma sembrava che in un modo o nell'altro fossimo destinati a stare insieme, anche se non nel modo in cui volevo io, anche solo per litigare o ignorarci o peggio, per farci a pezzi. Lei credeva che la stessi prendendo in giro, prima mi comportavo come un emerito stronzo e poi le chiedevo di parlare, di pranzare insieme, di confidarsi con me.

Il problema nasceva dal mio bisogno di vederla, di parlarle. Bisogni che erano molto più forti della mia missione e tuttavia dovevo dare precedenza a quest'ultima. Ero in trappola.

Poi c'era sempre la presenza asfissiante di Keith, che continuava a starmi col fiato sul collo aspettando che commettessi un solo, un minimo errore. Detestavo essere spiato da quel demone dopo tutto quello che aveva fatto in passato, come se non bastasse dovevo subirne la presenza anche nell'Arkena. E adesso sembrava essere diventato il mio cane da guardia, il mio carceriere. Ma non gli avrei dato   la soddisfazione di vedermi sconfitto, qualunque cosa fosse accaduta avrei portato con me anche lui, non gli avrei consentito di sfuggire una seconda volta alla giustizia. Almeno non alla mia.

Non mi ero accorto di essermi messo in cammino finché le gocce insistenti della pioggia non mi avevano inzuppato i vestiti. Guardai dinanzi a me e mi ritrovai davanti un portone che conoscevo bene ormai, vi avevo trascorso la maggior parte delle mie sere solo per controllare che lei fosse sana e salva, al sicuro da qualunque pericolo. E adesso mi ritrovavo lì, contro la mia volontà. Quella forza sconosciuta mi aveva spinto nuovamente verso Melanie nonostante solo poche ore prima mi avesse intimato di starle alla larga.

Feci il giro del palazzo e una volta nella stradina buia, mi librai in alto per concedermi una visuale migliore. Ma come sempre, avevo ignorato la sensazione che mi provocava la sua vista e vederla fu come un lampo pronto a squarciare il mio cielo sereno.

La mia volontà si spezzò nell'istante in cui mi accorsi che lei guardava fuori dalla finestra anziché essere profondamente addormentata. Se ne stava lì, a fissare il vuoto, a fissare quel giardino ben curato come se sperasse di punto in bianco di vedere qualcosa, o qualcuno. Irrazionalmente desiderai che lei si aspettasse di vedere me, ma se anche tra di noi le cose non fossero state così complicate, nella mia realtà una cosa del genere non sarebbe mai accaduta. Melanie era una mortale ed io un angelo, non dovevo *mai* dimenticarlo.

Aprii la finestra della cucina cercando di non fare rumore e mi infilai nell'abitazione. Non riuscii a frenare quel desiderio di esserle accanto e, anche se tra di noi ci sarebbe stata una maledetta porta, almeno avrei potuto esserle più vicino di quanto avrei potuto fare nella realtà. Preferivo accontentarmi anche di una manciata di briciole piuttosto che non averne affatto. Mi avvicinai alla sua porta e con i sensi in allerta ascoltai i suoi movimenti.

Riuscivo a sentirla respirare, sospirare. Mi chiesi cosa l'avesse trattenuta dal suo sonno. Era malata forse? Alla fine il freddo, la pioggia…

«Coraggio Mel, basta adesso» la sentii dire. Forse si era finalmente decisa ad andare a dormire così quando la porta si spalancò riuscii a malapena a nascondermi nel buio offerto dal corridoio.

La vidi nella tenuta in cui l'avevo già incontrata: boxer femminili ed una canottiera, quello che lei definiva pigiama. Ma qualcosa nel suo aspetto non coincideva con la ragazza che avevo imparato a conoscere.

Aveva pianto.

Con un colpo al cuore realizzai che forse la colpa era la mia, di sicuro le lacrime non erano le reazioni che speravo di suscitare in lei ma qualunque cosa facessi, erano quelle che ottenevo.

La seguii con lo sguardo finché non scese le scale ed entrò nella cucina. Sapevo che era tutto maledettamente sbagliato. Sapevo che non avrei dovuto invadere la sua privacy, ma nonostante lo sapessi entrai nella sua camera. Non era come me l'ero aspettata: tutta tirata a lucido e sistemata come il resto della casa. La camera di Melanie era un caos totale quanto quello che

120

governava la sua mente. Sfiorai il cuscino, le lenzuola. Le annusai e vi sentii il suo magnifico odore. Dei rumori mi costrinsero a battere in ritirata e tornai a nascondermi tra le ombre.

Dovevo andare via di lì. Ma volevo vederla solo un altro po'. Commettevo una serie di errori uno dietro l'altro e non riuscivo a fermarmi, era più forte di me.

Costeggiando il muro esteriore del palazzo, mi affacciai a guardare all'interno della cucina, dove Melanie aveva chiuso la finestra che io avevo aperto per entrare.

Lei era lì. Un pentolino bolliva sul fuoco mentre lei premeva la fronte contro il muro, stringendo forte i pugni lungo i suoi fianchi.

«Maledetto Jake...» quella era la conferma di ciò che io temevo più di tutto. Melanie che soffriva a causa mia.

«Sì, piccola... per una volta sono d'accordo con te».

Capitolo Otto

Melanie

Ero sopravvissuta ad un altro giorno. Ce l'avevo fatta.

Avevo studiato, avevo continuato a leggere ed ero stata al telefono con Cat, come facevo prima dell'uragano Brown, forse avevo ripreso le redini della mia vita tra le mie mani.

Sì, non giovava ancora alla mia salute mentale pronunciare il suo nome, ma ci stavo lavorando sopra. Scesi dalla limousine e arrancai verso l'ingresso della scuola mentre starnutivo. Mi ero beccata il raffreddore nonostante tutto.

Cat mi travolse non appena mi vide «Grandi novità!»

«Del tipo?»

«La preside ci ha accordato il viaggio! Andremo a Parigi!» E mi abbracciò, poi però mi lasciò andare immediatamente e disse «C'è solo un problema…» sbuffò, e mi guardò di traverso, come se il problema fossi stata io.

«Qual è il problema?»

«Ci saranno il signor Fleurant e qualcun altro ad accompagnarci…»

«Chi? Jimmy gambe lunghe?» Jimmy gambe lunghe era il nostro professore di educazione fisica. Cat lo detestava perché non accettava mai le sue giustificazioni per i suoi allenamenti che, effettivamente, erano deprimenti, qualcosa di simile a: "mi sono rotta un'unghia!" oppure "dovrò sudare prof, non posso percorrere il perimetro!"

«No, il signor Brown.»

«Ah…» dissi semplicemente.

Meraviglioso. Sarei dovuta partire con Jake, un quasi professore barra insegnate privato che avevo baciato e starci per cinque giorni vicino. Meraviglioso, grandioso, stupendo, incredibile.

Dio mio. Che tragedia terribile!

Cat lesse la paura nei miei occhi e mi afferrò la mano. «Non preoccuparti. Ti difenderò io da lui, okay?»

Cat non mi avrebbe mai difesa da Jake. Mi avrebbe spinta tra le sue braccia e lo sapevamo entrambe. Infatti lei rise e mi strinse forte. «Dài, pensa solo a quanto ci divertiremo!»

«Sì, io mi sto divertendo già adesso.»

«Non fare la guastafeste Prince. Goditi il momento.»

E ci provai. Sul serio.

Quando tornai a casa, Margareth annunciò che Jake era nello studio di Michael, pronto a ricevermi. Non doveva essere il contrario?

Avrei solo voluto mettermi i pantaloni della tuta e studiare per i fatti miei, mentre piluccavo qualcosa dalla credenza o mentre mi torturavo. Qualunque cosa pur di non trascorrere più di un'ora con Jake nello studio di Michael.

Entrai senza bussare e Jake sollevò lo sguardo, stava leggendo un libro che non riconobbi, non subito almeno. Era il testo di letteratura inglese su cui studiavamo.

«Ciao Mel.»

«Jake.» Cercai di mostrarmi quanto più decisa possibile ma la mia voce tremò. Mi misi a sedere e presi il quaderno e la penna, non alzai nemmeno una volta lo sguardo e Jake non fece nulla per provare ad attirare la mia attenzione. Non sapevo se apprezzarlo o sentirmi offesa.

Avevo appena scritto l'ultimo punto di una lunga serie quando Jake provò a parlarmi.

«Melanie, volevo dirti…»

Scattai in piedi considerato che la nostra ora e mezza era passata e provai a dileguarmi, ma la sua voce mi raggiunse comunque. «Il professor Butler vuole l'esito della tua verifica per la settimana prossima. Sai già tutto, non capisco come sia possibile che tu sia stata rimand...»

«Bene.» Lo interruppi, temevo che in un modo o nell'altro cercasse di parlare di quanto era accaduto tra di noi e non ero ancora pronta ad affrontare l'argomento, soprattutto non con lui. «Allora ci vediamo per la verifica finale e poi mai più, spero.» Filai dritta in camera e mi chiusi dentro.

Ogni parola che usciva dalla sua bocca faceva male.

Se mi avesse chiesto di restare mi avrebbe ferita perché sapevo che non sarebbe durata. Se non me lo avesse chiesto mi avrebbe ferita comunque perché significava che il tempo passato insieme non aveva significato nulla per lui.

Il tempo passato insieme. Ma mi sentivo? Avevamo passato brevi momenti, alcuni intensi, poi una sola giornata insieme.

Poteva un solo giorno cambiare tutto? Sconvolgerti la vita? A me era successo.

Jake era uno di quei momenti che ti segnavano, nel profondo. Lo avevo capito dal primo sguardo.

Sbuffai quando mi resi conto che mi stavo perdendo di nuovo nelle mie fantasie, agguantai il libro e iniziai a leggere.

Leggevo famelicamente. Leggevo per sentirmi meglio. Leggevo per dimenticare. Leggevo per sentirmi viva, per ritrovare me stessa, almeno un po'.

Anche mentre piangevo e le pagine si macchiavano delle mie lacrime mi convinsi che quelle gocce erano dovute alla tragedia che stavo leggendo e non agli ultimi eventi della mia vita. Dopo aver chiuso il libro rimasi a fissare il soffitto della mia camera per un po'. Poi presi l'autorizzazione dalla borsa e la portai a mia madre. Leggere stava diventando un'immensa fatica e sofferenza e non volevo che fosse così, quello era il mio momento felice e niente doveva rovinarmelo.

«Mamma?»

Stava indossando un soprabito. Era pronta ad uscire, come sempre. Lei e i suoi eventi.

«Dimmi, Mel.» Mi disse affabile.

«Potresti firmare l'autorizzazione del viaggio?»

«Vuoi andarci?»

Ovviamente dal suo tono scioccato compresi che fosse già a conoscenza della novità.

«Perché non dovrei?»

«Perché passerai quindici giorni da tuo padre fra pochi mesi!»

«Quindi?»

Lei alzò le braccia al cielo ma poi prese il foglio e la penna che avevo portato con me e firmò. Se ne andò senza nemmeno salutarmi.

Me ne tornai in camera e chiamai Cat al cellulare. Mi rispose al primo squillo. «Tesoro, sei a casa?»

«Sì. Tu no?»

«Oh no, sono uscita con mia madre. Vuole fare un regalo a mio padre per il suo compleanno! Voleva qualche consiglio.»

«Trovato qualcosa?»

«Assolutamente no!» Non riuscii a stabilire se fosse riferito a me o a sua madre. «Scusa. Vorrebbe regalargli un portafoglio impagliato!»

«Vedo che sei impegnata.» Un portafoglio impagliato? Mi costrinsi a non ridere. La madre di Cat era l'opposto della mia. Odiavo riconoscere che mia madre aveva un gusto impeccabile, sia per se stessa che per gli altri, al contrario della madre di Catherine, che sembrava un hippie cinquantenne.

«Ehi, stasera che ne dici di vederci un film?»

«Va bene. Cosa proponi?»

«Non lo so, vedremo al momento! Ti chiamo più tardi per aggiornarti!»

Non era proprio il tipo di chiacchierata cui miravo ma dovevo accontentarmi. Anche Cat aveva la sua vita ed io non ero il centro dell'universo.

Ero sola in casa, senza considerare Maggie, eppure mi sentivo costantemente osservata. Rabbrividii per quella sensazione sgradevole.

Riempii la vasca d'acqua calda. Volevo lavare via la stanchezza e la tristezza, ma dubitavo che ci sarei riuscita.

Vedere Jake, parlargli, era come girare continuamente il coltello nella ferita e non farla rimarginare mai. Non sarei mai guarita finché lo avessi rivisto ogni giorno. Osservai il piccolo taglio che mi ero fatta due giorni prima, mi portai il dito alle labbra sperando di sentire ancora il sapore del suo tocco gentile. Ma non c'era più. Come l'illusione che avevo provato, quei brevi attimi di gioia. Lasciai cadere i vestiti sul pavimento e mi raggomitolai sotto la superficie dell'acqua.

Lì tutto era ovattato, il mondo esterno non esisteva più ma dentro di me il caos dilagava, furioso e inarrestabile. Provai a trasferire il silenzio che le mie orecchie percepivano alle mie ossa, al mio cervello. Ma non funzionava.

Quando fui attraversata da una strana sensazione, un dolore fortissimo alla testa, gridai. Era come se l'acqua mi stesse reclamando. Qualcosa mi spingeva giù ed io non avevo riserve d'aria a sufficienza. Cosa stava succedendo? Spingevo con lè mani sul fondo della vasca e cercavo di tirarmi su, ma scivolavo e avvertivo ancora quella pressione sul mio costato che non mi aiutava nell'intento di salvarmi e il dolore alla testa era dirompente.

Qualcuno mi afferrò per le spalle e mi tirò fuori. Finalmente riuscivo a riempire i polmoni di aria.

«Melanie!»

Non ero sicura di chi mi avesse soccorsa. Avevo la vista annebbiata e continuavo a tossire. Aprii un po' gli occhi e intravidi i contorni di una persona.

Era Cat. Cat mi stava stringendo e mi batteva dei colpi decisi sulla schiena.

Mi aggrappai alle sue braccia e la fissai, spaventata e confusa.

«Ma cosa ti passa per la testa? Sei impazzita?» Mi ringhiò contro, gli occhi lucidi.

«Cosa ci fai qui?» Battevo i denti, e non perché facesse freddo ma perché sentivo l'adrenalina scorrere via dal mio corpo. Avevo avuto paura.

Cat prese l'accappatoio e me lo gettò sulle spalle massaggiandomi la testa. «Ho lasciato mia madre per strada perché non né potevo più. Sai bene che per non poterne più, io che amo lo shopping, vuol davvero significare che mia madre mi ha portata all'esasperazione! Sono venuta qui, ti stavo aspettando in camera quando ho sentito…»

«Cosa?»

«Ti ho sentita gridare... ma non ne ero per niente sicura, allora ho provato a chiamarti e tu non mi rispondevi e... vuoi spiegarmi cos'è successo?»

Mi strinsi nell'accappatoio. Il pavimento era freddo ma non me ne importava. Era bello trovarmi su qualcosa di solido e asciutto. «Non lo so…» sussurrai.

«Tu hai bisogno di uno strizzacervelli! Sei impazzita?»

Oddio. Cat pensava che volessi suicidarmi? «Cat, calmati. Non riuscivo a tornare a galla.»

«Ti rendi conto di quanto suoni stupido?»

Fissai esterrefatta la mia amica. Capivo il suo spavento, anche io mi ero spaventata ma non ero pazza. «Catherine, credimi, non è come pensi.»

Lei mi fissò gelidamente e mi lasciò nel bagno, quando tornò indossava il suo trench beige. «Non ho voglia di vedere niente con te, questa sera. Ci vediamo a scuola.»

Provai ad alzarmi. Le gambe sembravano non riuscire a reggermi, tremavano sotto il mio peso. Respirai, ancora e ancora. Era bello sentire l'aria entrarmi dentro e poi andare via, in maniera regolare. Osservai la vasca, sembrava la stessa di sempre eppure io sapevo che era successo qualcosa di strano. Era stato come se qualcosa mi avesse trattenuta sul suo fondo gelido e resistente, non lasciandomi via di scampo. Delle lacrime bollenti mi rigarono le guance, immaginai che l'adrenalina stesse abbandonando il mio corpo e mi afferrai al lavandino.

Almeno avevo smesso di pensare a Jake per cinque minuti.

Jake

«Hai ammaliato la sua amica?»

«Non posso controllarla ventiquattro ore su ventiquattro, Rachel! Lei mi vedrebbe e le cose tra di noi non vanno bene, nemmeno un po'. Ho provato ad ammaliarla e non ci sono riuscito. Non mi restavano altre alternative! L'ho fatto con Catherine e Margareth, la sua cameriera. Loro avranno occhi dove i miei non potranno raggiungerla. Se dovesse succedere qualcosa io lo saprò e se dovesse succedere qualcosa direttamente a Melanie lo sentirei io stesso, le ho lasciato il mio marchio.»

Rachel annuiva. Almeno adesso sembrava aver capito il mio piano. «Ti sei lasciato coinvolgere troppo, Jake.»

«Credi che non lo sappia?»

«Oh no, tu lo sai benissimo ma devi far attenzione, Jake. Lassù non lo vedranno di buon occhio.»

«So anche questo, Rachel.»

Lei mi si avvicinò e posò una mano sulla mia spalla. Era molto più alta di me, i capelli biondi le arrivavano al mento e gli occhi azzurri mi scrutavano intensamente.

«Siamo stati creati per uno scopo preciso. Alla fine di questa guerra scopriremo cosa ne sarà di noi.» Sospirò e poi mi chiese «Lei ti ama?»

Quella domanda mi fece stringere il petto mentre una piccola luce di speranza si affacciava dentro di me. «Non lo so» ammisi, e quella confessione mi fece sanguinare il cuore.

«Se siamo fortunati le nostre vite cesseranno di esistere dopo Dorkan, ma lei ti porterà dentro per sempre. Sai bene che i ricordi possono essere la più grande maledizione di questo mondo.»

«Cazzo, Rachel! Credi che io non lo sappia? Credi che io non preferisca strapparmi il cuore dal petto con le mie mani pur di non farla soffrire? Credi che io sia felice di essermi innamorato di lei?» Trattenni il respiro consapevole delle mie parole, ma prima che potesse iniziare la sua predica sul mio comportamento sconsiderato continuai «Mi fa male vederla, mi fa male sentire il suo respiro, mi fa male sentirla ridere e sai perché? Perché vorrei essere io il motivo che spinge il suo cuore a battere così come lei lo è del mio. Nemmeno con Eyshriin mi sono sentito così impotente e fragile e… Melanie ha dato una nuova definizione a quello che io considero il paradiso. Credevo di averle imposto io un marchio ma invece è lei che ha marchiato me. Adesso dimmi, cosa posso fare? L'unica cosa a cui dovrei pensare è proteggerla e scovare Dorkan e poi ucciderlo. Invece non faccio altro che pensare a lei, se ha un appuntamento con qualcuno, se sta bene e da quanto ho visto la notte scorsa non sta affatto bene. Mi sento spezzato, lacerato in due. Non riesco a pensare, non riesco a ragionare e non riesco ad agire.»

«Sei innamorato Jake. Non puoi farci niente. Fa che questo sia un tuo punto di forza, non un punto debole.»

«Come posso fare?» Chiesi sconfitto. Non ero riuscito a trovare un modo per far sì che Melanie e la mia missione coincidessero. Continuavano a scontrarsi costringendomi a scegliere l'una o l'altra.

«Non è detto che la missione e Melanie debbano trovarsi agli antipodi l'una dell'altra. Sta con lei, amala con tutto l'amore che ti porti dentro da secoli. Rendila felice e renditi felice. Rendi le vostre vite migliori. La proteggerai e l'amerai comunque. E quando questa guerra sarà finita potrai decidere di cancellare te stesso dalla sua vita per non farla soffrire. Userai il medaglione e per Melanie non sarà cambiato niente.»

Mi ero allontano dalle carezze di Rachel, dai suoi profondi occhi azzurri e avrei voluto allontanarmi anche dal suono allettante delle sue parole. Comprendevo il suo piano proprio mentre lei esprimeva ciò che io desideravo. Lo vedevo rischiararsi davanti ai miei occhi. Se mi fossi trovato al suo posto, avrei mai potuto dimenticare Mel? Se Mel mi amava quasi quanto l'amavo io, sarebbe bastato il Potere Divino a far sì che io mi dimenticassi di lei? Forse non avrei mai ricordato il suo viso, i suoi occhi, la sua voce. Avrei dimenticato Melanie ma non avrei mai potuto trascurare il vuoto che si sarebbe impadronito di me. Era meglio vivere con il cuore ferito o con il vuoto dentro?

Qualcosa sfiorò le mie ali, negli ultimi giorni non riuscivo più a controllarle. Le emozioni prendevano il sopravvento troppo spesso. Le mani di Rachel danzavano leggere sulle mie striature argentate, seguivo i suoi movimenti come se le stesse disegnando sulla mia pelle perché quando toccava quelle linee splendenti toccava il mio cuore, il mio amore per Melanie.

«Così puro e intenso è ciò che provi, Jakheiah?»

Il mio nome completo mi fece rabbrividire, nessuno mi chiamava affettuosamente in quel modo da secoli, e il modo in cui il Consigliere si rivolgeva a me non aveva nulla di affettuoso.

«Anche i miei occhi lo dimostrano, Rachel. Ho una saetta argentata che li attraversa. Melanie è troppo importante per me, provo a lasciarla andare ma sono costretto a tornare da lei, sempre.»

Alzai lo sguardo per mostrarle il mio viso e lei fermò il suo nel mio, sorridendomi beata.

«Sono così felice che tu abbia trovato questa ragazza, Jake. Non fartela scappare via e lotta per   lei.»

«Ha rischiato di morire solo un'ora fa.»

Le sue braccia mi cinsero in un abbraccio. «Per questo mi hai chiamato in preda all'ansia?»

«L'unica cosa che volevo era correre da lei e salvarla, ma non potevo perché l'ho ferita terribilmente. E dovrei fregarmene perché il mio compito è proteggerla, ma non potevo fare a meno di pensare "Melanie non mi vuole accanto a sé" e così ho mandato Catherine a controllarla e ho visto quello che stava succedendo. C'era un Inferiore con lei e la trascinava sotto il pelo dell'acqua impedendole di respirare, ho preso il controllo di Catherine e l'ho salvata.»

«Io credo che Mel ti voglia Jake. Non so dirti quanto né se sia sincera, ma da quanto mi hai raccontato, so che è solo ferita. È pur sempre un'umana. L'hai baciata e poi sei diventato freddo e distaccato per colpa di Keith, ma lei questo non può saperlo. Nella sua testa tu hai un problema con lei non con l'altro suo protettore dall'anima oscura!»

«Dubito che lui abbia un'anima...» borbottai infelice.

«Sai bene che ce l'ha anche se crudele.»

Ricambiai l'abbraccio in cui ancora mi stringeva e le chiesi «Allora stai ritrattando i tuoi consigli di starle lontano? Ora mi stai dicendo di correre a prendere la ragazza che amo? Cosa devo fare?»

«Ehi, sono solo una Cacciatrice non un Oracolo! Ma se me lo chiedi da amica allora, io se fossi in te non me la lascerei scappare, anche un minuto solo trascorso con lei è meglio di un minuto passato senza di lei.»

Lei si dileguò nel nulla ed io, mentre osservavo rapito la luna, mi librai nel cielo di New York per raggiungere Melanie.

Speravo di trovarla addormentata e fu così infatti che la vidi: stesa su un fianco, una mano accanto al viso, il respiro profondo e regolare. Mi inginocchiai accanto a lei mentre le mie ali ci circondavano come in una dolce prigione argentata, la mia mano le accarezzò il viso mentre un'altra striatura argentata mi attraversava le piume lucenti.

«Mia piccola Mel. Non riesco a fare a meno di te.»

Mi chinai e le sfiorai le labbra che avevano il sapore del sale. Aveva ancora una lacrima incastonata tra le ciglia ed io gliela baciai. Non avrei mai permesso al mio piccolo angelo di soffrire a causa mia.

Lei era la cosa più preziosa che la vita mi aveva dato.

Avrei lottato per lei.

Sempre.

Melanie

Avevo convinto mia madre di non sentirmi bene e così ero riuscita ad evitare un giorno di scuola. Stavo iniziando ad ammucchiare i vestiti nella valigia per ingannare l'attesa.

Maggie entrò mentre io stavo per infilare nel mucchio la mia super minigonna nera.

«Mel? Gradisci del brodo per pranzo?»

«Va benissimo, grazie.»

«E quel fazzoletto che hai tra le mani?»

Ridacchiai per la sua domanda. «E' una minigonna.»

«Non c'è abbastanza stoffa per considerarla una gonna.»

Finalmente mi concessi una risata sincera e spontanea. «Sembri la mamma!» Raccolsi anche il mio incredibile top di lustrini. Era un bustino senza spalline che lasciava scoperto l'ombelico. Avevamo a disposizione una sola sera per uscire (sempre con i professori pronti a controllarci e a spararci a distanza per ogni eventuale defezione), e avevo tutta l'intenzione di divertirmi.

«E quello?»

«Devo pur far colpo su qualche francese per poter fuggire da questa casa, Maggie! Questa è la volta buona che mi innamoro!» Cinguettai con aria un po' troppo allegra.

«Come puoi innamorarti di un francese se non parli nemmeno la lingua?»

Mi girai verso la mia balia con un dito alzato in segno di rimprovero. «Ti sei dimenticata delle lezioni di Charlotte, la cameriera di papà?»

Lei parve confusa per un secondo poi riacquistò lucidità. «Meglio che tua madre non guardi nella valigia.»

Mi lasciò sola ed io continuai a selezionare abiti da portare per il viaggio. Avvertivo ancora nelle ossa il gelo e la paura che mi avevano colpita la sera precedente. Cat non si era ancora fatta sentire. Le avevo inviato circa una decina di messaggi, poi ero scoppiata a piangere e avevo provato a chiamarla, ma lei non mi aveva mai risposto.

Il mio cellulare non si era illuminato nemmeno una volta quella mattina, di solito Cat era il mio buongiorno e la mia buonanotte, odiavo non averla con me. Odiavo il fatto che lei ce l'avesse con me.

Continuai la lettura del mio libro, speravo di finirlo per quel pomeriggio ma non fu così. Le lacrime mi avevano annebbiato la vista. Di sicuro quella storia aveva una pessima influenza sul mio umore. Ma non riuscivo a fare a meno di leggerla, di vivere attraverso quelle pagine perché anche se facevano male, mi facevano sentire viva. Quello era l'aspetto più tragico del dolore, attraverso esso potevi sentirti vivo davvero.

Maggie mi chiamò per il pranzo e dopo aver ingerito l'ultimo boccone di pollo arrostito, telefonai a mio padre.

«Ehi, piccola! Come ti senti?»

«Le notizie viaggiano veloci, eh?»

«Ho ancora le mie spie a New York, bambina! Altrimenti come pensi che riesca a difenderti da così lontano?»

«Difendermi? E da cosa?»

«Da tua madre. Da suo marito e dai bellimbusti che fanno i cascamorti con te!»

«Povero il mio vecchio, deve essere un lavoraccio fare il genitore.»

«E' vero. Ma tu lo rendi semplice. Sono un uomo fortunato, vorrei solo vederti più spesso…»

Ormai ero come un rubinetto che perdeva acqua ovunque. Bastava poco per far cedere la diga di lacrime. Anche io avrei voluto vedere mio padre più spesso, ma non potevo. Non ancora.

«Sei uscita sul giornale, lo sai?»

Quella notizia mi riscosse. Sul giornale? Che strano, di solito era mia madre ad apparire sui giornali, io cercavo sempre di evitare quella situazione. «Come?»

«Non mi avevi detto di frequentare un giocatore di basket.» Disse mio padre, spiazzandomi nuovamente. Forse era ubriaco. Sì lo era. La lontananza e la solitudine dovevano averlo indotto a prendere quel brutto vizio.

«Ma di cosa parli?»

«Tesoro, mi sorprende che tua madre non te l'abbia detto! Ti hanno beccata mentre baciavi un ragazzo di nome Carl Hamilton. Ti dice niente?»

Ero allibita. C'erano dei giornalisti quella sera? «Oddio. Ma è successo settimane fa!»

«Sai come sono i giornalisti. Evidentemente qualche settimana fa non avrebbe avuto successo questa storia, adesso sì.»

«Perché?»

«I riflettori sono puntati su tua madre e sulla sua nuova associazione, no? E' ovvio che anche tu sia presa di mira, bambina mia.»

Mio padre parlava della mia vita privata con molta più tranquillità di quanto avrei potuto fare io. Ovviamente non era la sua vita privata ad essere stata sbattuta su un giornale, un altro motivo per "ringraziare" mia madre.

«Allora, ti va di parlarmi di questo Carl?»

«Certo! Il nostro amore è stato come un girasole: è nato con il sole ed è morto con esso.» Dissi con tono tetro.

«Che pessima metafora!»

«Ho dovuto improvvisare.»

Avevo arricciato più volte la stessa ciocca di capelli mentre parlavo con il mio papà.

«Quando vieni, papà?»

«Rallegrati, sarò lì tra due settimane.»

«E' grandioso!» Avevo un motivo per sopravvivere altre due settimane. Potevo farcela.

Quando bussarono alla porta ricordai che, se dovevo sopravvivere, era perché avevo un motivo per annegare, letteralmente.

«Papà, adesso devo andare! Ti voglio bene.»

«Ciao bimba! Ti voglio bene anche io.»

Aprii la porta e mi ritrovai Jake davanti. Quando mi vide si aprì in un sorriso incantevole che mi fece contorcere lo stomaco. Ma ignorai il groppo che avevo in gola e lo abbattei adottando un tono aspro. «Cosa ci fai qui?»

«Abbiamo lezione, no?» Mi chiese allegro.

«Credevo avessi detto che dovevo solo sostenere la prova.»

«Sì, ma fino a quel giorno dovrai sopportarmi. Posso entrare?»

Lo lasciai entrare anche se in realtà desideravo spingerlo fuori a calci. Per la seconda volta mi trovava in pigiama. Almeno quella volta era un pigiama vero!

«Vedo che sei ancora in tenuta da notte.» Osservò dopo avermi squadrata da capo a piedi.

«Non ti aspettavo, onestamente.»

Lui parve ferito ma me ne fregai. Mi aveva ferita lui per primo, adesso era il mio turno di attaccare.

«Andiamo nello studio?»

«Vuoi che io resti così?» Non avrei accettato di farmi umiliare da lui in casa mia, una volta sola mi era bastata.

Lui fece un passo minaccioso nella mia direzione, mi spostò una ciocca di capelli dal viso e me la sistemò dietro l'orecchio.

«Hai un buon odore.»

«Ho fatto la doccia…» farfugliai. Ma cosa stava succedendo? E le mie intenzioni ferree di fingere non curanza e sdegno nei suoi confronti per salvaguardare me stessa e i miei sentimenti, dove erano finite?

«E hai indossato di nuovo il pigiama?»

«Un pigiama pulito…»

«Un pigiama meno sexy dell'altro.»

Il mio cuore stava danzando ed il mio stomaco era pieno di farfalle che svolazzavano scontrandosi Immaginavo centinaia di farfalle che morivano mentre si scontravano l'una contro l'altra cercando di capire se essere felici per l'improvviso cambiamento di Jake o morire per la confusione.

«Perché stiamo parlando del mio pigiama?» Chiesi intontita dal suo tocco leggero.

«Io stavo parlando di te.»

«Okay. Dammi cinque minuti, ti raggiungo nello studio.»

Chiusi la porta alle sue spalle per infilarmi un jeans e una maglietta di una boy band di qualche anno prima, scolorita e troppo aderente adesso che avevo qualcosa con cui riempire il vuoto che mi aveva accompagnata fino a due anni prima, ma non me ne curai.

Ero scalza tranne che per i calzini ed entrai nello studio, ma di Jake non c'era traccia.

«Mel?» La sua voce mi colse alla sprovvista, proveniva dalle mie spalle. Lo trovai seduto sul divano di pelle nera di Michael che mi fissava. I suoi occhi mi squadrarono da capo a piedi e la sua bocca si piegò in un sorriso sensuale. Oddio, le cose non potevano prendere quella piega.

Feci schioccare le nocche. Sentivo il bisogno di prendermi a schiaffi. Quello non era per nulla un periodo di astinenza. Era una fottutissima tentazione in pantaloni neri larghi e una felpa onice che faceva risaltare i suoi occhi come una fiammella nel buio.

Arretrai istintivamente ma la sua voce chiamò di nuovo il mio nome. «Melanie.»

Io deglutii, le mani mi tremavano e le gambe anche. «Vieni qui.» Ordinò deciso e brusco.

Era un ordine chiaro e semplice. Ma io lo volevo? Sì. Potevo? No. Leggendo la mia esitazione mi raggiunse in poche falcate e mi strinse il viso tra le mani.

«Non abbiamo lezione oggi. Non hai nessuna verifica di inglese. Al signor Butler sono bastate le mie impressioni su di te e i tuoi progressi che io gli ho mostrato giorno dopo giorno.»

La sua voce era diventata un sospiro basso, la sua mano iniziò a tracciare dei cerchi sulla mia guancia mentre io cercavo una fonte d'aria incontaminata dal suo magnifico odore.

Odorava di mare, di terra e di libertà, era così allettante! Ma allettante non significava accessibile, lui era off-limits per me.

Mi riscossi e mi scostai da lui. «Allora cosa ci fai qui?»

«Sono qui per te Mel, io non riesco a starti lontano. Non lo capisci?»

«Cos'è successo al... alla nostra decisione che...»

«Shh» mi sussurrò mentre le sue dita stringevano le mie labbra per non lasciarmi completare la frase. Avvicinò il suo viso al mio collo ed inspirò forte. Avvertivo il desiderio delle mie mani di toccarlo, ma le tenni ben salde al mio fianco. *"Brava Mel, resisti!"*

«Toccami Mel. Ne ho bisogno.»

«No.»

«Ti prego.»

«Lasciami Jake.» Protestai debolmente. Lui non mi prestò attenzione, si inginocchiò e mi tirò giù con sé. Non che io avessi opposto resistenza, eh! Mi cinse con le braccia e le sue mani mi accarezzarono la schiena, in un dolce su e giù. Ero completamente avvinta a lui, ogni centimetro del mio corpo toccava il suo. Era tutto così perfetto.

Ma io ero ancora paralizzata dallo stupore, avevo il respiro accelerato e la mia maglietta si era alzata sui fianchi. Le sue mani trovarono quel pezzo di pelle e il suo sguardo divenne torbido. Prese il mio mento tra i denti e lo mordicchiò leggermente. Fui costretta ad aggrapparmi alle sue braccia. Rischiavo di cadere, e l'ultima cosa di cui avevo bisogno era di trovarmi stesa sul pavimento dello studio di Michael, con Jake che mi toccava in quel modo, mia madre nel suo studio e Maggie che sarebbe potuta entrare lì da un momento all'altro.

Sorrise quando le mie mani si strinsero sui suoi bicipiti.

«Finalmente.»

«F-finalmente? Cosa?»

«Ti sei decisa a toccarmi.»

«Rischi di farmi cadere.»

«Voglio farti cadere. Voglio farti precipitare, Mel.»

«Non sono sicura di sopravvivere alla caduta, Jake.»

Lui mi attirò ancor più vicino a sé mentre mi spingeva giù, verso il pavimento. «Ho detto che voglio farti precipitare, non che l'avresti fatto da sola. Ci sono io con te.»

«E' questo che mi preoccupa.» Gli dissi sincera in un sospiro.

I suoi occhi si fermarono nei miei e poi scesero sulla mia bocca. «Hai paura di me?»

Sotto la schiena avevo il parquet, sopra di me avevo Jake. Non avevo scampo. «Non riesco a respirare.»

Lui fece volare il suo sguardo sui nostri corpi, non mi stava schiacciando e disse «Dovresti riuscire a respirare, *piccola*.»

Quel vezzeggiativo mi fece fremere e contorcere le dita dei piedi, ma sperai che lui non lo notasse. «Non è quello che intendevo.»

«E cosa intendevi?»

No. No. No. Le cose non dovevano andare in quel modo ed io dovevo fermarlo anche se in realtà desideravo che continuasse con quel suo lento e atroce tormento. Le mie mani erano ancora ancorate alle sue braccia, le abbandonai e le poggiai sul suo petto cercando di non prestare attenzione al suo cuore scalpitante e alla durezza dei suoi pettorali. Spinsi con tutta la forza che avevo in corpo, ma non lo spostai di un centimetro.

«Non respingermi. Ascoltami...»

«Non farmi questo.»

A quel punto ero in un mare di lacrime. Odiavo piangere così spesso, odiavo che lui mi vedesse debole, ma per quanto avessi desiderato quei contatti, quei sospiri intrecciati io non potevo fare a meno di smettere di torturarmi, sapevo che non sarebbe durato. Lo sentivo dentro di me.

«Voglio provarci Mel, sul serio. Voglio davvero provarci.»

«Ma io non ti conosco Jake. E tu non sei disposto a rivelarmi nulla o hai cambiato idea?»

«Non ancora, ma lo farò. Presto Mel, molto presto ti rivelerò tutto.»

Spinsi ancora le mie mani contro il suo petto e finalmente riuscii a liberarmi dalla sua presa. Quando fui di nuovo in grado di respirare, desiderai poter smettere di nuovo di farlo. Era doloroso, ma era un dolce dolore quello che mi aveva teneramente avvolto.

Mi alzai e cercai di mettere in piedi anche le mie idee, di unirle e dargli un senso, ma nella mia testa vagavano parole senza meta: "pavimento", "errore", "Jake", "freddo".

Lui continuava a fissarmi, mi seguiva come un predatore con la sua preda. Ma cosa gli prendeva?

«Sei a caccia, Mel?»

La mia testa scattò nella sua direzione. A caccia? Che significava? «Come scusa?»

«Nulla, te lo farò capire. Suppongo che tu ancora non mi voglia qui, giusto?»

Non potevo fare affidamento sulla mia voce, e così mi affidai ai miei gesti: annuii vigorosamente con il capo.

«Posso almeno salutarti?»

Mi sentivo scombussolata più del solito. «Okay...» avevo la vaga sensazione che non mi sarei liberata di lui tanto facilmente se non lo avessi assecondato.

Quando mi sfiorò una guancia con un bacio mi ficcai le unghie nei palmi e iniziai a pensare ai compiti che mi attendevano nell'altra stanza, a Parigi, alla mia minigonna incredibilmente corta. Improvvisamente l'idea di portarla mi allettava ancor di più.

Come sospettavo, quando Jake non c'era avevo il pieno controllo delle mie facoltà mentali e così, quando mi lasciò sola, mi accasciai al suolo e mi concessi una risata liberatoria, isterica anche, ma comunque liberatoria.

Capitolo Nove

Jake

Avevo sentito il richiamo dei miei fratelli ancor prima che le loro voci prendessero forma nella mia testa. Avevano bisogno di me.

Arrivai nel mio mondo con i pugnali sguainati e la determinazione che mi attraversava unita all'adrenalina.

Gli altri Sette Angeli ,Angus, Raina, Cheles, Frida, Rika, Keira, mi stavano aspettando, anche loro impugnavano le proprie armi ed avevano uno sguardo fermo e deciso.

«Cos'è successo?» Chiesi.

«Angeli Oscuri ai Cancelli.»

«I soldati di Dorkan?»

«Sì.»

«Bene allora, andiamo.»

Avanzammo come un esercito di mille uomini perché noi non eravamo angeli comuni. Eravamo stati forgiati come delle armi, invincibili ed incredibilmente forti.

Quella guerra risaliva a tre secoli prima, quando Dorkan, un Angelo Oscuro, si ribellò al volere dei Cieli ed iniziò così una guerra per sovvertire il naturale ordine delle cose.

Gli Angeli Oscuri non potevano varcare i Cancelli dell'Arkena, ma i loro continui colpi creavano crepe e disagi in tutto il nostro mondo. Era lo scontro tra luce e tenebre che creava quei contrasti tra fazioni, quelle sfumature di grigio, note come Inferiori, creature che non appartenevano né alla Luce né alle Tenebre, che offrivano i loro servigi ai migliori offerenti.

Gli Inferiori, per questo, avevano libero accesso nel nostro mondo, vagavano indisturbati al suo interno e se avevano giurato fedeltà ai Caduti, agli Angeli Oscuri, allora andavano eliminati. Era facile riconoscerli, coloro che rappresentavano una minaccia avevano gli occhi neri. Quelli che invece erano schierati dalla nostra parte erano caratterizzati da occhi bianchi.

Relegai Melanie nei meandri del mio cuore e della mia mente, non potevo permettermi distrazioni. Speravo che Keith riuscisse a difenderla nonostante io avessi occhi dappertutto a New York, anche mentre i miei non potevano sfiorarla come e quando lo desideravo.

Strinsi il mio pugnale già pulsante tra le mie mani, sentiva i rumori della battaglia e la presenza dei nostri nemici, la sua lama già si stava allungando divenendo una Spada della Luce. Le uniche armi in grado di uccidere i demoni, forgiate dal sangue degli Angeli Bianchi, un veleno per coloro che erano permeati dall'oscurità.

Arrivammo davanti ai Cancelli e, come percependo la nostra presenza, gli Angeli Oscuri si voltarono per fronteggiarci. Angeli dalle ali nere, come i loro capelli e i loro occhi. Erano un pozzo oscuro, fonte di malvagità.

La guerra tra gli angeli era iniziata millenni prima, quando ancora la Terra non era stata creata, quando non esisteva altro che l'Arkena. Lucifero si ribellò al volere di Dio e gli angeli che lo seguirono furono esiliati dall'Arkena, nel Neraka.

Angeli Bianchi e Angeli Oscuri avevano vissuto separati gli uni dagli altri, fino a quando non giunse Jorel, uno dei Principi Oscuri intenzionato a sovvertire le Leggi Divine, penetrare nell'Arkena e distruggerlo. Creare un mondo di cui il Neraka fosse il solo regno e padrone.

Poi fummo creati noi, i Sette Angeli a difesa dell'Arkena, e i Cacciatori, che stanavano i seguaci di Dorkan in ogni dove.

Purtroppo, il loro numero cresceva a dismisura e le battaglie erano sempre più frequenti.

Quando Jorel concepì una figlia con un Angelo della Luce, l'ordine delle cose fu compromesso maggiormente. Eyshriin, una Cacciatrice ibrida, aveva in sé il sangue degli Angeli Bianchi e il sangue degli Angeli Oscuri.

Fortunatamente, gli Angeli Bianchi riuscirono a sconfiggere Jorel dopo decenni trascorsi in battaglie, ma le perdite furono tali da richiedere quasi due secoli di ricostruzione e di nuova creazione. Poi arrivò Dorkan. Un Angelo Oscuro scontento della propria condizione di inferiorità che diede vita ad un nuova epoca di sangue e tenebre, sulla scia del suo predecessore Jorel.

Dorkan aveva cercato a lungo Eyshriin, il solo angelo che aveva in sé il sangue di entrambe le specie. Intendeva usare il suo sangue come Chiave per poter varcare i Cancelli dell'Arkena. Eyshriin però era scomparsa, ma non prima di inviare sulla Terra una goccia del suo sangue, che condannava delle ragazze mortali, innocenti, ad essere altre possibili vittime della furia di Dorkan.

Le rendeva delle Chiavi. Faceva di loro le Prescelte.

La mia lama era affondata nello stomaco del primo Angelo Oscuro che mi aveva attaccato, uno qualsiasi di loro avrebbe potuto portarmi via Mel. Quel pensiero mi fece ribollire il sangue e provare una rabbia smisurata. Ne eliminai cinque mentre i miei fratelli erano impegnati contemporaneamente su più fronti. Stavo avanzando per aiutarli quando vidi i Cacciatori. Erano armati e venivano in nostro soccorso.

Riconobbi Rachel in testa al gruppo, ci scambiammo uno sguardo di intesa mentre io continuavo ad avanzare inarrestabile.

Anche gli Angeli Oscuri usavano frecce intrise del veleno infernale, veleno letale per noi Angeli se non fosse stato estratto subito o se avesse raggiunto il cuore. Chi di noi veniva ferito doveva essere necessariamente curato con l'acqua del fiume Celeste, altrimenti la morte avrebbe preso il sopravvento anche su noi immortali. Saremmo diventati esseri senza anima o corpo, costretti a vagare nel nulla o dovunque. Senza essere visti da nessuno e senza poterci vedere l'un l'atro, condannati al non essere per l'eternità.

Solo la Prescelta poteva accedere ai ricordi di Eyshriin e vedere dove lei avesse nascosto il medaglione. Quello rappresentava la nostra unica speranza. Il medaglione permetteva l'apertura di un portale su un'altra dimensione, un luogo dove avremmo potuto rinchiudere Dorkan per sempre. Ma quell'oggetto magico era sparito con Eyshriin, e dopo sessantatré anni non era stato ancora ritrovato.

Quando anche l'ultimo demone fu sconfitto, mi avvicinai a Rachel e Flohe.

Flohe mi rivolse un cenno del capo mentre Rachel mi sorrise raggiante quando mi chiese: «Com'è andata con Melanie?»

Era tipico di Rachel considerare più importante la mia situazione con Melanie piuttosto che la battaglia appena terminata.

«Ti sembra il momento di parlare di queste cose?» La riprese Flohe.

«Ci sto lavorando sopra.» Dissi.

Non era una vera e propria bugia, diciamo che più che lavorarci sopra avevo preferito travolgere Mel, non offrendole alcuna spiegazione. Ma avvertivo ancora tra le mani la pelle morbida dei suoi fianchi, sentivo ancora sul mio collo i suoi respiri e il suo cuore battere all'unisono con il mio.

Avrebbe potuto respingermi all'infinito, ma non mi sarei mai allontanato da lei, a meno che non ne fossi stato costretto. Come in quel momento.

«Fa attenzione a ciò che fai, Jake.» Disse Flohe mentre continuava a fissare le mie ali. Avvertivo su di me gli sguardi degli altri Cacciatori e dei miei fratelli. Alcuni visi erano sbalorditi, altri sconvolti. Alcuni apparivano addirittura furiosi, soprattutto quello di Keira.

«Ahi ahi…» brontolò Rachel mentre Keira inveiva contro di me. «Cosa significa tutto questo?»

Ripiegai le mie ali e la guardai. «Nulla che vi riguardi.»

«Nulla, dici? Hai delle striature argentate sulle ali, Jake. Sappiamo tutti cosa significa!»

Tutta l'attenzione, la mia compresa, fu rivolta alle ali di Rachel e Flohe. Le loro erano attraversate da venature rossastre. Un tempo quelle che attraversavano le mie erano blu, come gli occhi di Eyshriin. Ma le sue erano viola. Come gli occhi di Keith.

«Allora, se tutti voi sapete cosa significa è inutile pormi questa domanda. Adesso devo andare, ho una missione da portare a termine.»

Mi ero comportato da vigliacco? Forse sì. Ma non potevo mettere Mel ancor più in pericolo, aveva già un esercito di Angeli Oscuri che le dava la caccia, non potevo aggiungerci anche gli Angeli Bianchi.

Quando i miei piedi toccarono il freddo pavimento del mio appartamento mi concessi di rilassare i muscoli. Controllai il display del microonde, era passato un giorno da quando avevo lasciato la casa di Mel. Era estenuante non avere il controllo del tempo che viaggiava a frequenze diverse tra i nostri mondi, senza alcun tipo di logica.

Mi concentrai sui pensieri di Margareth, ansioso di rivedere Melanie e di assicurarmi che fosse sana e salva.

Era alle prese con una valigia. Stringeva tra le mani dei vestiti, mentre chiedeva alla domestica dei consigli. «Quale dei due, Maggie? Questo nero o questo rosa?»

Avevo già visto Melanie indossare un vestito. Aveva il corpo fasciato da della morbida seta azzurra, avrei pagato con la vita pur di rivederla indossare quel vestito, così mi insinuai nella mente di Margareth e le dissi «Nessuno dei due, Mel. Perché non porti il tuo vestito azzurro? Quello è un incanto!»

Lei aggrottò le sopracciglia. «Dici?»

«Certo!»

Melanie guardò ancora dubbiosa i vestiti che stringeva tra le mani e si richiuse nell'armadio. Ne venne fuori poco dopo indossando il vestito azzurro.

Aveva la cerniera aperta e mi si avvicinò, o meglio, si avvicinò a Margareth chiedendole di alzarle la cerniera.

Aveva una chiusura lampo tanto lunga che le arrivava a scoprire la morbida "V" che le sue mutandine non nascondevano.

Uscii immediatamente dalla mente di Margareth e mi asciugai il sudore dalla fronte con le mani.

Avevo bisogno di vedere Mel, e davvero questa volta. Avevamo lasciato un discorso in sospeso.

Mi infilai sotto la doccia e dopo aver consumato la mia dose d'acqua calda per quel giorno, filai dritto verso la Fifth Avenue.

Avevo tutte le intenzioni di portare a termine quello che avevo iniziato.

Melanie

Ormai riempivo la valigia per non sentirmi la testa sovraccarica.

Quando Maggie mi lasciò sola composi il numero di Cat. Temevo che non avrebbe risposto così come aveva fatto solo il giorno prima, ma invece dopo il nono squillo sentii la sua voce arrabbiata.

«Non ti arrendi.» Sbuffò arrabbiata, ma il fatto che mi avesse risposto significava che era disposta a perdonarmi, era già un passo avanti. Preferivo gestire o sopportare la sua rabbia piuttosto che il suo silenzio.

«Dio, Cat! Ti prego, scusa!»

«Va bene.»

«Va bene?» Chiesi sorpresa. Non credevo sarebbe stato così facile.

«Sì, ma se ti trovo di nuovo pronta al suicidio giuro che non ti perdonerò mai. M-A-I-! Ci siamo intese?»

«Catherine D'Amour, io non ho affatto tentato il suicidio!»

«Okay. Che ne dici, stasera ce lo vediamo quel famoso film?»

«Certo.» Acconsentii felice.

«Come va con la febbre?»

«Erano solo decimi. Domani tornerò a scuola.»

«Ottimo. Novità con Jake?»

Oddio. Non avevo raccontato nulla a Cat! «Ehm…»

«Oh mio Dio! Ti lascio un giorno da sola e tu scegli proprio quel giorno per far accadere qualcosa! Raccontami tutto!»

«Stasera, okay?»

«Bene. Porto i popcorn caramellati!»

Riattaccò mentre le immagini del pomeriggio precedente mi assalirono. Guardai fuori dalla finestra. Il cielo era cupo, ma non c'erano nuvole pericolose in agguato. Mi infilai il pantalone della tuta, la maglietta a maniche lunghe abbinata ed un paio di *Nike*.

Uscii fuori e raggiunsi Central Park, dove iniziai a correre. Potevo provare a sfogare così la mia ansia e la mia frustrazione, facendo del male ai miei muscoli.

Non amavo fare sport (anche se con Cat correvo una volta a settimana), ma se non volevo impazzire dietro i miei pensieri, avrei dovuto trovare qualunque cosa per distrarmi e purtroppo, i libri non ci riuscivano. Ogni loro parola mi riportava Jake alla mente.

Quello sarebbe dovuto essere un buon motivo per avercela con lui. Mi stava allontanando dall'unica cosa che amavo. Ma prendevo in giro solo me stessa.

«Melanie!»

Non riconobbi quella voce e mi voltai sorpresa e curiosa. Un ragazzo dai capelli neri mi veniva incontro, sorridendomi.

«Ci conosciamo?» Gli chiesi, ma da come i suoi occhi verdi mi guardavano sembrava proprio di sì.

«Continuiamo a correre, ti va?»

Ed eccomi a Central Park, mentre correvo con un perfetto sconosciuto, per non perdere le vecchie abitudini, insomma. Ero diventata il polo d'attrazione per ogni persona che non conoscevo di New York.

«E' ovvio che non ti ricordi di me. Ci siamo conosciuti alla festa di beneficenza di tua madre, il mese scorso al *Rockefeller Center*. Sono Adam Whyatt.»

Il suo cognome fece suonare una serie di campanelli nella mia mente, il suo nome non mi era nuovo ma lui sì, assolutamente. Fui costretta a riconoscere che era anche "un nuovo" in senso buono. Era veramente molto, ma molto, carino.

«Mi dispiace, non mi ricordo di te.»

«Lo so. Ci siamo conosciuti ma non presentati.»

«Com'è possibile?»

«Tua madre e mia madre si sono incontrate alla serata di beneficenza. Io accompagnavo la mia mentre tu accompagnavi la tua, ci siamo scambiati un cenno del capo e poi ognuno di noi ha preso strade diverse per quella sera. Però ti ho tenuta d'occhio. Mi chiedevo se ti avrei mai rivista!»

Non riuscii a trattenere un sorriso. Non potevo fingere che le sue attenzioni non fossero gradite. Anzi, mi avevano molto lusingata. «Perché allora non mi hai cercata?» Ma nell'istante in cui mi sfuggì quella domanda sentii le mie guance scaldarsi. Ero stata terribilmente sfacciata ma sicuramente Catherine mi avrebbe dato un dieci e lode per quella prestazione.

«Si vociferava che avessi un ragazzo. Un giocatore di basket.»

Carl era diventato come un'aura negativa nella mia vita. Dove c'era lui, c'era il caos. «Non è così.»

«Allora sei libera?» Mi sorrise speranzoso.

Il mio sorriso si era allargato. Ecco ciò che volevo da un ragazzo, tranquillità e sorrisi timidi. Non sconvolgimenti e turbamenti continui. Alt! Stavo riportando i pensieri nella zona off-limits.

«Sì.»

«Sono fortunato allora.»

«Davvero?» Gli sorrisi a mia volta.

«Sì. Ti andrebbe di uscire con me?»

Ci riflettei per un breve istante. «Perché no?» *Melanie, sei un'idiota. Davvero hai accettato un invito da un ragazzo che non conosci?* Prestavo solo metà dell'attenzione agli avvertimenti del mio cervello, con l'altra metà ero intenta a squadrare da capo a piedi Adam. Aveva i capelli neri, gli occhi verdi. Una simpatica fossetta sul mento e anche fisicamente era un nove su una scala da uno a dieci.

«Sabato sera, passo a prenderti alle otto.» Disse piuttosto soddisfatto. Poi mi allungò un bigliettino. Sopra c'era il suo numero. Io gli sorrisi imbarazzata e gli dettai diligentemente il mio.

«Sai dove abito?»

«Certo che lo so. Ci vediamo sabato.»

Mi superò accelerando il passo, evidentemente lo avevo rallentato. Io fui costretta a fermarmi mentre mi piegavo in due per riprendere fiato. Flirtare e correre non era facile, avevo il fiatone e mi faceva male il fianco. Ero spudoratamente fuori allenamento. Forse avrei dovuto iniziare ad allenarmi due volte a settimana.

«Bevi.»

Una bottiglina contenente del liquido blu mi ballava davanti agli occhi. Alzai lo sguardo e incrociai quello severo di Jake. Scattai in piedi e poggiai il piede a terra con troppa forza e in una strana posizione. Non inciampai ma mi fece comunque male.

«Ti sembra normale farmi prendere un colpo? Un giorno di questi mi ucciderai!» Esclamai con voce stridula.

«Non volevo spaventarti.»

«No, certo! Ti piace solo darmi fastidio.»

Lui continuava a stringere tra le mani la bottiglina di *gatorade* che io mi rifiutavo di accettare.

«Chi era quello?»

Finsi di non capire la sua domanda. «Chi?»

«Il ragazzo con cui stavi parlando.»

«Nessuno che ti riguardi.»

«Oh credimi, mi riguarda eccome.»

Presi la bottiglina dalle sue mani. Dovevo trovare qualcosa cui ancorarmi per non soccombere all'ennesimo scontro con Jake. Dovevo uscirne vincente, almeno per una volta. Era probabile che la guerra l'avrebbe vinta lui, inutile dire che ci speravo, ma non avrebbe vinto con facilità. Avrei lottato con i denti e con le unghie pur di vincere almeno una battaglia. O almeno speravo che le cose andassero così, sapevo dell'irrazionalità che mi colpiva quando c'era di mezzo Jake.

Il liquido fresco mi colò lungo il collo, avevo molta sete, e avevo corso solo per quindici minuti!

«Ora mi rispondi?»

«Mi stai seguendo Jake?»

«Stavo venendo da te. Solo che ho preferito passeggiare nel parco e da lontano ti ho vista parlare con quel tizio. Chi era?»

«Stavi venendo da me?»

«Perché non vuoi dirmi chi è quel ragazzo?»

«Perché io non devo dirti proprio un bel niente. Anzi, sei tu che mi devi delle spiegazioni per il tuo comportamento.»

Lui incrociò le braccia al petto e continuò a squadrarmi da capo a piedi. Aveva la stessa espressione di quando mi aveva spinta giù con sé, sul pavimento dello studio di Michael.

Puntai lo sguardo su uno scoiattolo che nascondeva delle noccioline che alcuni passanti gli avevano lanciato, dei turisti forse. Lo intuii dal modo in cui si guardavano attorno meravigliati.

Avrei tanto voluto essere una di quelle noccioline, starmene nascosta sottoterra finché il pericolo che Jake costituiva per la mia sanità mentale non fosse sparito.

Le sue dita sotto il mio mento mi costrinsero a voltarmi, ma tenni gli occhi ben lontani dai suoi, dovevo rimanere lucida, accidenti a lui!

«Ti riferisci al nostro incontro di ieri?»

«Esatto» sibilai. Volevo fargli capire che ero offesa e furiosa per quel suo comportamento. Non ero il giocattolo di nessuno, tantomeno il suo. Non aveva alcun diritto di trattarmi come aveva fatto, chi si credeva di essere?

Strinse la mia coda e tirò abbastanza forte da farmi esporre il collo alle sue labbra. «Non fare questo gioco con me, Melanie. Se non mi rispondi penserò male, e in questo momento sto pensando che quel ragazzo voglia *te*. Io ora voglio sapere, tu vuoi lui?»

La sua bocca tracciava una scia di baci dal mio collo al mio orecchio. Ignorai la protesta della caviglia e mi liberai della sua presa, riprendendo la mia corsa. Immaginavo di aver un breve vantaggio. Forse potevo riuscire ad uscire dal parco ed arrivare a casa, ma Jake mi afferrò per la vita e mi prese in spalla.

«Jake! Mettimi giù!» Dissi annaspando mentre rimbalzavo sulle sue spalle. Non sembrava lo stesso Jake che avevo conosciuto solo qualche settimana prima. Questo era un perfetto estraneo, qualcuno che aveva l'aspetto magnifico di Jake ma che ne aveva usurpato la personalità.

«Okay.» Ringhiò quasi.

Ma non mi permise di camminare da sola, mi fece scendere dalle sue spalle per bloccarmi nell'arco delle sue braccia. Jake camminava come se non avesse una ragazzina di quasi sessanta chili (okay, forse avevo messo qualche chiletto in più…) tra le braccia, il suo respiro si manteneva regolare ed anche la sua andatura.

Chiamò un taxi e mi infilò al suo interno, seguendomi poco dopo. «Dove stiamo andando?»

«A casa mia.»

«Come?» Mi tenevo stretta alla maniglia dell'auto. E se avessi provato a fuggire al prossimo semaforo? Ma Jake fu più furbo di me. «Non si fermi a nessun rosso. Le lascerò i soldi sia delle multe che una mancia del cinquanta percento sulla tariffa.»

«Jake, cosa vuoi fare?»

«Solo parlare.»

«Possiamo farlo anche qui o in un luogo pubblico!» Esclamai nel panico più totale.

«Hai paura che ti mangi?»

"Ho paura che tu non lo faccia". Deglutii. «No, ma francamente ho paura di te.»

Lui si rabbuiò. «Non voglio che tu abbia paura di me.»

«Tu sei un uragano, Jake. Non so mai cosa pensi o cosa hai intenzione di fare. Ancora non ho capito cosa vuoi da me.»

Arrivammo a Brooklyn in meno di dieci minuti e Jake venne ad aprirmi la porta dell'auto ma io non accennai a muovermi. Come mio solito ero un genio, non avevo con me il cellulare e non avevo detto a nessuno dove ero diretta. Uno scenario perfetto per farmi fuori insomma. Ma anche se lo avessi detto a qualcuno, chi poteva sospettare che Jake sarebbe arrivato a rapirmi?

«Non costringermi a prenderti in braccio...» mi minacciò.

Fui costretta a scendere dal taxi e mi strinsi le braccia al petto. Seguivo Jake mentre lui avanzava spedito. Continuava a lanciarmi sguardi da sopra la sua spalla per controllare che lo stessi seguendo. Ero certa che mi stavo chiudendo in trappola da sola. E allora perché ero così ubbidiente alle sue richieste?

Entrammo in un palazzo dall'aria lugubre. Mi chiesi se davvero Jake abitasse in un posto come quello, non ce lo vedevo uno come lui in un posto così malandato.

Il suo appartamento si rivelò grande quanto il mio solo salone. In un angolo c'era un cucinino, un tavolo con sole tre sedie. Una porta aperta che affacciava su un piccolo bagno ed un'altra porta, chiusa invece, che immaginai nascondesse la sua camera da letto.

Viveva da solo. Non c'erano tracce di altre persone in quel bugigattolo e soprattutto, nulla mi induceva pensare che ci vivesse con una donna. Assurdo ma vero, quel pensiero mi rese un po' più felice anche se non meno diffidente. Cosa ci facevo lì?

«Mettiti comoda e serviti pure. Vado a mettermi qualcosa di più comodo.»

Si allontanò e sparì dietro la porta che, come avevo immaginato, era la sua camera da letto. Intravidi una parte della testiera del letto ma allontanai immediatamente i miei pensieri prima che prendessero vie indesiderate.

Continuai a guardarmi intorno, incerta se definirmi affascinata o disgustata. Credevo che si trattasse di un buco sporco e puzzolente come l'intero palazzo, invece odorava di pulito e di fresco. Sembrava che nessuno ci abitasse, a dire il vero. Non c'erano quadri alle pareti, nessun piatto nel lavandino. Aprii un

153

mobile e lo trovai vuoto, tranne per del caffè e un po' di zucchero.

Mi intrufolai nel bagno in cui, oltre ad una coppia di asciugamani vi era anche uno spazzolino. Era come se Jake non avesse voluto mettere radici, come se fosse solo di passaggio in quel posto.

Possibile che dovesse trasferirsi?

«Eccomi.»

Stringevo tra le mani il suo spazzolino e lui alzò un sopracciglio quando lo notò. Lo rimisi al suo posto e lo superai.

«Voglio andare a casa.»

«Avresti potuto provare a scappare mentre ero in camera, ma sei ancora qui. Perché non sei andata via?»

Quella era un'altra ottima domanda. Non mi aveva nemmeno sfiorato il pensiero di fuggire, o meglio, mi aveva sfiorata ma non avevo mai preso in considerazione l'idea di farlo davvero. E tutto questo perché la curiosità di conoscere Jake, di carpirne qualche segreto aveva offuscato ogni altro pensiero.

Optai per la verità. «Ero curiosa.»

«E dimmi, hai saziato la tua curiosità?»

«Nemmeno un po'. Ho ancora più domande di prima.»

Non era felice di quella confessione ma io non avevo intenzione di rimangiarmela. Poiché la caviglia iniziava a darmi davvero fastidio decisi di sedermi. Lui seguiva ogni mio movimento ed io cercavo di non badarci continuando a guardarmi intorno.

«Vuoi un caffè?» Mi chiese, rendendosi conto della sua poca ospitalità.

«No. Voglio che mi spieghi perché mi hai portata qui.»

«Bene.» Prese un'altra sedia e si mise a sedere di fronte a me. «Ti ho portata qui per ucciderti, Mel.»

Il tempo sembrò congelarsi, avevo evitato di guardarlo a lungo e adesso l'ultima cosa che avrei visto era un piccolo ragno cercare di arrampicarsi sopra il muro di mattonelle. Chi è che vorrebbe avere come ultimo ricordo un ragnetto? I suoi occhi sorridevano ironici, stava scherzando. Accidenti all'ansia!

«Stai scherzando, vero?»

«Sì.»

Mi rilassai e lui rise. «Credi ancora che sia un serial killer dopo tutto il tempo che abbiamo passato insieme?»

«No.» Dissi, nonostante solo pochi secondi prima avessi visto passarmi davanti gli occhi la mia intera vita e quasi composto il mio epitaffio. «Ma questo non esclude che tu possa essere uno psicopatico.»

Jake cercò di mascherare una risata con un verso della gola. «Non ti farò del male Melanie, ma vedi, quello che è successo nel parco poco fa è la risposta alla mia domanda. Tu sei a caccia quando non dovresti.»

«Ma di cosa diavolo parli?» Poi il mio cervello fu invaso dalla luce della consapevolezza. «Oh mio Dio! Tu credi che io stia cercando un ragazzo?»

Lui soppesò le mie parole, poi mentre annuiva mi disse «O il contrario. Secondo te questo come mi fa sentire?»

Io scoppiai in una fragorosa risata, non poteva star succedendo a me.

«Tu non dovresti sentirti in diritto di dirmi queste cose, Jake. Non dovresti sentire niente del genere. Insomma, tra me e te oltre ad una notevole attrazione, non c'è e non ci sarà altro.»

Lui mi tirò su di scatto e mi bloccò tra il suo corpo e la parete che avevo alle spalle, non mi ero nemmeno accorta di ciò che aveva fatto: prima ero seduta, adesso ero in piedi, con il suo sguardo che bruciava di rabbia nel mio. «Perché continui a dire che tra me e te non c'è niente, Mel?»

«Perché è così...» sussurrai.

«Quindi non senti niente quando io faccio così?» E la sua mano mi accarezzò la guancia e poi scese lungo il mio collo. «Non senti niente quando invece faccio questo?» E l'altra mano mi

155

strinse un fianco. Aveva le mani fredde ma io non avevo la forza nemmeno per rabbrividire a quel contatto.

Ma potevamo giocare in due a quel tipo di gioco. Ressi il suo sguardo e gli passai una mano sul viso. «E tu? Tu cosa provi quando io faccio così?» Avvicinai il mio viso al suo e gli mordicchiai la guancia mentre le mie mani esploravano le sue braccia ed i suoi addominali, piatti e duri.

Lui non rispose ma mi mise a cavalcioni su di lui mentre continuava a schiacciarmi contro il muro ed io gli cinsi i fianchi con le gambe. Sentivo il sangue affluire più velocemente, ma ignorai le sensazioni fisiche, dovevo mantenere il controllo. «Vedi Jake? I nostri corpi sono attratti l'uno dall'altro ma emotivamente noi non ci attraiamo, ci respingiamo. Ed io non sono interessata ad una relazione di questo tipo, che forse è quella che tu cerchi da me.»

Non ero stupida. Anche se non sapevo con precisione quanti anni avesse, Jake non era un ragazzino. Era un uomo e di sicuro aveva idee ben precise su cosa volesse, ed io non volevo essere il capriccio del momento. Ma non riuscivo a credere che mi desiderasse fino a quel punto. Insomma, avrebbe dovuto smettere di starmi col fiato sul collo ed invece ero io ad avere le gambe accavallate intorno ai suoi fianchi! Ignorai le sue mani che mi sostenevano ai lati delle cosce, così vicine ai miei glutei. Non stavo facendo nulla di male. Insomma, stare avvinghiata con il proprio professore non aveva nulla di anormale.

«Sei tu che mi respingi Mel. Ed io non sono interessato solo a questo» e mi squadrò da capo a piedi facendomi rabbrividire ancor di più. «Sono interessato a te come un qualunque ragazzo che abbia tutte le rotelle a posto. Per questo credimi quando ti dico che farai bene a dirmi chi era quel tizio che era con te.»

«Ho un appuntamento con lui» buttai lì. Non c'era un modo indolore per dirlo, avrebbe dovuto ferire solo lui e invece ferì anche me stessa. Quello che sentivo per Jake era molto più intenso e complicato di quanto volessi credere e fargli credere.

«Te lo ha chiesto lui o sei stata tu?»

Mi diede un pizzico sulla coscia mentre mi rimetteva in piedi. Il dolore alla caviglia sembrava passato, avrei potuto tentare una fuga coi fiocchi. Senza parlare avrei resistito almeno trenta minuti. La mia resistenza fisica non poteva fare così pena. Ma osservando il corpo atletico di Jake seppi prima ancora di provarci davvero che mi avrebbe riacciuffata.

«Me l'ha chiesto lui e prima che tu me lo chieda, gli ho detto sì. E sai perché? Perché ho diciassette anni, perché sono single e perché tu mi mandi talmente in confusione che devo disintossicarmi dalla tua presenza. Ho bisogno di aria pura e pulita, non di te e dei tuoi segreti.»

«Okay, diciamo che ho venticinque anni all'incirca. Va bene? Per te è un ostacolo così grande l'età?»

«All'incirca? O hai venticinque anni o non ce li hai. E non sarebbe un ostacolo se tu non ne facessi una questione di stato! Potresti averne anche trentacinque ma resterebbe un dato di fatto che tu mi piaci!»

Mi portai una mano alla bocca e mi morsi la lingua. Sul suo viso si allargò un sorriso malizioso.

«Allora ti piaccio, è così?» Odiai me stessa per la sciocchezza che avevo fatto ed odiai anche lui, per il controllo che riusciva ad esercitare su stesso.

"Melanie, avanti riprenditi! Devi vincere la battaglia, ricordi?"

«Sì. Ed è evidente che io piaccio a te, ma questo non significa che io sia *interessata* a te. Sabato ho intenzione di andare a quell'appuntamento e di divertirmi.» Ci mancava solo che pestassi i piedi a terra e gli facessi le linguacce.

Lui si scurì e mi afferrò il mento tra le dita. Pensai volesse sgridarmi o urlarmi in faccia che ero una stupida per questo, quando le sue labbra calarono con forza sulle mie e la sua lingua mi attraversò la bocca accarezzandomi i denti, mi aggrappai alle sue braccia per timore di cadere a causa dello shock.

Questa volta sapevo che la caduta sarebbe stata troppo dolorosa per me.

«Baciami Mel...»

In effetti, io non stavo ricambiando il suo bacio, mi ero limitata ad essere una bambola di porcellana. «No.»

«Perché mi dici sempre no? Io ci sto provando Mel. Ma se ti dicessi ciò che tu vuoi sapere come la mia età, o da dove vengo o qualunque altra cosa, dovrei mentirti perché non posso dirtela, non ancora. Se preferisci che io ti menta dimmelo, lo farò. Ma vorrei invece essere onesto con te. Non puoi solo credermi? Darmi un po' di fiducia? E' chiedere così tanto?»

No, non era chiedere tanto ed in fondo mi fidavo di lui ed apprezzavo che preferisse non mentirmi, ma non poteva certo consolarmi l'idea che lui avesse dei segreti. Lui conosceva quasi tutto di me, certo non sapeva che il mio colore preferito era l'azzurro, e non perché fosse il colore dei suoi occhi, ma perché l'amavo da sempre. Non poteva sapere che adoravo leggere così come non sapeva che il mio film preferito era *Pearl Harbor*. Non poteva sapere tutte queste piccole cose di me, ma comunque mi conosceva meglio di quanto io conoscessi lui, non era un rapporto alla pari.

Ma io volevo davvero fidarmi di lui. L'idea di non averlo con me era terribile, peggiore rispetto alla consapevolezza che lo avevo mandato via. E lo avevo già provato sulla mia pelle.

Come potevo fargli capire ciò che sentivo?

Allungai le mie braccia intrecciandole al suo collo e tirai il suo viso sul mio. Lo baciai con calma e pazienza, anche se in realtà avrei voluto baciarlo come lui aveva fatto con me poco prima.

Le sue mani mi accarezzarono i capelli che mi ricaddero sulle spalle. Mi staccai in fretta da lui, non volevo fare qualcosa di cui poi mi sarei pentita amaramente.

«Sappi che non mi fido nemmeno un po' di te. Ma quando ti dico di andare via, una parte di me soffre come se avessi chiesto al mio cuore di smettere di battere. Questo mi fa paura, Jake. Mi fa paura perché ti dà il potere di farmi del male ed io non voglio stare male. Capisci?»

«Melanie, io non potrei mai farti del male.» Sussurrò contro la mia guancia, mentre le sue mani mi pizzicavano leggere i lobi delle orecchie.

«Mentendomi lo faresti già.»

«Non ti mentirò.»

«Mi dirai tutto? Lo prometti?»

«Lo prometto.»

«Quando?»

Lui mi accarezzò una guancia e mi diede un leggero bacio. «Presto, Melanie.»

«Proverò a farmelo bastare...» sospirai sconfitta.

«Bene.» Mi baciò la punta del naso e poi disse «Adesso abbiamo una questione spinosa di cui occuparci.»

«Cioè?»

«Devi dire a quel ragazzo che non uscirai con lui perché sarai sempre impegnata col sottoscritto.»

Io sorrisi e poggiai la testa sul suo petto. «Io ho una vita Jake. Dovrò avere il tempo anche per Catherine, per mio padre...»

«Non avevo mai pensato di privarti della tua vita, Mel. Non voglio però che tu...»

«E' geloso, signor Brown?»

Lui fece una smorfia e mi guardò serio. «Ho promesso di non mentirti. Ma c'è una cosa che devi sapere.»

«Ecco, lo sapevo...» alzai gli occhi al cielo, rassegnata all'ennesima batosta.

«No, no. Ti ho mentito prima di prometterti che non lo avrei fatto quindi adesso devo rimediare. Il mio cognome non è Brown. Chiamami Jake e basta, okay?»

«Qual è il tuo cognome allora?»

«Io non ho un cognome, Melanie.»

Capitolo Dieci

Jake

«Ti va del cinese?»

Melanie stava girando i canali della televisione che non avevo mai acceso da quando vivevo a New York.

«Ma da quanto tempo non aggiorni i canali?»

«Non guardo molta televisione. Allora, ti va del cinese?» Le sfiorai la testa con le labbra e lei alzò il viso, sorridendomi. «Va benissimo.»

Non riuscivo a credere a ciò che era successo quel giorno. Avevo fatto ciò che non ero stato in grado di fare in passato, lottare per ciò che volevo, per chi amavo. Ma questa volta non ci sarebbe stato nessun Keith a portarmi via il mio piccolo angelo. Mentre parlavo al telefono con il ristorante cinese a pochi isolati di distanza dal palazzo, osservavo Melanie.

Se ne stava stesa sul mio divano come se fosse stata la cosa più naturale del mondo, un gesto abituale, schiacciava la sua guancia su uno dei cuscini mentre l'altro giaceva tra le sue braccia, lo stringeva al petto così forte che vedevo le sue nocche sbiancarsi.

Non avevamo fatto altro che baciarci e sentivo il mio bisogno di lei crescere sempre di più. Quindi, mi ero autoimposto una certa distanza fisica. Poi lei si alzò e andò in bagno, io ero ancora al telefono.

Quando finalmente mi liberai di quel peso mi misi a sedere sul divano e guardai il canale che aveva scelto Mel. *"Extreme makeover home edition"*

Melanie uscì dal bagno e quando mi vide sul divano mi sorrise, fermandomi per un secondo il cuore, e poi venne a sedersi vicino a me, facendolo battere nuovamente.

Aveva messo troppa distanza tra di noi, così le feci passare un braccio attorno alle spalle e la tirai contro il mio fianco, mandando a benedire la distanza di cui avevo bisogno. Non riuscivo a starle lontano.

«Credo che ci faccia male stare così vicini.»

Io la strinsi ancor di più per quell'assurdità. A me faceva male non starle vicino, non il contrario. Ecco, ero impazzito. Cambiavo idea ogni cinque secondi.

Spensi la tv e le accarezzai il viso. «Devi sapere una cosa di me, una cosa molto personale...»

Lei si sistemò i capelli dietro le orecchie e cominciò a torturarsi la guancia. La baciai per costringere i suoi denti a rilasciarla e prima di perdere il mio autocontrollo la liberai dal mio tocco.

«Io sono quel tipo d'uomo che non si stancherà mai di averti accanto. Quindi, sia che passiamo le nostre giornate a baciarci, o solo a parlarci o facendo entrambe le cose, io non mi annoierò mai con te. Ma non chiedermi di non starti vicino, ci ho provato in queste due settimane ed hai visto i risultati.»

«Allora dovrò dirti di starmi lontano, così da poterti avere sempre al mio fianco.»

Sorrisi per la sua logica e le diedi un altro bacio. Poi lei si ritrasse e scattò in piedi.

«Oddio! Catherine! Ho un appuntamento con lei stasera! Oh no... oh no...»

«Non puoi rimandare?»

«No Jake... noi abbiamo litigato perché io...» arrossì e compresi che eravamo arrivati all'episodio della vasca da bagno. Strinsi i pugni e cercai di non pensarci.

«Ti accompagno a casa. Okay?»

Lei annuì con l'aria triste. «Che c'è Mel?»

«Solo che non vorrei lasciarti..» Confessò con le guance rosse.

Ero sicuro di trovarmi sulla Terra. Il fatto che vedessi ancora i contorni del mio misero appartamento ne era una prova, ma quelle parole mi fecero toccare il cielo. E lei non poteva nemmeno capire cosa significasse per me ciò che aveva detto, valeva più di ogni altra cosa al mondo. Sapere che lei non voleva lasciarmi così come io non volevo lasciare lei era più di quanto potessi desiderare. «Potrei unirmi a voi? In fondo ho ordinato per un esercito! Aspettiamo che arrivi la cena e ce ne andiamo, che ne dici?»

Mi abbracciò gettandomi le braccia al collo ed io la strinsi a me. «Dico che è un'idea meravigliosa. Ma devo avvertirti, dovrai subirti il suo terzo grado e Cat non è docile quanto me.»

Io risi. «Credimi Mel, tu sei tutto tranne che docile!»

Avvicinò le sue labbra alle mie e mi sussurrò «Ho paura Jake...»

La strinsi a me e le raccolsi i capelli come per farle una coda, poi li lasciai cadere, era magnifica la sensazione che provavo quando li sfioravo. «Non averne, ti prego.»

Non sarebbe stato facile stare con me. Non sarebbe stato facile stare insieme. Io ero un Angelo Bianco, un immortale, mentre lei non lo era. Avrebbe potuto scivolarmi via dalle dita con facilità, troppo presto anche. Anche io avevo paura. Paura di non riuscire a difenderla, paura di quello che sarebbe successo dopo, quando i suoi ricordi si sarebbero ridestati. Avrebbe visto me attraverso la memoria di Eyshriin. Mi si strinse il cuore pensando che, forse, anche il suo cuore mi avrebbe sentito attraverso i suoi vecchi sentimenti e di conseguenza, quei baci, quei sorrisi e le sue guance arrossate sarebbero stati un prezioso regalo per qualcun altro, qualcuno che odiavo con tutto me stesso.

Ero un angelo, ma ero anche egoista. Melanie non l'avrei condivisa con nessuno, mortale o immortale che fosse. Era mia e lo era stata da quando avevo posato lo sguardo su di lei. Il pensiero che un altro potesse sfiorarla come stavo facendo io in quell'istante, scoprendo parti di lei che prima non avevo notato, come quella piccola voglia che aveva alla base del collo, o la cicatrice sul fianco destro, era un pensiero doloroso che mi uccideva.

Ero curioso di conoscere ogni sfumatura dei suoi diciassette anni vissuti senza di me e avrei assaporato ogni momento della sua vita, vivendola attraverso i suoi ricordi e solo per quello mi sentivo importante e felice.

Keith non avrebbe avuto Melanie come aveva avuto Eyshriin.

Quello che provavo per Mel andava ben oltre i sentimenti che avevo nutrito in passato per la mia vecchia compagna.

L'amavo e l'avrei amata per sempre. Non c'erano dubbi.

Quando un Angelo donava il suo cuore lo perdeva per sempre. Ma il tempo aveva curato le mie ferite e il rancore e l'orgoglio mi avevano dato un motivo per andare avanti e non smettere di lottare. Adesso, quel motivo era Melanie. Mi aveva riportato alla vita, mi aveva mostrato di nuovo quanto potesse essere magnifico donare il proprio cuore ed io avrei cullato e custodito il suo, come il più grande dei tesori. Nessuno mi avrebbe portato via da lei e nessuno avrebbe portato lei via da me.

Il suono del citofono la fece sobbalzare tra le mie braccia, ma non la lasciai mentre andavo a rispondere, la sollevai e lei aderì ancor di più contro il mio corpo.

«E' arrivata la nostra cena.»

«Sei pronto per affrontare Catherine?»

«Se sei con me posso affrontare tutto.»

Lei distolse lo sguardo ma io riportai i suoi occhi nei miei. «Non negarmi la gioia di vederti arrossire. Non puoi immaginare quanto mi sorprenda e mi renda felice leggere sul tuo viso l'effetto che ho su di te.»

Lei mi sorrise ma poi assunse un tono serio. «Devi sapere che per natura sono una persona molto timida anche se i giornali hanno dato di me una diversa idea. Potrei arrossire per un qualunque complimento…»

«Lo so. Ma solo con me senti il bisogno di distogliere lo sguardo. Questo significherà pur qualcosa.»

«Sì. Che la nostra cena si sta raffreddando sul pianerottolo.»

La seguii mentre mi conduceva fuori dall'appartamento, dritto tra le braccia di un futuro incerto.

Melanie

Non riuscivo ancora a credere a quello che mi stava succedendo. Avevo messo a tacere la ragione e il buon senso e me ne stavo comodamente stretta tra le braccia di Jake.

Non sapevo quanto sincero e serio fosse il suo impegno ma dentro di me sapevo che se non ci avessi almeno provato, lo avrei rimpianto per il resto della mia vita. Preferivo vivere nel rimorso ma non nel rimpianto. Jake rappresentava un rischio che volevo correre perché non riuscivo a fare a meno di quei brividi sottopelle, delle sensazioni che mi trasmetteva quando mi sfiorava e, se per provarle avrei dovuto ferire un po' il mio cuore, lo avrei fatto, sarebbe sopravvissuto. Non sarei stata né la prima né l'ultima persona a soffrire per amore. *Amore?*

«Vorrei sapere a cosa stai pensando.» mi disse, continuando ad accarezzarmi le braccia.

«No.»

«Brutti pensieri? Hai dei ripensamenti?»

Gli strinsi la mano che aveva involontariamente poggiato sul mio ginocchio e intrecciai le mie dita alle sue. «No. Voglio provarci, ma dovrai avere pazienza con me.»

«Anche tu con me.»

«Sai che dovrò contattare quel ragazzo per annullare l'appuntamento?»

Lui si irrigidì ed io sorrisi. «Suvvia! Dovrò parlargli per poco e per telefono. Sentirò la sua voce, lui sentirà la mia. Magari mi supplicherà di ripensarci ed io mi farò attanagliare dai sensi di colpa...» scherzavo ma non tanto, sapevo che mi sarei sentita in colpa. Ma non potevo uscire con lui dopo tutto quello che io e Jake avevamo condiviso.

«Puoi mandargli un messaggio.»

«Okay.»

Lui mi guardò. «Ma così avrebbe il tuo numero. *Io* non ce l'ho.»

«Beh, sai dove abito, mi hai vista quasi nuda e conosci quasi tutte le informazioni personali contenute nel registro di classe. Di sicuro sapresti come rintracciarmi.»

«Non vuoi darmi il tuo numero?»

Il taxi ci portò dinanzi casa mia. Trovai Martin fuori l'entrata principale, quando mi vide mi corse incontro. «Mel! Tua madre è impazzita oggi! Dove sei finita?»

«Come?»

«Melanie, sei sparita e nessuno sapeva dove fossi! Hai lasciato il cellulare a casa, sopra c'è anche Cat... sta dando di matto con tua madre!»

Mi grattai la testa. Mi aspettava una bella ramanzina. «Tu non sei preoccupato!» Dissi rivolta verso Martin, non sapevo se sentirmi offesa o... sentirmi offesa. Insomma!

«Sapevo che stavi bene. Non sei il tipo di ragazza che fa stronzate!»

Jake si schiarì la voce alle mie spalle e Martin spostò lo sguardo su di lui. Evidentemente lo riconobbe perché lo fissò scettico e poi tornò a guardare me. Sospirò e poi aggiunse «Perché voi adolescenti non vi cercate ragazzi della vostra età?» Lo borbottò più a se stesso che a qualcuno in particolare, poi si defilò nella limousine, al sicuro dalla furia di mia madre. Avrei tanto voluto seguirlo.

Io e Jake entrammo nell'ascensore che ci avrebbe condotti al mio appartamento. Io non la smettevo di massacrarmi le punte dei capelli. «Hai combinato un bel casino con il tuo finto sequestro.»

«Io ricordo che ti sei piuttosto divertita...»

«Cosa dirò a mia madre?»

«Mi crederesti se ti dicessi che è la prima volta che mi trovo in una situazione del genere?»

«Diamine! Sarai stato un ragazzino sconsiderato anche tu una volta!»

Le porte dell'ascensore si aprirono e mi trovai davanti la faccia di mia madre. Quando mi vide mi abbracciò e scoppiò in singhiozzi. «Mi hai fatta preoccupare. Ma dov'eri finita?»

Alle sue spalle sentii Michael parlare al telefono e quando pronunciò il nome Edward compresi che avevano chiamato mio padre. Pensavano che fossi partita all'insaputa di tutti? Sicuramente avevano già allertato anche le forze armate! «Scusa mamma. Ero andata a correre e pensavo di metterci poco quando invece ho incontrato Jake e abbiamo chiacchierato e non mi sono accorta del tempo che passava...»

Lei mi strinse ancora più forte. Alle sue spalle Catherine mi fissava con uno strano cipiglio. La sua faccia diceva "okay, sono incazzata con te per la seconda volta in due giorni" ma aggiungeva anche "però posso perdonarti se mi racconti tutti i dettagli."

Quando mia madre ringraziò Jake per avermi portata a casa e si decise a ritirarsi nel suo studio con Michael, mi avvicinai a Cat che mi abbracciò. «Bel colpo...» mi disse nell'orecchio.

Io le diedi un pizzicotto sul braccio e poi feci le presentazioni.

«Ci siamo già presentati.» Mi disse Jake.

«Quando?»

«Presentati è una parola grossa.» Cat tese la mano e Jake gliela strinse. «Comunque, quando sei uscita con Carl lingua lunga.»

Okay, avevo già dovuto affrontare la discussione di Adam, non sarei sopravvissuta anche ad una su Carl. Ma Jake parve non farci caso e mostrò a Catherine la nostra cena. Lei sorrise. «Ottimo. Ho comprato i popcorn, ceniamo e poi guardiamo un film. Ho trovato un horror!»

Io alzai gli occhi al cielo, quando Cat era arrabbiata era così che si vendicava, mostrandomi gli horror che lei adorava e da cui io invece fuggivo. Io non avevo una sorella da cui rifugiarmi la notte se vedevo il mio armadio trasformarsi in un mostro, e di sicuro non avrei dormito con mia madre e Michael, insomma, era meglio affrontare i mobili barra mostri che una situazione imbarazzante quanto quella.

Mentre piluccavo il mio cibo notai con piacere che Cat non fece domande imbarazzanti. La cosa mi insospettii considerando che non era un comportamento da lei. Almeno stava cercando di far sentire Jake a suo agio. In quello era brava perché anche lei adesso frequentava un ragazzo più grande.

Jake mi aveva detto di avere all'incirca venticinque anni. Mi chiedevo ancora cosa ci facesse con una ragazzina come me.

«Vero Mel?» Quando le loro voci smisero di risuonarmi nelle orecchie compresi che stavano parlando con me. «Come?»

Jake mi guardava assorto mentre il mio sguardo saettava da lui alla mia amica. «Scusate, non ho capito, di cosa parlavate?»

«Dicevo che oggi tua madre ha ricevuto una telefonata interessante.»

«Ossia?»

«Da Natalie Whyatt.»

Mi strozzai con un involtino primavera e fui costretta a bere due bicchieri d'acqua mentre Cat mi batteva le mani dietro la schiena.

Ero nella mia camera, seduta sul pavimento con Catherine che era come una sorella per me e con Jake che era il grande punto interrogativo della mia vita. Mangiavamo cinese e parlavamo della madre del ragazzo che quel pomeriggio mi aveva invitata ad uscire.

«Tua madre era entusiasta del tuo appuntamento con Adam.» Jake, invece, non appariva esattamente entusiasta. «Non credevo che ne avrebbe parlato con sua madre…»

«Io non credevo che tu avresti accettato.»

«Mi era parsa una buona idea.»

«E adesso?»

Forse Cat aveva solo rimandato i momenti imbarazzanti, non era per niente decisa a risparmiarmeli.

Ma fu Jake a risponderle. «Ora Melanie non è più disponibile, sabato sera abbiamo un appuntamento.»

Io guardavo nel mio piatto, quel raviolo cotto al vapore sembrava *così* appetitoso in fondo!

«Davvero? Non ne sapevo niente.» Osservò Cat.

«Lo abbiamo deciso prima…» le dissi in mia difesa. Cat non era una grande amante dei segreti e di sicuro avrebbe cercato di carpirne quanti più possibili sul tipo di relazione che avevo con Jake, e quando le avrei detto che lui non voleva dirmi nulla di sé, avremmo intrapreso una battaglia senza esclusioni di colpi in cui io ne sarei uscita ferita e dolorante e con tanti sensi di colpa che avrebbero gravato sulla mia coscienza.

«Melanie, sei pallida…» la mano di Jake sul mio viso sicuramente mi fece riassumere colore ma, non poteva alleviare il timore delle domande di Cat.

«Scusatemi.» Okay, non dovevo fasciarmi la testa prima di rompermela. Ecco cosa avrebbe detto mio padre. Era quello che mi aveva detto una volta quando ero ancora una bambina. Mi aveva portato in canoa e in un tentativo goffo di scendere con eleganza non aveva fatto altro che spingermi più lontano da lui e dalla riva. Era stato costretto a farsela a nuoto per riprendermi. Mi aveva sussurrato all'orecchio di non piangere perché non era successo nulla di irreparabile e poi aggiunse "vedi bambina mia, non bisogna mai fasciarsi la testa prima di rompersela, porta male!"

«Domani chiamerò Adam e gli dirò che non sono libera questo sabato.»

«Non lo sarai nemmeno gli altri giorni Mel.» Precisò Jake, facendo sorridere Cat e arrossire me.

«Cercherò di fargli capire anche questo.» Biascicai.

Dopo aver pulito i resti della cena, Catherine si mise a sedere alla mia destra mentre Jake prendeva posto alla mia sinistra. Il film partì e anche il mio cervello.

Dovevo risolvere la questione con Adam e dovevo farlo prima che mia madre mettesse i manifesti di un matrimonio imminente. L'indomani mattina sarei dovuta andare a scuola, non potevo oziare per sempre, ma con Cat che aveva poggiato la sua testa sulla mia spalla e Jake che mi stringeva la mano mi sentii invadere da una bellissima sensazione di felicità e mentre nella mia tv, una povera ragazza moriva di una morte atroce e orribile, io mi sentii assurdamente felice di avere al mio fianco la mia migliore amica ed il ragazzo di cui, molto probabilmente, ero innamorata.

Capitolo Undici

Melanie

«Non farlo!» Gridò la voce di Keith.
«Non mi hai dato scelta! Mi fidavo di te!»
«Ti amo!»
Avvertii una sensazione di calore invadermi. Dovevo nascondere il medaglione prima che Dorkan mi raggiungesse. Dovevo porre fine alla mia esistenza...

Aprii gli occhi che saettarono impazziti lungo il soffitto della mia camera. Sentii qualcosa muoversi al mio fianco e trovai Cat che dormiva stretta ad uno dei miei peluche. Avevo delle gocce di sudore che mi scendevano lungo il collo ed il cuore mi batteva forte. Avvertivo ancora una sorta di calore invadermi come se fosse pronto ad annientarmi, ad avvolgermi e nonostante questo, mi fece rabbrividire.

Era stato solo un brutto sogno, un sogno senza senso. Uno stupido scherzo della mia mente.

Il mio cellulare si illuminò dopo aver ricevuto un messaggio. Lo raccolsi dal comodino e lessi: *"Buongiorno piccola, non vedo l'ora di rivederti. Jake."*

Impiegai qualche secondo a rispondergli. Era bastato leggere il vezzeggiativo con cui mi aveva chiamata per far sciogliere il nodo che mi stringeva lo stomaco. Ci fu un altro "farfallicidio" involontario. Non sapevo cosa rispondergli così alla fine scrissi semplicemente *"Buongiorno a te. Anche io. Mel."*

Ridicolo, ma vero. Ormai era un bel po' di tempo che non dormivo per quelle che consideravo un numero di ore accettabili, e cioè nove. Adesso avevo delle leggere occhiaie che mi cerchiavano gli occhi ed ero pallida, sembravo un vampiro. Mi infilai sotto la doccia e dopo aver indossato l'uniforme utilizzai un po' di correttore su quelle macchie scure.

Quando rientrai in camera, Catherine si stava stiracchiando, quando mi vide guardò prima me poi l'orologio che segnava le sei del mattino.

«Non ci credo.»

Alzai le sopracciglia mentre la fissavo a mia volta. «Nemmeno io.»

«Secondo me sto sognando.»

«Per me sarebbe un incubo.»

Scese dal mio letto e mi diede un bacio leggero sulla guancia «Vado a lavarmi.»

Mi avvicinai al cellulare quasi scarico e notai che avevo ricevuto un altro messaggio. Era un numero sconosciuto *"Ehi, Melanie Prince. Volevo dirti che mi dispiace per il casino che ha combinato mia madre, immagino che anche la tua stia già preparando l'abito da sposa ☺ Comunque per Sabato ho organizzato tutto, non vedo l'ora di rivederti, Adam Whyatt."*

Ed erano già due persone che non vedevano l'ora di rivedermi, un record per essere solo le sei del mattino.

Non avrei mai potuto dirgli in quel modo che quel sabato non sarei uscita con lui. Sarebbe stato un comportamento meschino, per me valeva il motto "non fare agli altri ciò che non vuoi sia fatto a te" e di sicuro, io non avrei mai voluto che qualcuno mi desse buca dopo un sms carino quanto quello e soprattutto, non avrei mai voluto che quel qualcuno disdisse un appuntamento tramite un messaggio.

Così gli risposi *"Non importa. Al momento mia madre sta chiamando tutti i ristoranti della zona. Suppongo voglia qualcosa di 'intimo' come suo solito! ;) devo parlarti!"*

Non passò neanche un secondo che lui mi aveva già risposto *"Ah, non credevo di dare vita a un fenomeno mondiale chiedendoti di uscire!! Dimmi pure, hai preferenze?"*

Preferenze? *"Non vorrei parlarti tramite messaggi, preferirei farlo da vicino."*

"Di solito non è mai un buon segno quando si dice così. Devo preoccuparmi? ☹ "

Stava giocando sporco, la faccina triste avrebbe potuto almeno evitarla!

"No. Ne parliamo Sabato. Adesso torno a prepararmi per un'intensa giornata scolastica!"

"Ciao, Melanie Prince."

«Cazzo…»

«Mel!»

Sobbalzai quando Margareth mi richiamò. Lei non approvava quel tipo di linguaggio ed io cercavo di comportarmi quanto meglio possibile in sua presenza, ma avevo combinato un bel pasticcio: non solo non avevo detto ad Adam che non saremmo usciti insieme, ma gli avevo anche dato conferma assoluta per quel sabato e questo significava doverne parlare con Jake.

Non sarebbe stato facile, ma avevo una sorta di piano che mi ronzava nella testa. Sarei andata all'appuntamento e gli avrei detto la verità: che c'era qualcun altro. Era anche peggio che avergli confessato tutto e subito tramite sms, ma cosa potevo fare? Se solo Jake quel giorno mi avesse portata via dieci minuti prima!

«Scusa, Maggie. La giornata non è iniziata bene!»

«Non usare mai più quel linguaggio signorinella, altrimenti ti lavo la bocca con il sapone!»

«Va bene!»

Aveva portato la colazione in camera! Poi mi chiedevano perché io l'adorassi così tanto.

Presi un pezzo di brioche mentre infilavo nella borsa i quaderni di matematica e di geografia. Catherine entrò in camera con addosso l'uniforme, vide il vassoio e si fiondò sulla sua brioche senza ritegno. «Oddio, desideravo del cibo super calorico!»

«Quello di ieri sera non ti è bastato?»

«Melanie, c'era il tuo ragazzo e praticamente io mangio come una scrofa! Ho dovuto controllarmi.»

«Tu non mangi come una scrofa.»

«Oh sì invece! Oggi non ci sarò, comunque. Ho un servizio fotografico.»

«Per quale rivista?»

«*Vogue.*»

«Caspita. E cosa pubblicizzi?»

«Un profumo. E' il mio primo incarico. Sono così nervosa!»

Ecco perché sentiva il bisogno di mangiare come una scrofa. Quando finì la sua brioche fissò la mia e poi guardò me, io le sorrisi benevola. «Serviti pure. Ma fa attenzione a non ingrassare, rischi di non entrare in copertina.»

«Certo! Grazie.»

Io sorseggiai il mio caffè ed infilai le scarpe. Mi raccolsi i capelli nella solita coda quando Cat mi disse «Hai fatto qualcosa ai capelli?»

«No, perché?»

«Con la luce sembrano rossi...»

«Rossi? Ma è terribile!»

«No. Quel bel tipo di rosso fuoco... sicura di non aver fatto niente? Non avevo mai notato che avessi dei riflessi così belli.»

«Me ne ricorderei se avessi fatto qualcosa ai capelli, no?»

Lei per tutta risposta bevve il suo caffè ed il suo sguardo estasiato mi fece ridere. Insieme esclamammo «Il caffè di Maggie!»

Quando anche lei terminò la sua colazione passò alla zona trucco ed io misi il cellulare in carica. Ce l'avevo con lui, anche se era solo uno stupido oggetto elettronico. Il meteo segnava otto gradi e adesso mi spiegavo come mai sentissi tutto quel freddo: faceva freddo, semplice.

Tornai in camera, Catherine stava sbadigliando mentre cercava di mettersi il mascara. Entrai nel mio armadio e presi il cappotto. Con il giubbotto mi sarei congelata.

«Cat? Hai qualcosa di pesante? Altrimenti passiamo prima da te per recuperare un cappotto.»

«No, io sto bene.»

«Cat, ti verrà il raffreddore.»

«Va bene, va bene mammina.»

Misi le mani nelle tasche mentre l'aspettavo. Quando anche lei fu pronta, raccolse dal pavimento le nostre borse, mi porse la mia ed insieme uscimmo.

Non pioveva, ma c'era un vento tanto forte che ci costrinse a ripararci gli occhi. Martin ci aspettava diligente come sempre. Io entrai subito in auto e lasciai la mia amica a salutare il suo ragazzo.

Quell'ultima parola mi fece ritornare alla mente come Cat aveva definito Jake. Avremmo dovuto mettere un paio di cose in chiaro io e Catherine. Io stavo semplicemente uscendo con Jake. Ma lui non era il mio ragazzo, non ancora almeno.

Finalmente Cat entrò in auto con un sorriso soddisfatto e ne lanciò uno malizioso nella mia direzione che io ricambiai imbarazzata. Insomma, lei era la mia migliore amica ma Martin rimaneva comunque il mio autista. Quando ero più piccola e c'era ancora suo padre, e Martin aveva solo venti anni ed io ne avevo nove, lui giocava a fare i pupazzi di neve con me! Era un fratello maggiore e Cat una sorella. Stavo vivendo una sorta di incesto… okay, okay. Dovevo frenare. Stavo delirando.

«Oggi vedrai Jake?»

«Non lo so. Non lo si vede mai in giro per la scuola.»

«Perché non vai nel suo studio a salutarlo?»

Le sorrisi. «Potrebbe essere una buona idea.»

Una volta arrivate a scuola Cat mi diede un bacio sulla guancia e mi disse «Vai e rendigli la giornata migliore.» Ed ammiccò nella mia direzione facendomi ridere ed alzare gli occhi al cielo. Io le alzai il dito medio e ridendo ancora mi allontanai. Gli uffici dei professori si trovavano al lato opposto delle aule scolastiche, in un altro edificio che era attraversato da un vasto giardino. Lo percorsi velocemente perché l'aria fredda che mi accarezzava le gambe mi faceva rabbrividire ancor di più.

Ad ogni passo mi sentivo sempre più felice perché sapevo che di lì a poco avrei rivisto Jake. Avevo perso completamente la testa.

Trovai il suo ufficio. Sulla porta c'era scritto il suo nome seguito dal suo falso cognome: "Jake Brown". Non badai al fastidio che provai ed entrai senza bussare.

Mi aspettavo di trovarlo seduto dietro la sua scrivania a fare chissà cosa, ed invece lui era in piedi e stringeva tra le braccia una bionda tutta curve. Quando Jake mi vide si allontanò dalla sconosciuta che si voltò a guardarmi. L'avevo già vista, quella volta fuori casa mia, aveva raggiunto Jake mentre io invece avevo deciso di fuggire al sicuro nel mio appartamento. Non ricordavo il suo nome e non mi interessava conoscerlo.

Richiusi la porta sulla mia stessa faccia e su quella sbalordita di Jake e mi affrettai nella direzione opposta a quella da dove ero arrivata.

Alle mie spalle sentii la voce di Jake chiamare il mio nome ma non mi andava molto di sentire altre bugie o altre mezze verità o peggio, di aggiungere altri segreti a quelli che già ci stavano allontanando.

Jake

«Melanie!» Chiamai a gran voce, ma lei non si voltò nemmeno per un secondo. Richiusi la porta e guardai sconfitto Rachel.

«Mi sa che ha frainteso.»

«Credo di sì.» Sussurrai affranto. Rachel mi stava giusto dicendo quanto fosse felice per me e per Mel quando lei era arrivata e ci aveva visti abbracciati l'uno all'altra. «E adesso?»

«Beh, innanzitutto non capisco cosa ci fai ancora qui! Dovresti correrle dietro altrimenti peggiorerai solo la situazione.»

Avevo colto al volo il suo suggerimento e già ero fuori che correvo disperatamente mentre cercavo Mel.

La prima cosa che vidi furono i suoi capelli raccolti nella sua solita coda, era di spalle e non era sola. Un ragazzo si scompigliava i capelli neri imbarazzato.

Era il ragazzo di Central Park, quello con cui Melanie aveva un appuntamento. Sentii la rabbia corrodermi i pensieri e i nervi, feci un passo nella loro direzione quando capelli neri mi vide e fece un cenno a Mel nella mia direzione.

Quando lei si voltò e mi vide sembrò sorpresa, ma lo stupore durò ben poco. Tornò a voltarsi verso il ragazzo, ignorandomi completamente.

Ero già abbastanza vicino da poter sentire le sue parole «Ci vediamo sabato allora». Capelli neri si allontanò in fretta mentre io presi Melanie per un gomito, prima che fuggisse via da me.

«Che ci fa lui qui?»

«Non credo siano affari tuoi.»

«Oh Dio Mel! Non iniziare di nuovo. Ti ho fatto una domanda, cosa ci fa lui qui?»

«Gli avevo detto che avevo voglia di rivederlo e almeno lui non se l'è fatto ripetere due volte.»

«Gli hai detto che sabato vi vedrete, non negarlo, ti ho sentita.»

«Sì. E' così.»

«Perché?» Il mondo sembrava non avere più un senso logico. Se Mel alla vista di me e Rachel si era sentita come mi stavo sentendo io in quel preciso istante, non potevo certo biasimarla per il suo comportamento, ma le cose non erano andate come lei credeva. Rachel era solo una mia compagna d'armi, un'amica fidata, una sorella. Quel tizio non voleva essere suo amico ed io non potevo permettere a nessun altro di portarmi via ciò che amavo. Non di nuovo.

«Perché mi va. Mentre tu passi il tuo tempo con le altre anche io ho il diritto di divertirmi, no?»

«Rachel è un'amica.»

«Oh, l'angelo biondo ha un nome? Beh, spero che tu ti diverta con Rachel!»

Fece per farmi mollare la presa ma io non la lasciai. Anzi la strinsi ancor di più, non volevo farle male ma non volevo perderla. «Melanie, ascoltami.»

Lei si ostinava a respingermi e fui costretto a farla voltare nella mia direzione, per costringere il suo sguardo a soffermarsi nel mio.

I suoi occhi brillavano di lacrime nascoste. Era sul punto di scoppiare a piangere, di nuovo e sempre per colpa mia.

Mollai la presa e cercai di essere quanto più convincente possibile. «Credimi Mel, Rachel è un'amica. E' venuta a trovarmi poiché non vive a New York e...»

«Smettila di mentirmi. Dimentichi che l'ho già vista, fuori casa mia quando ci siamo incontrati? Come puoi pretendere che io ti creda se non fai altro che mentirmi?»

«Io non ti mento Mel.» Le dissi sincero. Omettere non significava mentire. O almeno cercavo di convincermi di questo.

«Mi nascondi le cose. Non so cosa sia peggio!»

«Ti giuro che nessuna è più importante di te, Mel...» La pregai. Non potevo distruggere sempre ciò che di bello la vita mi donava.

«Sai qual è la cosa più triste? Che avevo voglia di vedere te stamattina, non Adam. Volevo vedere te e salutarti, volevo... volevo...»

«Salutami adesso...» Le dissi. Ma lei si ostinava a scuotere il capo. «Credimi Mel.» Sussurrai, mentre con le labbra sfioravo le sue, ma a quel breve contatto lei si scostò immediatamente. Si guardava intorno con aria preoccupata. Io ero un professore e lei una studentessa, tendevo sempre a dimenticare di dover salvare le apparenze. Mel mi diede le spalle e corse via. Detestavo fingermi un mortale, mi sarebbe bastato poco per riportarla al mio fianco ma non potevo fare altro che correrle dietro.

Quando raggiunsi l'uscita dell'edificio accadde tutto troppo in fretta. Non me ne resi nemmeno conto.

Fu come un lampo che attraversò la mia vita spaccandola a metà, spezzandomi dolorosamente.

Un secondo prima, Melanie stava attraversando di corsa la strada che l'avrebbe portata in salvo da me, quello dopo giaceva sdraiata in una posa scomposta sull'asfalto mentre la sua borsa era finita sull'auto che l'aveva travolta.

Corsi nella sua direzione, quando mi inginocchiai al suo fianco aveva ancora gli occhi aperti. Il cuore mi batteva ad un ritmo innaturale, temevo potesse scoppiare.

Avevo paura.

Sfiorai la sua guancia bagnata dal sangue che scorreva copioso dalla ferita che aveva alla testa. C'erano occhi mortali dovunque e non potevo aiutarla. Dovevo fare qualcosa ma non potevo perché i terrestri ci accerchiavano e avrebbero visto il mio pugnale. Non potevo nascondermi al loro sguardo perché mi avevano già visto tutti e non sarei stato in grado di rintracciare ogni singolo essere umano per modificare i suoi ricordi. C'erano sguardi attoniti e sconvolti ovunque, dietro le tende, in strada.

Melanie mi cercava con lo sguardo, era spaventata e tremava. La sua pelle contro la mia diventava sempre più fredda.

«Ja..ke..»

«Sssh. Non ti preoccupare piccola. Andrà tutto bene.»

«…c'è tanta… luce…» disse in un sussurro.

No. No. «Melanie Prince, stai lontana dalla Luce, capito? Stai lontana! Non seguirla Mel, resta con me. Resta con me.» La supplicai.

«Non… ci… riesco… Ho son…no… Jake… s…»

I suoi occhi si chiusero mentre le sirene dell'autoambulanza si avvicinavano. Provavo lo spasmodico bisogno di stringere Mel tra le braccia e portarla via di lì. Ma non potevo, non avevo il potere di fermare il tempo. Ma una cosa che potevo fare c'era. Potevo impedire che Mel morisse.

Mi concentrai sul marchio che le avevo imposto e feci in modo che il suo cuore continuasse a battere, legandola ancor di più al mio cuore. Facendola entrare ancor di più dentro di me.

Capitolo Dodici

Melanie

«Non farlo!» Gridò la voce di Keith.

«Non mi hai dato scelta! Mi fidavo di te!»

«Ti amo!»

Avvertii una sensazione di calore invadermi. Dovevo nascondere il medaglione prima che Dorkan mi raggiungesse. Dovevo porre fine alla mia esistenza per poter rimediare al mio errore.

Ci fu uno squarcio nel cielo e vidi gli Angeli Bianchi avvicinarsi mentre un tremito dalla terra annunciò l'arrivo degli Angeli Oscuri. Tra di loro, davanti a loro, Dorkan.

Non ce l'avremmo mai fatta. Dorkan avrebbe vinto ed io non potevo permetterlo. Era tutta colpa mia.

Lanciai un ultimo sguardo alle mie spalle. Alla mia vecchia vita, alla vita che avevo disprezzato e a cui avrei voluto tornare. Lanciai uno sguardo a Jake e mi beai alla sua vista.

Lui non mi guardava. Non lo faceva più da tempo ormai. In quell'istante compresi che il mio amore per lui non era mai svanito, lo avevo solo accantonato, riposto in un angolo del mio cuore perché desideravo essere diversa. Desideravo essere qualcun altro.

Avevo scelto di amare Keith quando Jake aveva una parte del mio cuore. Avevo scelto di stare con Keith quando era con Jake il mio posto. Avevo scelto Keith contro ogni logica quando Jake mi amava come io avrei voluto essere amata da Keith, prima di scoprire che...

Mi svegliai gridando un nome che non riconoscevo. Che non avevo mai sentito prima: Keith.

C'era un rumore fastidioso che mi circondava e non riconobbi la stanza in cui mi trovavo.

La cosa strana era che quel rumore era un'estensione del mio battito spaventato, man mano che il cuore si calmava anche il rumore si attutiva. Mi guardai intorno.

Le pareti bianche e l'odore di farmaci e disinfettanti mi aiutò a scoprire dove mi trovavo. Ero in un ospedale.

Vidi delle infermiere avvicinarsi mentre la mia mente tornava al momento dell'incidente.

«Cos'è successo?» Gracchiai. Avevo la gola in fiamme ed era doloroso parlare. Non riconobbi la mia voce. Era così stentata, così debole, così diversa. Mi sentivo diversa, in effetti. E non parlavo del macigno che mi sentivo al posto della testa o del dolore opprimente al naso dove i tubicini per l'ossigeno erano stati inseriti, né tantomeno del fastidio che avevo tra le gambe, dove immaginai fosse stato infilato un catetere.

Parlavo di me, non mi sentivo più me stessa forse perché avevo ripreso conoscenza da circa tre secondi.

Un dottore entrò nella camera. Era affiancato da un'infermiera che sorreggeva un vassoio su cui erano adagiati oggetti che non riconobbi. Il dottore mi afferrò con poca gentilezza il viso e mi aprì un occhio colpendolo con un fascio di luce accecante.

«I riflessi sono buoni.» Constatò con tono distaccato e professionale.

Riformulai la domanda a cui nessuno si era degnato di rispondermi. «Cos'è successo?»

Ma il medico aveva deciso di continuare a ignorarmi. «Ricordi come ti chiami?»

«Sì. Io sono… » mi bloccai.

Io sapevo chi ero: Melanie Prince.

"Io sono Melanie Prince. Io sono Melanie Prince".

Questo era ciò che volevo dire mentre lo ripetevo come un mantra nella mia mente, ma non ci riuscivo.

Avevo un altro nome a me sconosciuto sulla punta della lingua. Deglutii rumorosamente e poi riuscì a sillabare «Melanie Prince». Poche sillabe che mi richiesero uno sforzo immane.

«Bene. Ricordi cos'è successo?»

«Sono stata investita da un'auto...» i ricordi di quella mattina erano sfocati. Ricordavo solo di essermi arrabbiata con Jake perché aveva abbracciato un'altra ragazza e continuava ad accumulare segreti su segreti e forse, bugie su bugie, quando una botta al fianco mi aveva spinta a terra ed avevo sentito un forte *crack* nella mia testa.

L'ultima cosa che ricordavo di quel momento erano le mani di Jake sul mio viso e i suoi occhi intensi nei miei, pieni di paura e preoccupazione.

Provai un'ondata di calore nel ripensare ai suoi occhi e fu per questo che, quando la nausea mista ad un senso di rabbia feroce mi assalii, mi sentii persa e sconvolta. Avevo voglia di vomitare.

«Quanti anni hai, Melanie?»

«Diciassette.»

«Bene. La memoria non sembra compromessa. Io sono il dottor Warren. Sei nel reparto di terapia intensiva da cinque mesi e mezzo circa e...»

«Cinque mesi?» Mi portai la mano alla bocca per fermare il rumore indistinto che avevo emesso. Non sapevo di poter emettere quel tipo di suono. Cinque mesi?

«Sì. Sei uscita dal coma e sembri sana come un pesce.»

Un rumore alle spalle del dottore attirò la mia attenzione. La porta era stata aperta con violenza. Una crepa attraversava il muro come se un terremoto fosse passato di lì.

E Jake se ne stava fermo come una statua, le mani tremanti e mi fissava.

Il mio cuore incespicò quando i nostri sguardi si allacciarono l'uno a quello dell'altra. Sentii lacrime calde accarezzarmi le guance.

Una delle infermiere cercò di allontanare Jake ma lui, impassibile, avanzò verso di me.

«Mi scusi, non è orario di visite e poi…»

Jake la fulminò con uno sguardo ed il dottore ci concesse cinque minuti da soli. Quando la porta si richiuse alle spalle dei medici, Jake sospirò e tornò a fissarmi.

Io mi sentivo inadeguata in quel letto. Legata ad un macchinario e scombussolata da mesi di sonno ininterrotto. Dovevo avere un aspetto e un odore terribile.

«*Melanie.*»

Dei brividi mi percorsero le braccia e le gambe. Il mio cuore fece una capriola mentre il mio stomaco tremò. Un singhiozzo mi impedì di parlare e per questo cercai di dirgli quello che non ero riuscita a riferirgli poco prima di chiudere gli occhi. «Scusami…»

Le sue palpebre ebbero un fremito ma io continuai «Io non volevo essere scortese o… o…» i singhiozzi iniziarono a scuotermi e non mi permettevano di continuare a spiegarmi. Ma io dovevo dirglielo. Volevo fargli capire come mi sentivo, come mi ero sentita.

Non avevo idea di quello che mi stesse succedendo. Mi sentivo a disagio, mi sentivo arrabbiata e mi sentivo anche triste! Ero come in preda ad una tempesta ormonale da cui non potevo fuggire.

«Melanie, di cosa stai parlando?»

Di nuovo mi rinvigorii quando pronunciò il mio nome, ma non bastò a trattenere la cascata di lacrime. «Sto parlando di te e di Rachel…» era assurdo che ricordassi il suo nome, ma era così.

Stranamente l'avvenente bionda che abbracciava Jake nel suo ufficio non era più una donna misteriosa, ma appariva nitida e chiara ai miei ricordi nonostante l'avessi vista due volte e mai con molta attenzione ed il senso di gelosia che avevo provato all'epoca era scomparso. «Scusa se sono fuggita via in quel modo. Mi sono resa conto di aver esagerato quando mi sono fermata in mezzo alla strada e...» Jake stringeva i pugni mentre mi guardava. Sul suo viso si aprì un sorriso sghembo che fece svolazzare le farfalle che avevano preso dimora fissa nel mio stomaco.

«Tu mi chiedi scusa? Stupida, stupida che non sei altro!» Voltò la testa di lato e fissò il monitor a cui ero attaccata. Non riuscivo a sopportare di vederlo ferito a causa mia.

Gettai la coperta da un lato, sfilai via quel fastidio che avevo tra le gambe con un colpo secco e lanciai le gambe fuori dal letto. Fortunatamente, lui non mi stava guardando anche se sentivo la sua attenzione concentrata su di me. Misi un piede a terra e poi l'altro. L'apertura del camice sulla schiena si scoprì ancor di più facendomi avvertire il gelo sulla pelle. Se ero stata quasi sei mesi in coma significava che era arrivato Marzo, realizzai di colpo.

Provai a camminare ancora ma Jake percepì i miei movimenti e mi circondò velocemente con le braccia prima che il pavimento si alzasse per colpirmi.

Quando le sue dita mi sfiorarono la schiena nuda i miei occhi corsero a cercare i suoi. La sua bocca era una linea dura, ma gli occhi mi sfioravano delicati. Era preoccupato per me. Strinsi il suo maglione tra le dita e con l'altra mano gli accarezzai il viso liscio e perfetto.

Lui chiuse gli occhi a quel contatto e mi strinse ancor di più a sé.

Dovevo essere ridicola. Non osavo immaginare il mio aspetto oltre che il mio cattivo odore, lo percepivo anche io, purtroppo.

185

Provai a liberarmi dalla sua stretta, mi sentivo imbarazzata e sciocca anche per non aver pensato prima di agire, ma Jake non mi lasciò andare.

«Jake... ho bisogno di un minuto...»

Ma lui finse di non sentirmi e mi tenne stretta ancor più forte.

«No. Non posso concederti nemmeno un minuto di privacy, Mel. Questi sei mesi sono stati una lenta agonia, una lama ardente conficcata nella gola per ogni respiro che ho fatto senza di te.»

Deglutii silenziosamente mentre le sue parole mi trafiggevano il petto. «Come facevi a sapere del mio risveglio?»

La sua mano sfiorò inaspettatamente un pezzo della mia pelle nuda, accarezzandola dolcemente.

«E' come se la mia vita fosse legata alla tua Mel. Ti ho sentita qui, nel mio cuore» disse indicandosi il petto. «E' stata la cosa più bella che avessi mai provato. E poi ti ho vista qui, sveglia e vigile, ed io...»

Le sue labbra sfiorarono le mie ed io accolsi il loro calore con gioia. Per me il tempo era congelato all'attimo dell'incidente, non era passata più che una manciata di minuti nella mia testa ammaccata, ma era come se il mio corpo avesse percepito nettamente i mesi di lontananza da Jake. Lo bramava come all'inizio, quando era irraggiungibile e inafferrabile, mi sentivo alla deriva come la prima volta in cui ci eravamo parlati, quello era come il primo bacio che già avevamo condiviso mesi prima.

Poi, fui invasa dalla rabbia e dall'odio cieco e lo allontanai da me con uno strattone.

Jake mi fissava, la bocca ancora arrossata e da cui scorreva un rivolo di sangue.

Passai la lingua sulle mie labbra e avvertii il sapore del sangue che sapevo non essere mio. Avevo ferito Jake.

Lo avevo morso.

Ma Jake non badava al sangue che gli scorreva lungo il mento, guardava ciò che le mie mani stringevano. Fu il suo sguardo a farmi realizzare che avevo afferrato qualcosa, non ricordavo nemmeno che le mie mani si fossero mosse.

Evidentemente il mio cervello era danneggiato. Abbassai lo sguardo sulle mie mani che stringevano uno degli oggetti riposti sul vassoio dell'infermiera, una specie di siringa d'acciaio, una siringa enorme.

La lasciai cadere immediatamente e guardai Jake negli occhi, impaurita e disorientata. Speravo che lui potesse rassicurarmi, ma mi guardava con sospetto e diffidenza. Mi sentii ferita dalla sua espressione ed ero già pronta a chiedergli scusa nuovamente quando dalla porta entrò mia madre seguita a ruota da Michael.

Non prestò attenzione a Jake e corse ad abbracciarmi. Il suo peso, per quanto esiguo, fu troppo da sopportare e crollai sul letto, con lei attaccata al mio collo.

«Oh bambina mia... oh la mia bambina... Melanie...» continuava a piangere e sussurrare il mio nome mentre Michael parlava con il medico, il dottor Warren. Battei qualche colpo sulla spalla di mia madre per rassicurarla ma il mio sguardo continuava a cercare quello di Jake che invece era fisso sul pavimento, nel punto in cui avevo fatto cadere quel maledetto oggetto.

Quando vidi mio padre entrare nella camera il mio autocontrollo ebbe un altro cedimento.

Non potei fare a meno di pensare: "Mio padre è qui. Papà è qui."

Sembrava molto più vecchio di quanto lo ricordassi. Aveva molti più capelli bianchi e anche la barba era molto più folta e grigia. I suoi occhi azzurri si scontrarono con il marrone dei miei e scoppiai a piangere, di nuovo. Mia madre non mi lasciava andare mentre io non volevo altro che riabbracciare mio padre.

Sapevo di essere egoista ma per me non era passato poi molto dall'ultima volta in cui avevo rivisto mia madre, ma era un'eternità che non vedevo mio padre. Come con Jake, il mio corpo avvertiva il bisogno di stringerlo, toccarlo, per essere sicura che fosse lui.

«Papà...» sussurrai trattenendo a stento le lacrime.

Anche i suoi occhi si inumidirono mentre si avvicinava a me e alla mamma e ci stringeva entrambe in un abbraccio.

Affondai il viso nel collo di mio padre e gli feci scorrere un braccio attorno alla vita mentre respiravo il suo solito odore di dopobarba e tabacco.

«Oh Melanie, tesoro. Come ti senti?»

«Perfettamente riposata.»

Mia madre tirò su col naso mentre mio padre mi sorrise. Se riuscivo ad essere simpatica non potevo stare poi così tanto male.

«Sapevo che avevi la testa dura, ma perché volevi distruggere l'asfalto?»

Anche io sorrisi. «Sono sempre stata una fan di esperienze estreme, lo sai!»

Mia madre finalmente mi sciolse dal suo abbraccio, sapevo cosa si aspettava da me: lacrime infinite e magari che mi appoggiassi a lei, le chiedessi di coccolarmi o altro. Ma avevo preso una botta in testa ed ero entrata in coma, non ero diventata pazza.

Con la coda dell'occhio vidi Jake sparire oltre la soglia, nessuno se ne accorse tranne me e mio padre che aveva seguito il mio sguardo.

«Abbiamo molto di cui parlare, vero?»

«Credo di sì. Ma cosa ci fai qui?»

«Dopo il tuo incidente sono venuto qui ogni fine settimana... non riuscivo a sopportare di starti lontano.»

Abbracciai mio padre finché la quiete fu spazzata via da un altro uragano: Catherine.

Michael mi sorrise e mi strizzò un occhio con fare cospiratorio.

Lei corse nella mia direzione e mi abbracciò, inzuppandomi i capelli e il camice di altre lacrime. Le accarezzai la testa e contemporaneamente stringevo la mano di mio padre.

Loro erano le mie ancore. Mentre il mio cuore seguiva Jake oltre quella porta, la mia anima rimaneva ancorata al mio corpo grazie a mio padre e alla mia migliore amica.

Potevo farcela.

Dovevo farcela.

Jake

«Si è risvegliata?»

Rachel mi sorrideva ma non capiva il mio tormento. «Sì.»

Solo poche ore prima avevo avvertito il risveglio di Mel. Le mie vene si erano fatte più calde, il mio cuore sembrava più forte. Mi sentivo vivo perché lei era viva. Lei era viva perché io lo ero.

«Non sembri felice.»

«Sono felice Rachel... ma credo ci sia un problema...»

«Che tipo di problema?»

Tirai un sospiro nel vano tentativo di calmarmi ma non fu abbastanza. Colpii il tavolo con un calcio e lo mandai in frantumi. «Ho parlato con Keith dopo il suo incidente.»

«Cosa ti ha detto?»

«Riesci a ricordare Marie Douglas?»

«No.»

«Marie Douglas. È stata una delle Prescelte che abbiamo tenuto in vita più a lungo.»

«Va avanti.» Mi esortò. Davvero non ricordava?

«Keith mi ha riferito che al suo risveglio, Marie Douglas, possedeva tutti i ricordi di Eyshriin.»

«Pensi che Melanie...?»

«No. Non mi ha riconosciuto, non in quel senso e onestamente, ne sono felice. Non so se le cose cambieranno.»

«Dubiti dei suoi o dei tuoi sentimenti?»

Calpestai uno dei piedi di legno del tavolo e lo ridussi in polvere. «Non ti sto parlando dei nostri sentimenti, Rachel. Keith mi ha spiegato che una volta che i ricordi vengono risvegliati è come avere a che fare con Eyshriin, in tutto e per tutto. Ma Melanie non mi ricordava affatto Eysh almeno finché non ho capito cosa cercare... sai che le ho lasciato un marchio, vero?»

«Sì.»

«Quando l'ho rivista, Melanie non aveva più alcun marchio. È scomparso al suo risveglio.»

Rachel non rispose ed io le fui grato del fatto che non mi fece altre domande. Non sapevo come fosse possibile, non sapevo perché fosse successo e non riuscivo ancora a credere che Melanie fosse sopravvissuta al venti Dicembre. Questo avrebbe dovuto rendermi felice, e lo faceva, ma non potevo fingere che non fosse successo nulla. «Melanie ha provato... ha cercato di...» era così difficile formulare una frase di senso compiuto con i mille pensieri che affollavano la mia mente. «Ha afferrato una siringa mentre la stringevo tra le braccia. La impugnava come per difendersi da me. Per usarla *contro* di me.»

Rachel scosse con veemenza il capo. «No. So a cosa stai pensando Jake e ti supplico, non farti questo. Non farti del male! Pensi che sia Eyshriin, vero?»

«Io non so cosa pensare.» Ammisi sconfitto con un sorriso amaro stampato in viso.

Lei mi prese le mani nelle sue e le strinse. «Non farti del male Jake. Se anche ci fosse Eysh nel corpo di Melanie, lei non potrà

190

mai scomparire. Lotta per lei e non permettere a Keith o ad Eyshriin di tenervi separati. Siete stati lontani per troppo tempo, dovresti solo essere felice adesso e stare con lei, non con me a parlare di queste cose.»

Sapevo perfettamente che aveva ragione, sapevo che Melanie aveva bisogno di me quasi quanto io avevo bisogno di lei, ma il dubbio era un nemico temibile e crudele.

Guardavo fuori dalla finestra del mio appartamento e ripensavo ai mesi a cui ero sopravvissuto senza Mel. Ogni giorno era dura convincere il mio corpo ad andare avanti, e le battaglie erano alleate e benvenute, ogni notte la trascorrevo nel suo letto dove il suo odore era ancora presente.

Avevo rubato da un vecchio album una sua foto. Era di profilo mentre il sole le lambiva il corpo fasciato da un prendisole verde acqua. Dietro aveva scritto: *"foto da bruciare ma che Cat mi impedisce di dare in pasto alle fiamme!"*. Quella foto era il mio talismano, il suo viso mi infondeva forza e sopravvivevo solo aspettando di poterlo stringere di nuovo a me.

Solo il suo battito regolare mi aveva dato la forza di andare avanti e adesso non la percepivo più. Era come aver perso un pezzo di me. Mi ero abituato a sentirla dentro, nel profondo. Adesso ero vuoto e mi mancava terribilmente, come sempre. Sapevo che c'era Keith con lei, ma quello non mi rassicurava, anzi mi rendeva ancor più nervoso visto il suo turbolento risveglio.

Ritornai in ospedale dopo due ore.

Mel era seduta sul letto, indossava ancora lo stesso camice di quella mattina. I capelli erano più lucidi ed ordinati. Per essere stata in coma quasi sei mesi sembrava essere piuttosto in forma. Avvertivo nell'aria la presenza di Keith, strinsi i pugni e bussai alla porta. Stringevo tra le mani un mazzo di fiori e speravo che a Mel piacessero. Non avevo idea di come spiegarle il mio comportamento.

Quando mi vide si aprì in un grande sorriso e scese dal letto agilmente. Mi venne incontro e mi gettò le braccia al collo.

«Perdonami, non so cosa mi sia successo.»

«Tieni.» Le dissi e le porsi i fiori. Lei li prese esitante tra le proprie mani e ci affondò il viso per sentirne l'odore.

«Grazie. Sono bellissimi.»

Non guardai l'apertura del suo camice mentre mi precedeva per mettere i fiori in uno dei vasi liberi. La sua camera era piena di fiori, doveva aver ricevuto tante visite.

«Come mai sei sola?»

«I miei sono andati via da poco, volevano parlare con i medici delle mie condizioni e poi sarebbero andati a prendermi dei vestiti puliti. Catherine è andata a casa, ma tornerà nel pomeriggio e tu... beh...» arrossì violentemente e affondò il naso nei fiori. Mi straziò il cuore vedere Melanie così indifesa.

«Non preoccuparti per quello che è successo stamattina. Come ti senti?»

Melanie strinse lo stelo di una viola e trattenne il respiro.

«Mel?»

«Fisicamente sto bene, Jake. E' solo che…»

«Cosa?»

«Mi sento diversa da quando ho riaperto gli occhi.» Mi confessò stringendo tra le dita quel fiore delicato.

Sentii il mio respiro cambiare. «Cosa intendi dire, Mel?»

«Io non lo so, mi sento solo molto strana. E' come se ci fosse qualcosa nella mia testa che non riesco a tirare fuori, che non riesco a ricordare, ma che preme per essere preso in considerazione.»

Mi avvicinai a lei e la strinsi tra le braccia, il suo corpo si rilassò al contatto col mio e seppi che anche lei desiderava toccarmi, ma una voce insistente nella mia testa continuava a ripetermi che non sarebbe potuta durare a lungo e che avrei dovuto cogliere ogni istante, per quanto fosse stato breve. La feci girare lentamente nell'arco delle mie braccia finché i nostri volti non furono a pochi centimetri l'uno dall'altro. Le sfiorai il naso con le labbra mentre le sue si schiudevano. I suoi occhi brillavano ma ciò che vidi mi spaventò. Gli occhi di Mel non erano più di quel marrone caldo in cui amavo sprofondare. Dalle sue pupille partivano delle sfumature blu. Quel blu in cui ero annegato troppe volte e da cui a stento ero sopravvissuto. Il blu immenso degli occhi di Eyshriin.

Ero più che sicuro che quella mattina non ci fossero, eppure adesso erano lì, nei suoi occhi che mi fissavano sconcertati.

«Jake, volevo scusarmi per stamattina. Io non so cosa mi sia preso. Immagino che fossi ancora confusa...»

«Non è successo niente. Non devi preoccuparti.»

Era molto strano. Keith era l'unico ad aver mai conosciuto le altre Prescelte, era il suo compito trovarle e difenderle fino al loro diciottesimo compleanno. E nonostante tutti i fallimenti che aveva riportato, nessuna delle sue storie si avvicinava minimamente a quello che stava accadendo con Melanie. Non solo non aveva ricordato ancora nulla, non solo sembrava sempre la stessa Melanie che avevo conosciuto mesi prima, adesso avevo davanti agli occhi la prova che in Melanie scorreva il sangue di Eyshriin ma avevo anche un'altra certezza: Eyshriin aveva deciso di cambiare tattica e questo significava che eravamo alla deriva. Ci trovavamo davanti ad una situazione che non aveva precedenti. Al compleanno di Melanie mancavano solo due settimane e noi non avremmo saputo cosa aspettarci da quel giorno.

«Invece mi preoccupo, Jake. Per una frazione di secondo è stato come se il mio corpo non avesse riconosciuto il tuo. E' come se tu fossi stato uno sconosciuto.»

Si mordicchiò la guancia come faceva sempre quando era nervosa e distolse lo sguardo. Andò a sedersi sul letto e si raccolse le gambe al petto.

Il camice le scoprì la parte alta delle cosce ma Melanie sembrò non farci caso. Strinsi i pugni per la rabbia. Quello non era un comportamento tipico di Mel, quello era un classico comportamento di Eyshriin. Melanie arrossiva facilmente a causa della sua timidezza. Questa nuova Melanie era molto più disinibita e lo mostrava il fatto che non aveva esitato a sfilarmi davanti nonostante i camici ospedalieri fossero tutti uguali, cioè aperti sulla schiena. Avrei apprezzato comunque qualsiasi suo nuovo aspetto, l'avrei amata allo stesso modo nonostante tutto, ma sapevo a chi attribuire i suoi cambiamenti e la cosa mi preoccupava.

Mi chiesi quanto Melanie sarebbe cambiata nei giorni seguenti o peggio, nei minuti che scorrevano troppo velocemente.

«Melanie, eri sotto shock, non temere. Non sono arrabbiato.» Poggiai una mano sulla sua ma lei si ritrasse come se avesse preso la scossa. Fissò prima la sua mano e poi la mia, sul viso un'espressione confusa e sbalordita.

«Cosa succede?» Le chiesi, anche se non ero poi tanto sicuro di voler ascoltare la risposta.

«Non lo so. Mi ha fatto male… toccarti…» La voce iniziò a tremarle mentre la confusione tornava ad avvolgerla.

«Come?»

«E' stato come se io...»

Non completò la frase e i suoi occhi si riempirono di lacrime. Non riusciva a comprendere cosa le stesse accadendo perché Eyshriin non aveva ancora risvegliato i suoi ricordi, e quindi non comprendeva ciò che provava. Immaginavo la confusione che stesse sperimentando e non potei a fare a meno di sentirmi impotente e frustrato.

Rischiavo di perderla.

Non volevo rinunciare a lei ma sapevo come sarebbe andata: Melanie mi avrebbe allontanato giorno dopo giorno perché non ero io quello che voleva. Non più o almeno, non finché Eyshriin non fosse sparita.

Fui costretto a pormi una domanda che avevo sempre accuratamente evitato: io avrei voluto lo stesso Melanie senza Eyshriin?

Se mesi prima ero incerto sulla risposta, adesso non avevo dubbi: io volevo Melanie, e la volevo ad ogni costo.

Melanie

Non riuscivo a spiegare il mio comportamento nemmeno a me stessa, era tutto tremendamente sbagliato.

Desideravo che Jake mi sfiorasse, ma allo stesso tempo l'idea mi ripugnava. Cosa c'era che non andava in me?

Jake continuava a guardare fisso davanti a sé mentre io fissavo lui, sconvolta e spaventata da me stessa, dalle mie sensazioni contrastanti.

Perché avevo allontanato la mano?

Perché avevo sentito dolore?

Più guardavo Jake e più lo volevo, ma come cercavo di spiegargli ciò che sentivo, avvertivo dentro di me un'emozione sconosciuta, mai provata nei suoi confronti, qualcosa di simile al disprezzo e all'odio.

"Oddio. Non può essere vero..."

Quando si voltò per guardarmi mi afferrò per le spalle e mi fissò intensamente negli occhi. Aveva lo stesso sguardo sconvolto ed esterrefatto che aveva quella sera al parco, quando mi aveva toccata per la prima volta.

Per me erano passate solo poche settimane, ma in realtà era trascorso tanto tempo da quel giorno. Quella volta ero stata così felice di quel contatto e adesso non lo volevo anzi, desideravo che si allontanasse da me, che la smettesse di toccarmi e sfiorarmi.

Quando distolse lo sguardo mormorò tra i denti «Non funziona.»

Mi chiesi cosa non funzionasse ma non trovai il coraggio di chiederglielo. È meglio non fare domande quando non si è sicuri di volerne conoscere le risposte. Una verità poteva far male e il non sapere avrebbe potuto logorarti, ma ero certa di poter convivere con quel dubbio, almeno per il momento.

Possibile che dopo il coma io non volessi più Jake con me? Ma era ridicolo. Eppure...

«Jake...» volevo spiegargli cosa stesse accadendo anche se non ero certa di riuscirci, nemmeno io sapevo descrivere il tumulto che mi stava travolgendo. Ma tutto ciò che riuscii a dire fu «Non voglio vederti mai più».

Mi portai le mani alla bocca rendendomi conto dell'idiozia che avevo appena detto.

«No, scusa non è vero... io...» volevo dirgli che ero solo confusa ma invece aggiunsi «io credo che mi farebbe bene starmene un po' da sola. E' chiaro che la tua presenza non fa altro che confondermi ancor di più.»

Cercai il suo sguardo e sperai di convincerlo attraverso di esso che in realtà non lo pensavo realmente. Lui mi guardava, l'espressione ferita e sconvolta, le spalle ricurve e i pugni stretti.

Ignorai la nausea che mi pervase quando mi avvicinai a lui. Non volevo che se ne andasse, non volevo mandarlo via.

Posai la testa tra la sua spalla e il suo collo e aspettai che le sue braccia mi cingessero e che le sue labbra pronunciassero parole rassicuranti. Quando lo fece ne fui felice eppure, nonostante questo, lo schiaffeggiai. C'era una vocina nella mia testa che continuava a ripetermi *"Non fidarti! Ferisci! Ferisci e scappa!"*

Jake si portò le mani al viso mentre io fissavo le mie come se fossero appartenute ad un estraneo.

Mi accasciai al suolo e Jake mi venne immediatamente incontro, riscuotendosi dallo shock o dal dolore, non sapevo dirlo. La mia mano di sicuro era dolorante.

Jake mi prese il viso tra le mani e avvertii nuovamente il bisogno di fargli male. Fui pervasa da una sensazione di freddo che mi costrinse ad aggrapparmi al pavimento e ai miei respiri. Volevo fare del male a Jake.

«Non ti permetterò di allontanarmi. Tu sei mia, Melanie.»

Mi lasciò sul pavimento asettico dell'ospedale e, nonostante le sue parole, andò via.

Due giorni dopo.

Mia madre era riuscita a convincere il dottor Warren a dimettermi. Era ridicolo che dopo quasi sei mesi di coma fossi arzilla e scattante come se non avessi fatto altro che un riposino pomeridiano.

Il dottore ancora non riusciva a spiegarsi la mia incredibile ripresa, ma io non riuscivo a pensare al miracolo che rappresentavo per la medicina. Non vedevo l'ora di tornare a casa.

La notte avrebbero dovuto svegliarmi ogni due ore per dei normali controlli, quella era stata una raccomandazione del dottore.

Stavo chiudendo la cerniera dei jeans quando sentii la voce di Cat oltre la porta che mi chiamava.

«Sono in bagno!» Gridai.

Stavo guardando la mia immagine allo specchio, per essere una che aveva dormito ininterrottamente per dei mesi avevo un aspetto orribile: gli occhi erano cerchiati da macchie scure ed ero pallida, e non lo ero mai stata, almeno, non così palesemente. I miei capelli castani erano l'unica nota di colore che avevo, ma non facevano altro che peggiorare il mio pessimo colorito, lo evidenziavano in maniera sinistra.

Riuscivo a seguire i contorni delle mie vene sulle mani e sul viso. Sembravo malata nonostante la ripresa miracolosa che mi aveva colpita.

Cat apparve nel mio campo visivo, bellissima come sempre.

Era il nove di Marzo e l'aria aveva già le colorazioni tipiche della Primavera e Cat ne aveva anticipato l'arrivo con il suo abito floreale e gli stivali dal tacco alto.

Osservava i miei vestiti con aria contrariata e manifestava il suo disappunto scuotendo la testa nella mia direzione.

«Martin è giù che ci aspetta. Tua madre è qui fuori mentre tuo padre e Michael stanno preparando la tua festa a sorpresa.»

«Festa?»

«Sì. Te l'ho detto perché so che non le ami molto. Le sorprese, intendo. Capisci perché quel vestito non va bene?»

Guardai nuovamente il suo vestito ed i miei jeans. «Cat...»

«Non ti preoccupare. Ho preso il tuo vestito preferito, quello azzurro.»

«Ma fa ancora freddo per quello!»

«Ti ho portato il mio coprispalle argentato. Ti prego, tra una settimana partirai e non ci vedremo per tanto tempo, lasciami fare questa cosa!»

Tra una settimana sarei dovuta partire per Londra per festeggiare il mio diciottesimo compleanno con mio padre. Mi chiesi se i piani fossero cambiati o mia madre mi avrebbe concesso comunque di partire. Ne dubitavo. «Va bene. Ma non voglio un trucco pesante.»

«Tutto ciò che vuoi!»

Stavo per risponderle che tutto ciò che volevo era Jake ma mi morsi la lingua e non le dissi niente.

Dovevo capire cosa mi stava succedendo.

Capitolo Tredici

Melanie

"*Fingiti sorpresa!*"

Ecco cosa mi ripetevo da circa trenta minuti, sia mentre entravo in auto sia dopo, quando Martin mi aveva aiutata a scendere. Non ero un'invalida, ma nessuno sembrava accorgersene. Pazienza.

Poiché mia madre temeva per la mia vita non opposi resistenza quando Martin mi passò una mano intorno alla vita per sorreggermi. Cat si divertiva un mondo per l'evidente disagio che Martin stava provando.

Non avevo protestato quando mia madre mi aveva informata delle sue nuove regole: niente più corse mattutine, nessuna passeggiata solitaria e soprattutto, se non ero con Martin o con qualcun altro, niente uscite da casa. Ah, e avrei dovuto rincasare ad un orario decente.

Ero rimasta sorpresa dal mio autocontrollo, ma non sapevo fin dove potevo spingere la mia pazienza. Se prima non desideravo altro che scappare, adesso il mio viaggio verso Londra era diventato necessario. Ma avrei dovuto affrontare l'argomento dopo la festa e con la necessaria calma. Dopo gli ultimatum che mia madre mi aveva imposto non potevo esattamente definirmi il ritratto della tranquillità e ragionevolezza. Insomma, io e mia madre eravamo due cicloni pronti a scatenarsi l'uno contro l'altro.

Quando l'ascensore raggiunse il nostro appartamento, mia madre vi si infilò con estrema velocità. Strinsi la mano di Cat

ed il braccio di Martin che mi disse «Se stringi un altro po'
rischi di spezzarmelo...»

Gli lanciai un sorriso tirato. Ero ansiosa e le gambe mi
tremavano.

Nonostante fossi abituata alle feste di mia madre, sembrava che
quella fosse la mia prima volta.

Quando la porta d'ingresso si aprì fui accolta da grida e flash
che puntavano dritti al mio viso e ai miei occhi non ancora
pronti alla luce. Cat continuava a stringermi la mano, un porto
sicuro presso cui rifugiarmi. La mia colonna, la mia migliore
amica. Potevo farcela se lei era al mio fianco.

Il primo viso che riconobbi fu quello di mio padre. Mi venne
incontro sorridendomi. Mi strinse tra le braccia e mi sussurrò
all'orecchio «La mia bellissima principessa!»

«Il mio vecchio papà.»

Mi diede un bacio leggero sulla guancia, poi Michael mi strinse
goffamente tra le braccia.

Tra di noi non c'erano mai state effusioni o manifestazioni
d'affetto, gli volevo bene, lo conoscevo da una vita ormai ma...
insomma, era una situazione complicata.

C'erano anche i miei nonni, i genitori di mia madre. Mia nonna
Danielle, una simpatica vecchietta di quasi ottantacinque anni e
mio nonno, Raymond, di ottantasette anni. Mi strinsero in un
caloroso abbraccio che ricambiai. Loro vivevano a Seattle,
andavo a trovarli solo durante le festività e mi sentii un po' in
colpa. Mi ripromisi che sarei andata più spesso da loro.

Continuai a salutare tutti i presenti, amici di scuola e amici di
mia madre e amici di Michael. Uh ma guarda, mancavano solo
gli amici di Margareth! Quando pensai a lei misi da parte
immediatamente l'ironia e la cercai con lo sguardo tra la folla.

Mi commossi non poco quando la vidi venirmi incontro, un
fazzoletto premuto sugli occhi e i singhiozzi che le scuotevano

il corpo. I capelli argentati erano raccolti in una crocchia e le guance e il naso erano rossi per il pianto a stento trattenuto.

Mi strinse con l'intenzione di non lasciarmi andare ed io non volevo che lo facesse. Mi era mancato il suo profumo di pulito e lavanda, che non copriva quello dei detersivi tra cui era sempre immersa. Quelli erano gli odori di casa.

Un altro viso però attirò la mia attenzione. Capelli neri ed occhi verdi, il viso incorniciato da un sorriso timido ed incerto. Adam.

Avrei dovuto provare solo un po' d'imbarazzo, ma le farfalle nel mio stomaco avevano sbattuto un po' incerte le loro ali e non fui in grado di definire quel brivido caldo lungo la spina dorsale.

«Ciao.» Mi disse. Lui sì che sembrava imbarazzato.

«Ehi, come va?»

«Dovrei chiederlo io, no?»

Gli sorrisi. «Tutto okay! Finalmente ho recuperato le innumerevoli ore di sonno arretrato che mi ero lasciata alle spalle! Avevo sempre detto a Cat che avrei finito con lo svegliarmi dopo mesi tanto che ero stanca!» Adam rise del mio tentativo di smorzare l'atmosfera e mi prese una mano. Il suo tocco era piacevole e caldo. Tirai un respiro di sollievo quando realizzai che non provavo nessun assurdo desiderio di ferirlo come con... alt! Non dovevo pensarci.

«Sono così dispiaciuto per quello che è successo...»

«Non esserlo. Non è stata colpa tua.»

«Stavi inseguendo me. E' ovvio che mi senta in colpa!»

Come? Stavo inseguendo lui? «Cosa intendi dire?»

«Beh, ti avevo lasciata dopo che il tuo professore ci aveva beccati insieme e quando mi sono girato ti ho vista distesa per terra, sull'asfalto. Io sono arrivato poco dopo. Il signor Brown sembrava disperato...»

Come potevo dirgli che in realtà non stavo inseguendo lui ma fuggendo lontano da Jake? Ah già, non potevo dirglielo perché Jake, anche se non più per lo meno, era un mio insegnante e poi, che senso avrebbe avuto spiegarglielo? Ma non volevo che Adam si sentisse in colpa per qualcosa di cui in realtà non aveva colpe.

«Adam, non preoccuparti. Non ero uscita perché ti stavo inseguendo. Non ricordo il motivo preciso, ma sono stata felice della tua visita inaspettata a scuola e… non ho mai dato nemmeno per un secondo la colpa a te. Credimi, ti prego. Non sentirti in colpa, e poi adesso sto bene. Questo è ciò che conta, no?»

I suoi occhi si distesero. «Sì. Sono felice che… ciò che voglio dire è che sono felice che adesso tu stia meglio.»

«Anche io.»

Vidi una chioma bionda e mi scusai con Adam. Avevo bisogno di Catherine. Non ricordavo quando le avevo lasciato la mano, se prima di aver salutato Maggie o i miei nonni, ma adesso sentivo il bisogno di averla al mio fianco. Avevo bisogno di qualcuno che mi guardasse e mi trattasse come sempre e non come un fenomeno da baraccone. Mi sentivo come *Harry Potter*, solo che io ero la *ragazza miracolata*, altro che sopravvissuta.

«Melanie?»

Temendo di aver calpestato il piede di qualcuno mi voltai per porgergli le mie scuse, quando mi ritrovai davanti gli occhi azzurri di Jake. Indossava un pantalone classico nero, con una giacca nera ed una camicia bianca. Il primo bottone era sbottonato e dalla piccola scollatura si affacciava un pezzo di pelle bianca, liscia e perfetta.

«Jake?» Non volevo apparire sorpresa, volevo comportarmi come Cat, essere sicura di me stessa e decisa, almeno per una volta. Ma Jake mandava in brodo di giuggiole il mio sistema nervoso e non ero in grado di comportarmi come una persona normale.

«Vuoi che vada via?» Il suo tono mi fece stringere il cuore. Avrei voluto stringerlo a me e dirgli che tutto sarebbe andato bene, ma non ne ero per niente convinta.

«No. Pensavo che non saresti venuto.»

«Mi ha avvisato pochi minuti fa Cat.»

«Pochi minuti?» Dissi, osservando il suo vestito elegante. «Sei stato veloce.»

«Non ho molti abiti del genere. Non è stato difficile vestirmi e poi, quando si tratta di te potrei volare per raggiungerti quanto prima.»

Ignorai le sue parole e gli chiesi «Ti stai divertendo?» Una domanda senza senso per una situazione già di per sé insensata. Perché non ingarbugliarla ancor di più con frasi sconnesse?

«Ho un altro tipo di idea di divertimento.»

I suoi occhi guizzarono maliziosamente nei miei, ma non sorridevano come le sue labbra. Era teso e preoccupato. Da quel momento in poi, tutti avrebbero continuato a guardarmi con quell'aria preoccupata e incerta, temendo che potessi improvvisamente spezzarmi.

Non volevo permettere alle loro preoccupazioni e timori di prendere il sopravvento. Volevo tornare alla mia vecchia vita. Volevo che tutto fosse uguale a prima, non poteva un semplice incidente decidere le mie sorti.

«Tipo?»

«Puoi uscire?»

Catherine mi raggiunse e sorrise a Jake raggiante. «Sei venuto!» Disse rivolta a lui e gli diede un bacio sulla guancia. Non ricordavo che Cat e Jake si fossero rivolti più di qualche parola di circostanza e quella loro intimità mi sorprese. Lei mi sorrise ammiccando. «In questi mesi lui è stato l'unico a capire come mi sentissi. Quando parlavo con tua madre sembrava che

204

io non c'entrassi nulla con te. Quando parlavo con Martin lui non sapeva cosa dirmi perché… perché è il tuo autista, cavolo! Jake mi ha capita e ci siamo supportati a vicenda.»

Io fissavo Catherine che fissava Jake che fissava me.

«Puoi concederci un diversivo?» Le chiese Jake a bruciapelo. Lei annuì. «Non sarà facile. Evelyn non la perde di vista un attimo. Mel, tesoro, perché non ci vediamo nel bagno?»

Jake mi fece un cenno d'assenso. Io ancora non avevo capito quale fosse il mio ruolo in quella recita.

Quando entrai in bagno però, Cat era già mezza nuda e mi porgeva il suo vestito.

«Infilalo e non fare storie. Dovrai metterti il foulard tra i capelli prima che tua madre si accorga che non sono biondi! Sii rapida Mel!» Mentre parlava mi aveva già aiutata a sfilare l'abito e ad indossare il suo.

«Non capisco.»

«Tua madre sembra un cane da guardia! Non l'ho mai vista così attenta ai tuoi movimenti.»

«Si accorgerà del trucco.»

«Sì. Ma vedrà me salire le scale mentre tu ti allontani. Io indosserò il tuo vestito, sarò di spalle e… insomma, speriamo in un po' di fortuna. Casa tua è grande ma non è una reggia, quanto puoi impiegarci per fuggire via?»

A dire il vero non avevo mai pensato di dover fuggire da casa mia. Per potermi liberare di mia madre quella era l'unica soluzione, ma sicuramente, quel comportamento non avrebbe aiutato la mia causa "Londra". Ma non potevo pensare a quello, non in quell'istante. Corsi via, mescolandomi tra la folla che riempiva il salone e schizzai fuori dall'edificio.

Il vestito di Catherine mi svolazzava intorno alle gambe nude mentre raggiungevo Jake. Mi stavo sfilando il foulard dai capelli che però volò via dalla mia presa. Mi voltai per un secondo a guardarlo, col desiderio di recuperarlo ma poi tornai a guardare Jake. Accelerai il passo e lo raggiunsi.

«Non so Cat per quanto resisterà.»

Mi prese per mano e iniziò a correre con me che arrancavo dietro le sue enormi falcate. Si fermò di scatto e gli finii addosso. Prima che il contraccolpo mi facesse vacillare mi prese tra le braccia ed iniziò a correre, di nuovo.

Mi portò a circa quattro isolati di distanza dal mio appartamento, dove una moto aspettava in bella vista il suo padrone.

«Rimarresti sconvolta se prendessimo in prestito una moto?» Mi chiese con calma e nonchalance, come se mi avesse chiesto quale fosse il mio cibo preferito.

«Intendi rubarla?»

«Vuoi che tua madre ti riacciuffi?»

Strinsi le labbra. «La restituirai?»

«Lo prometto.»

Oddio. Ero fuggita dall'occhio vigile di mia madre e dalla sua protezione. Ero con Jake e solo Cat lo sapeva ma nessuno sapeva dove mi avrebbe portata. E adesso stavo per rubare una moto! Quella, era l'ennesima prova che Jake aveva un pessimo ascendente su di me.

«Okay. Va bene.»

Jake si mise a cavalcioni sulla moto e mosse così rapidamente le mani che non capii ciò che stava facendo finché non vidi dei cavi elettrici. La moto si accese e il suo rombo avvolgente ci investì. Jake sorrise e poi rivolse lo sguardo soddisfatto verso di me.

«Coraggio Mel.»

Avanzai e mi misi a cavalcioni dietro di lui. Il vestito mi scoprii ancor di più le gambe che automaticamente strinsi attorno ai suoi fianchi. Avrei sentito freddo, ma non me ne importava nulla, era così bello tenerlo stretto contro il mio corpo.

«Tieniti forte.» Sussurrò con voce roca e divertita.

«E' da pazzi!»

Lui rise. «Lo so!» E partimmo mentre dietro di noi, quello che immaginai fosse il proprietario della moto, ci lanciava contro una bottiglia di birra ed una lunga serie di parolacce.

Jake

Mentre New York appariva come un'immagine sfocata al nostro passaggio, mi rilassai sentendo il battito di Mel sulla mia schiena, le sue mani che mi stringevano i fianchi e le sue gambe allacciate alle mie.

Lei si mosse contro la mia schiena ed io sentii ogni centimetro del suo corpo contro il mio. Strinsi più forte l'acceleratore ma tenni il controllo della nostra velocità, non avrei mai messo a repentaglio la sua vita.

«Grazie.» Urlò contro il vento.

Non sapevo di preciso dove ci trovassimo, ma accostai comunque. Dovevamo aver fatto un bel po' di strada perché non c'era traccia della New York illuminata che ci eravamo lasciati alle spalle. Qui c'erano case sparse, circondate da giardini e da cani che ci guardavano dubbiosi dietro le loro recinzioni.

La sentii scendere dalla moto e la seguii.

«Perché proprio in questa zona? Insomma, il Queens non è propriamente la mia zona preferita...»

«Non conosco la città. Ho pensato solo a guidare e la moto ha fatto il resto. Almeno sappiamo che non verranno a cercarci qui.»

Lei annuì tra sé e si strinse le braccia intorno al corpo. Mi sfilai la giacca e gliela misi sulle spalle. Lei infilò le braccia lungo le maniche e quando la vidi, con le maniche più lunghe delle sue braccia, la mia giacca un po' più grande sul suo corpo e i capelli mossi dal vento e gli occhi lucidi mi parve la creatura più bella che avessi mai visto.

«Dobbiamo parlare…» Sussurrò.

«Non so quante volte ci siamo detti queste parole!» Le dissi ironico, cercando di nascondere la mia voglia di far a pezzi il mondo intero. Solo per lei. Solo per renderla felice. Per averla ancora con me.

«Jake, io…»

Le posai un dito sulle labbra. L'avevo portata via da quella casa perché dovevo parlarle e avevo bisogno di sentirla vicina e… dovevo proteggerla, maledizione! Non bastavano le complicazioni che già avevamo avuto in passato, adesso si aggiungeva anche questa. Era un tormento infinito la nostra storia.

Non avrei sopportato altre parole. Non avrebbero fatto altro che allontanarci l'uno dall'altra ancor di più.

«Fa parlare prima me, okay?» Lei mi guardò con i suoi occhi spaventati e confusi. Quanto desideravo cancellare un po' di quella paura e far sparire ogni dubbio su quello che stava accadendo, ma non potevo. Non ancora. Quando notai che aveva ripreso a mordicchiarsi la guancia gliela liberai con un bacio, come avevo sempre fatto e come desideravo continuare a fare.

Non era stato un gesto premeditato e non era stato razionale, ma agognavo quel contatto, quel dolce e tenero contatto da tempo. Il mio corpo aveva sofferto lontano da lei e adesso che la vedevo davanti a me, viva e vegeta, sana, forte e così bella, non facevo altro che desiderarla ancor di più. Un bacio non mi sarebbe bastato ma era tutto ciò che potevo chiederle, anche se non ne avevo il diritto. Un bacio era tutto ciò che osavo prendere perché temevo che se le avessi chiesto qualsiasi altra cosa, lei mi sarebbe scivolata via dalle dita e non sarei mai più riuscito a tenerla al mio fianco.

Nei suoi occhi non c'era traccia del blu che solo quella mattina mi aveva sconvolto. Erano i suoi occhi quelli che mi guardavano e sapevo che avevo poco tempo prima che il blu che amavo ed odiavo, tornasse a colorarli e a far sfumare il suo marrone caldo.

«Ascoltami Mel, anche se tu mi dirai di andare via io non ti lascerò. Se tu mi dirai di lasciarti, io resterò al tuo fianco. Se mi dirai che mi detesti sarò comunque lì per te, anche se non potrò sfiorarti mai più, ma sarò sempre con te, Melanie. Lo capisci? Potrai schiaffeggiarmi, potrai cercare di infilzarmi con una siringa e dire di non volermi, io continuerò a lottare per noi. Potrai ferirmi, farmi del male ma non importerà, io ci sarò.» Le promisi.

Lei non parlava, ma stringeva con forza la mia mano.

Non sapevo se mi avesse creduto o meno e quando stavo per dirle ciò che provavo, lei mi allontanò con forza da sé.

Cercai i suoi occhi e vidi le sfumature del cielo notturno affiorare.

«Jake, grazie per avermi portata via dalla festa, per aver voluto chiarire e... non so, direi grazie per avermi salvata, anche se non ha alcun senso. Però io non voglio continuare in questo modo. Non c'è fiducia ed io ho bisogno di star bene, di starmene tranquilla. Con te questo non riesco a provarlo, anzi... mi sembra di vivere sempre in uno stato di continua ansia e angoscia. Il non sapere mi logora e quel po' che mi dai non mi basta. Non più.»

Mi avvicinai a lei e le presi il volto tra le mani, la sua fronte premuta contro la mia. Il suo respiro era accelerato e gocce di sudore le incorniciavano gli occhi. Cercava di controllarsi, il suo corpo voleva reagire negativamente a quel contatto ma lei cercava di contrastarlo. Lei mi voleva nonostante tutto. Melanie stava lottando contro se stessa, per me. Come potevo io arrendermi con lei?

«Jake, ho promesso ad Adam un appuntamento ed io... io ho voglia di uscire con lui…»

Deglutii. Lo diceva solo per allontanarmi.

Ma guardatemi! Un angelo che si logorava dalla gelosia per un mortale che non aveva mai avuto nemmeno il piacere di provare una sola carezza di Melanie.

Sapevo però che era da altri Angeli che dovevo guardarmi, così come io percepivo Eysh in Mel, anche Keith l'avrebbe sentita, ed allora avrei dovuto intervenire. Non gli avrei permesso di usare Melanie, mai e poi mai, lei era *mia*.

«Non mi interessa. Esci con lui ma poi torna da me…» suonava stupida persino alle mie orecchie come richiesta, ma come potevo farle capire che nonostante tutto, io non avrei potuto rinunciare a lei?

«Cosa stai dicendo? E' ridicolo!»

Le sue mani si strinsero sui miei fianchi, i suoi occhi erano di nuovo del loro colore, un porto sicuro in cui approdare.

«Jake, io…» iniziò a dirmi, ma non riuscì a concludere la frase. Svenne.

Melanie

Mi trovavo in una stanza nera. L'aria era densa, pesante e asfissiante. C'era una nube nera che mi circondava ed ero accerchiata dal silenzio.

Indossavo una tunica nera, lunga fino alle caviglie. Ero scalza e i capelli mi ricadevano come un velo sul viso. Li aggiustai, sistemandomi qualche ciocca dietro le orecchie.

Poi una sagoma si stagliò davanti ai miei occhi. Avanzò con passo lento e misurato verso di me. Era un uomo. Notai i suoi

210

capelli neri lunghi fino alle spalle ondeggiare ad ogni suo passo.

Aveva la mascella squadrata, la bocca carnosa e le sopracciglia folte. Gli occhi erano di un colore incredibile: erano viola.

«Ciao Melanie.»

«Chi sei?»

Lui mi tese la mano. Il movimento fece oscillare il suo mantello – sì, indossava un mantello! – e scoprì l'elsa di quella che sembrava una spada. Ignorai la sua mano e mi ritrassi.

«Non ti preoccupare Melanie, non voglio farti del male.»

«Non sei il primo che me lo dice.»

«Parli di Jake?»

Strabuzzai gli occhi quando pronunciò quel nome. Doveva trattarsi di un sogno.

«Sì, Mel. Stai sognando.»

Lo guardai esterrefatta. «Questo spiegherebbe molte cose.»

«Quindi adesso ti fidi a stringermi la mano?»

Nonostante il mio comportamento, lui non aveva ritirato la mano che continuava ad essere tesa nella mia direzione. L'afferrai e la strinsi.

«Io sono Keith.»

Si presentò con tono seccato. «Stai sognando Melanie ma questo non è un comune sogno. Questo sta accadendo nella tua testa anche se è la realtà.»

«Che è quello che diresti se fosse un sogno. Non capisco però, tu chi dovresti essere?»

«Stai per svegliarti Mel... volevo solo conoscerti. Ci rivedremo domani notte.»

«Come?»

«Ci vediamo domani... e Mel?»

«Cosa?»

Fece un sorriso triste e poi disse «Dille che mi dispiace.»

211

Capitolo Quattordici

Melanie

Qualcosa di freddo mi sfiorò la fronte riportandomi alla realtà. Sbattei le palpebre e mi guardai intorno. Ero nella mia stanza.

La finestra accanto al letto era aperta ed entrava una leggera brezza, sul davanzale era posata una foglia che il vento aveva portato fin lì.

Mi girai su un lato ed il fazzoletto bagnato che avevo sulla fronte cadde sul cuscino.

Dovevo avere la febbre.

Un leggero russare mi fece guardare alle mie spalle. Mio padre se ne stava seduto scompostamente sulla mia poltrona dove dormiva, stringendo il giornale tra le mani.

Cercai di concentrarmi su quello che era accaduto la sera precedente, l'ultima cosa che ricordavo era Jake e il nostro litigio.

Non capivo perché insistessimo entrambi nel farci del male. Eppure, tornavamo a cercarci, preferendo quei brevi momenti di felicità agli infiniti attimi di agonia.

Mi misi a sedere, la testa mi girava e mi sentivo accaldata. La febbre doveva essere calata ma avevo un forte senso di nausea. Corsi in bagno e vomitai ciò che non avevo mangiato.

Mio padre accorse dopo aver sentito i miei gemiti e mi aiutò a "non cadere nel water", come mi diceva sempre da bambina, riuscendo a strapparmi un sorriso.

«Come ti senti?»

«Mi gira lo stomaco.»

«Ieri sera non hai toccato cibo.»

«Come sono tornata a casa?»

«Come dici, cara?»

Mi stavo pulendo la bocca con l'asciugamano che avevo trovato vicino al water. «Ieri sera... come sono tornata?»

«Sei svenuta durante la festa e ti abbiamo messa a letto tesoro. Sicura che vada tutto bene?»

"Ah..." Non si erano accorti che ero uscita, ma questo comunque non spiegava un bel niente. Non ero svenuta alla festa, ero svenuta in mezzo alla strada, ero svenuta su un marciapiede dopo aver rubato una moto. Immaginavo che se lo avessi chiesto a Jake non avrei avuto una risposta esauriente, o forse, non avrei ricevuto proprio alcuna risposta.

Give me love risuonò dalla mia camera ed impiegai alcuni istanti a capire che il suono proveniva dalla mia borsa. Non ricordavo di aver cambiato suoneria.

Mi alzai dal pavimento e mi affrettai a rispondere. Nonostante non riconobbi il numero non avevo dubbi su chi fosse.

«Pronto?» Risposi, esitante.

«Come ti senti?»

Sentire la sua voce, anche se brusca e distante mi provocò dei leggeri brividi di piacere che attraversarono le lacrime pungenti nei miei occhi. «Meglio. Tu?»

«Male.»

«Jake...» sospirai. Avrei voluto dirgli tante cose e scusarmi per il mio comportamento, ma non ci riuscivo. Qualcosa, una specie di mattone, bloccava le mie parole sulla punta della lingua trasformandole in crudeltà gratuite che lui non meritava.

«Non dire niente, Melanie. Non mi farai cambiare idea. Io sto male senza di te, capisci? Non puoi chiedermi di starti lontano perché sarebbe come chiedere al sole di non sorgere, chiedere al mio cuore di fermarsi. E so che anche per te è lo stesso. Lo sento.»

Mio padre uscì silenziosamente dalla mia camera concedendomi un po' di privacy. Se ci fosse stata mia madre al suo posto, sapevo che le cose sarebbero andate diversamente. Lei sarebbe rimasta in ascolto, con un bicchiere schiacciato contro la porta, o peggio, si sarebbe messa comoda sul divano a godersi la scena.

«Mi dispiace, Jake. Forse è solo una di quelle stronzate psicologiche, un disturbo post traumatico da stress, non lo so, davvero, io non lo so. Sono passati solo pochi giorni da quando mi sono risvegliata, miracolosamente intatta, ma evidentemente non sono così sana come tutti credono. Ho qualcosa che non va ma non capisco cosa e me la prendo con te che non hai fatto nulla di male. Vorrei riuscire a controllarmi, ma non ci riesco. »
Sentii il suo respiro e cercai di regolarizzare il mio col suo. Volevo sentirmi vicina a lui ma invece, l'unica cosa che sentivo era la lontananza, un'enorme distanza che non faceva altro che aumentare ogni secondo a causa mia. Era difficile far intrecciare i nostri respiri che sembravano percorrere due sentieri diversi.

«Mel?»

«Mh?»

«Qual è il tuo colore preferito?»

«Come?» Fu una domanda così inaspettata che impiegai qualche secondo per capirla.

«Così, voglio saperlo.»

«Viola» dissi, ma in realtà pensavo all'azzurro. Perché avevo detto viola?

«Capisco.»

E mise giù.

Non avevo idea del perché avessi scelto il viola come mio colore preferito, e soprattutto non capivo perché mi sentissi in colpa nei confronti di Jake. Senza contare gli ovvi motivi.

Quando mi voltai verso la finestra, mi accorsi che fuori pioveva e sul vetro erano state incise delle parole che avevo già sfiorato una volta ma che avevo relegato nel profondo della mia mente. *"Non fidarti di lui"*.

Keith

Avevo lasciato Melanie da poco.

Avevo immaginato che il nostro primo incontro sarebbe stato diverso. Immaginavo che vedendomi si sarebbero risvegliati i suoi ricordi. Immaginavo che vedendola non avrei provato nulla.

Ma Melanie era completamente diversa da tutte le altre Prescelte. Loro erano in tutto e per tutto Eyshriin. Melanie invece non aveva nulla di lei.

Le somigliava, aveva qualcosa nello sguardo, quella determinazione e quella passione che avevo conosciuto solo in Eyshriin ma era *completamente* diversa da lei.

E soprattutto, Melanie non mi amava. Fui costretto a riconoscere che la cosa non mi piaceva. Avevo visto come l'Angelo la guardava e avevo percepito chiaramente ciò che provava quando ero io a guardarla.

Era stato tutto così noioso negli ultimi sessantatré anni!

Trovare le Prescelte, vederle morire e poi ricominciare da capo.

Con Melanie le cose erano andate diversamente. Lei si era legata a Jake e stranamente, anche lui a lei. Quello era ciò che non riuscivo a spiegarmi. Perché lei?

Solo perché era stata in grado di vederlo?

Ma aveva visto anche me, quella volta al parco, mentre la tenevo d'occhio.

L'ultima prescelta ci aveva dato un indizio: New York. Già da quel momento, Eyshriin, aveva deciso di cambiare i suoi piani. Perché?

«Keith?»

Stavo guardando il cielo nero del Neraka quando Kayla entrò nella mia camera.

«Cosa vuoi?»

«Come procede?»

«Non ricorda ancora nulla.»

Lei mi raggiunse. I capelli neri le ricadevano lisci fino alle spalle. Gli occhi rossi guardavano verso la Foresta Segreta.

«Ho sentito una strana voce, Keith.»

«Che tipo di voce?»

«Lei riesce a vederci. È vero?»

Kayla sapeva sempre tutto nonostante non potesse viaggiare tra i mondi. Lei, come tutti gli altri Angeli Oscuri, era costretta nel Neraka per l'eternità. Solo io, e solo grazie ad Eyshriin, potevo allontanarmi da quella che era la nostra casa e la nostra prigione.

«Sì.»

«Quindi, questo cosa significa?»

«Quindi Jake si comporta come un comune mortale mentre io mi tengo a distanza.» Sbuffai.

«Hai combinato un disastro l'ultima volta. Non posso di certo biasimarlo.»

Sbuffai di nuovo. Mia sorella era detestabile quando cercava di essere ragionevole.

«Lo so bene! Credi che non paghi ogni giorno per gli errori che ho commesso? Per le vite che ho distrutto? Ma è come se Eyshriin non volesse essere trovata. Non da me. Forse è per questo che adesso le cose sembrano andare meglio.»

Lei prese una ciocca di capelli e la massaggiò con le dita.

«Meglio? Siamo in balia delle onde. Credevamo che il risveglio sarebbe avvenuto prima del Venti di Dicembre, così come per tutte le altre, mentre invece lei compirà diciotto anni tra poche settimane e non ricorda ancora nulla. Credo che lei non sia la Prescelta.»

«Lo è.» Dissi con fermezza.

«Come puoi esserne così sicuro?» Quando mi guardò, lo fece semplicemente con curiosità. Mi aveva sentito più volte farneticare sulle Prescelte, sul fatto che le detestassi perché non erano altro che adolescenti mortali insopportabili accecate dagli ormoni.

«Eyshriin.» Dissi semplicemente.

«Cos'ha fatto?»

«Credo che non risieda in Mel. Sta cercando un modo diverso di mettersi in contatto con lei.»

«Per fare cosa?»

«Non lo so.» Ammisi. Detestavo anche quando Kayla mi sottoponeva al suo terzo grado.

«Sai bene che Eysh è morta, Keith.»

«Lo so.»

«Sai che è solo la sua memoria quella che viaggia, vero?»

Strinsi la mascella. "*Lo so*" le dissi col pensiero. Detestavo parlare di quelle cose, detestavo ricordare che se Eysh era morta era solo per colpa mia. L'avevo messa in pericolo e lei aveva pagato con la vita per quello. Non la biasimavo per il fatto di non fidarsi di me, ma perché stava rendendo la vita così complicata a Jake? Che fosse gelosa di Melanie e dell'Angelo?

«E' inutile che pensi a tutto ciò, Keith. La ragazza compirà diciotto anni tra poco. Continuate a difenderla, poi dovrai portarla qui. Quando le barriere si spezzeranno non sarà più al sicuro. Dovrà essere addestrata e poi, solo allora, troveremo una soluzione.»

"*Lasciami solo, Ky.*"

Quando rimasi da solo nel buio della mia stanza mi concessi un grido di esasperazione e frustrazione.

Dovevo convincere Melanie a fidarsi di me e se per farlo dovevo distruggere il suo rapporto con Jake lo avrei fatto senza esitare. Se c'era una cosa che volevo più di tutte era riavere Eyshriin al mio fianco, e se fossi stato costretto ad allontanarli l'uno dall'altra, lo avrei fatto.

Jake

Viola.

Non era possibile.

Viola. Ancora.

Distrussi l'ultimo mobile che avevo in casa, ormai avevo fatto a pezzi ogni cosa.

A cosa era servito reprimere mesi di angoscia e paura per tenere in vita Mel, quando lei adorava il viola? Quando io sapevo che fino a pochi giorni prima, se avesse potuto, non avrebbe esitato a dirmi che adorava l'azzurro?

Avevo vietato a Rachel di venire da me, desideravo tutto tranne che parlare con lei. Non mi serviva parlarne, mi serviva Melanie. Nient'altro avrebbe potuto aiutarmi. Ma come potevo averla se lei non mi voleva più? Se lei si stava innamorando di qualcuno che ancora non conosceva?

Sin dall'inizio le cose tra noi due non erano andate come da manuale. Ormai avevo vissuto abbastanza tra gli umani per capire le loro usanze, ciò che si aspettavano e volevano ed evidentemente, litigare con la frequenza con cui lo facevamo io e Mel, non rientrava nella norma.

Ma non potevamo farne a meno, non potevamo fare a meno l'uno dell'altra.

Nonostante tutto quello che avevamo condiviso, nonostante la catena che sembrava legarci indissolubilmente l'uno all'altra, era come se un muro fosse tornato a separarci, semmai fosse crollato prima.

Potevo resistere ai suoi rifiuti, ai suoi attacchi o meglio, agli attacchi di Eyshriin, ma non potevo competere contro Keith, avevo già perso contro di lui. Lo sapevo.

L'avevo già persa?

Un dolore sordo al petto mi mozzò il respiro. Strinsi l'elsa della mia spada fino a far diventare bianche le mie nocche.

Qualcuno bussò alla porta. Nascosi le mie ali che adesso erano striate non solo d'argento ma anche di nero. Ci sarebbero voluti altri decenni per far sparire quella macchia d'odio dalla parte più pura che possedevo.

La spada era tornata ad essere un pugnale e la casa continuava ad essere un disastro. Avevo chiesto a Rachel di non venire ma almeno, aveva bussato alla porta. Mi stava chiedendo il permesso di essermi accanto.

Per quel motivo, quando davanti ai miei occhi vidi Melanie, con gli occhi arrossati e i capelli bagnati, il mio cuore riprese a battere ed il respiro tornò a riempirmi i polmoni. Il dolore svanì, la paura si nascose nei recessi del mio cuore. Solo averla lì, davanti ai miei occhi, era un motivo per continuare a combattere quel dolore.

«Mel?»

Lei non incrociò il mio sguardo, come sempre quando una situazione era troppo difficile, ma mi abbracciò con forza. Fui preso in contropiede, lo scontro dei nostri corpi mi fece inciampare nei miei stessi passi e cademmo sul pavimento. Io la tenni stretta ancora sul mio petto mentre lei singhiozzava più forte.

«Cosa succede, Melanie?»

«Io non so cosa mi sta succedendo Jake. Scusami se cerco di allontanarti via... scusami se...»

Le parole le morirono in gola ed io le accarezzai i capelli, maledicendo Eyshriin per quello che stava facendo alla mia Melanie.

Sapevo che era inutile parlarle dei miei sentimenti, era inutile chiederle di parlarmi e confidarsi con me. Eyshriin non glielo avrebbe mai permesso. Tuttavia, non potevo arrendermi, non volevo rinunciare all'unica ragione di vita che avevo trovato, all'unico motivo che avevo per andare avanti ogni giorno e sopravvivere. Non potevo arrendermi prima di rivedere i suoi occhi accesi di affetto quando mi guardavano. Dovevo lottare per i suoi sorrisi, per la sua felicità, per la sua vita. Per noi.

«Cosa succede Mel? Perché non provi a spiegarmi?»

Lei mi sfiorò le labbra con le sue, cogliendomi alla sprovvista per la seconda volta in meno di due minuti. Poi si alzò e mi disse «Non c'è nulla da spiegare. So solo che da quando mi sono risvegliata io non mi sento padrona di me stessa. Soprattutto, quando sono con te non mi riconosco e non mi piace la persona che divento, e non mi piace il modo in cui mi sento. Ho provato a spiegartelo ma, io non voglio continuare questa storia, non voglio andare avanti così, Jake. Qualunque sia il sentimento che ci lega, non importa. Non più. La nostra storia è finita.»

Scappò via, con le lacrime che le rigavano ancora le guance mentre io fissavo il soffitto del mio corridoio stordito e confuso, perché non era stata Eyshriin a parlare, erano gli occhi di Melanie quelli che mi avevano trafitto.

Mi accarezzai una guancia, non mi ero accorto che alcune lacrime di Mel mi erano cadute sul viso, confondendosi con le mie.

Capitolo Quindici

Melanie

«Ciao Mel.»

Il suono di quella voce mi riportò alla mente il sogno della notte precedente. L'ultima cosa che ricordavo era di aver litigato con Jake e di aver rotto con lui. Mi ero illusa che lo stavo facendo per il suo bene, ma in realtà, lo facevo anche per il mio.

E adesso mi ritrovavo di nuovo in quel posto sconosciuto a sognare la stessa voce, sempre lui: il ragazzo dagli occhi viola. Decisi di ignorarlo, forse in quel modo sarei passata da un sogno all'altro, così come accadeva ad ogni persona normale, quasi ogni notte.

Quando le sue dita mi accarezzarono i capelli non mi scostai, se lo avessi fatto sarebbe stato come ammettere la realtà impossibile che mi si parava davanti. Avrei dovuto ammettere che riuscivo a sentire non solo la sua voce, ma anche il suo tocco, e anche se in un sogno era normale credere che ciò che stava accadendo stesse accadendo realmente, avevo avuto l'impressione di riuscire a percepire anche il calore delle sue dita quando mi avevano sfiorato il collo, vicino all'attaccatura dei capelli.

«Non mi parli?»

Mi guardai intorno. Mi trovavo in un giardino enorme, ma terribile. Il cielo era di un colore cupo e grigio e l'acqua, che una fontana a forma di angelo della morte rilasciava, era nera. Era un paesaggio spettrale e spaventoso.

«Non avere paura. Sei nel mio mondo adesso, sei nel Neraka.»

«Neraka?» Chiesi confusa dal suono di quel nome che non avevo mai sentito prima.

«Oh, adesso parli?»

Mi maledissi mentalmente e mi voltai per fronteggiarlo. Che senso aveva fingere di non avvertire la sua presenza quando gli avevo praticamente rivolto la parola? Aveva stuzzicato la mia curiosità e come mio solito, volevo soddisfarla.

«Cos'è il Neraka?»

«Il mio mondo.»

«Il tuo mondo?»

«Sì. La mia casa.»

Lanciai un'occhiata di traverso al cielo, alla statua e al giardino poco curato. «Potevi sceglierti di meglio. In che zona degli Stati Uniti si trova un quartiere chiamato Neraka?»

Si stava preparando una tempesta, una di quelle forti e spaventose. Non osavo immaginare quale calamità naturale potesse oscurare il cielo in quel modo.

«Non siamo negli Stati Uniti, Mel.»

«Come ti chiami?» Era ridicolo mettere alla prova la mia mente? Sì, ma non potevo farne a meno. Non potevo sognare continuamente lui e tutte le cose bizzarre che la mia mente si ostinava a mostrarmi. Era assurdo il modo in cui sfruttavo la mia fantasia, a perditempo. Avrei potuto scrivere un libro, almeno ne sarebbe valsa la pena!

«Sai già come mi chiamo.»

«Io... l'ho dimenticato.»

Lui sorrise, mostrando dei denti bianchissimi e in quel momento mi sembrò un ragazzino. Non era come Jake che quando sorrideva diventava assolutamente bellissimo, ma sembrava decisamente un uomo. Lui era il suo opposto, quando sorrideva lo faceva sul serio, senza riserve o timore di mostrarsi per quello che era. Sorrideva anche con gli occhi, ecco perché era così diverso da Jake.

Jake si portava dentro chissà quale tormento del quale non riusciva a liberarsi. In quell'istante sembrò che Keith si fosse lasciato alle spalle ogni problema o turbamento.

«Io credo che invece tu lo ricordi benissimo, ma la tua mente fa solo fatica ad accettare una cosa bizzarra come questa.»

«Bizzarra dici? E' solo che sembra tutto così...» mossi le braccia in cerca della parola giusta, ma fu Keith a suggerirmela. «Reale?»

«Già.»

«Lo è, Mel. Lo è davvero.»

Sorrisi. «Certo. Allora, Keith, cosa ci faccio qui?»

«Melanie, perché non ci sediamo?»

Seguii la direzione del suo sguardo con il mio, mi stava indicando una panchina. O meglio, una tavola che sembrava una panchina e che era un tutt'uno con la statua dell'angelo.

Lui mi precedette e notai il suo strambo abbigliamento. Indossava un pantalone di pelle nera, una camicia bianca ed un mantello nero che terminava in una piccola coda che colpiva il terreno.

Ridacchiai e mi accorsi che anche lui stava sorridendo.

«Perché ridi?» Chiesi quasi arrabbiata. Per una frazione di secondo avevo immaginato che Keith fosse riuscito a leggere i miei pensieri.

«Il suono della tua risata è molto simile a quello di una persona che amavo ed ho perso. Credevo che non lo avrei mai più sentito.»

I miei occhi percorsero esterrefatti i contorni di un castello – sì, un castello – dietro cui si stagliavano imponenti delle enormi e oscure montagne. Controllai ciò che mi circondava, e mi resi conto che eravamo nel cortile di quel castello recintato da mura di mattoni grigi, altissimi, nei cui angoli vi erano delle torri da cui partivano sguardi astiosi e feroci puntati nella nostra direzione.

«Non preoccuparti per le guardie.» Disse come se avesse intuito i miei timori.

«Guardie?»

«Sì.»

Anche se mi aveva detto di non preoccuparmi non riuscivo a scrollarmi di dosso la sensazione di avere tanti occhi puntati addosso, come dei falchi che avevano puntato la propria preda, sembrava seguissero ogni mio movimento.

Non era la prima volta che sognavo di finire in un'epoca passata, ma di solito avevo degli abiti consoni invece, mi resi conto con un po' di delusione, indossavo gli abiti nei quali mi ero addormentata. I soliti boxer e canottiera. Arrossii e cercai di sedermi in modo tale da coprirmi quanto più possibile. Mi ritrovai con le gambe accavallate, le ginocchia leggermente alzate, un braccio che scendeva trasversalmente sul mio busto e l'altro che lo incrociava per raggiungere un orecchio. Non ero per niente comoda.

«Sai perché sei qui, Melanie?»

«Come?»

Avevo quasi dimenticato la presenza di Keith, ero intenta a darmi un contegno oltre che a cercare un senso a ciò che mi circondava. Sembravo così vigile in quel sogno, come se mi fossi trovata davvero lì. Era incredibile come tutto sembrasse reale. L'aria era un po' più pesante, quel leggero strato di polvere grigia mi accarezzava il viso. L'atmosfera era tranquilla e il clima mite.

«Sai perché sei qui?»

«Perché sto sognando.» Affermai convinta.

«No. Non è così Mel.» Disse con calma, come un insegnante che cercava di spiegare ad un bambino la differenza tra lettere maiuscole e minuscole.

«Non sto sognando?»

«Certo che stai sognando!» Sbuffò. «Ti ho già spiegato che questo è un sogno ma che allo stesso tempo non lo è.»

Sorrisi mestamente. La mia mente ce la stava mettendo proprio tutta per complicarmi la vita.

«Purtroppo Melanie, prima o poi capirai che non è uno scherzo e che quanto ti racconterò non è altro che la realtà dei fatti. Ma se tu ti sforzassi di credere, non vivrai alcun shock e credo che sia la cosa migliore. Sta a te decidere il da farsi.

Adesso inizierò a spiegarti perché sei qui. Perché siamo qui entrambi, ed ho bisogno della tua attenzione. Sei in grado di ascoltarmi?»

«Non ho altro da fare, no?»

I suoi occhi si strinsero e mi fissarono con determinazione e rabbia. «Okay, scusa. Ti ascolto.»

«Bene.» Guardò il cielo e rilassò le spalle. Quella era un'altra differenza con Jake. Lui non mi raccontava niente, e quando accennava a qualcosa, si irrigidiva e si preoccupava, mentre invece Keith insisteva nel volermi raccontare le cose e si rilassava quando lo faceva. Avrebbe dovuto essere così il rapporto che condividevamo noi due, io e Jake intendevo.

Era assurdo che anche in quel sogno pensassi a lui, provando la stessa fitta di dolore che mi ero procurata quando quella sera avevo deciso di chiudere la nostra storia, e provando anche lo stesso tipo di affetto quando il suo nome mi attraversava i pensieri.

Avevo pensato di soffocare quella pena in un sonno profondo e privo di sogni ma invece, non ci ero riuscita. Non solo stavo sognando vivamente ma potevo percepire, anzi sentire sulla mia pelle, sotto la mia pelle, il dolore che avevo sperato di abbandonare per qualche ora.

«Melanie?»

«Sì?»

«*Ti avevo chiesto un po' di attenzione.*»

«*Scusami.*»

Raccolsi una ciocca dei miei capelli ed iniziai ad arricciarla attorno alle mie dita, mentre con i denti mi torturavo la guancia. Il mio corpo era ancora costretto in quell'assurda posizione.

«*Tu sei la Prescelta, Melanie.*»

«*Prescelta?*»

«*Sì. Abbiamo bisogno di te per salvare non solo il mio mondo, ma anche il tuo. Noi abbiamo bisogno di te.*»

«*Cosa devo fare?*» *Tanto valeva stare al gioco, ma lui scosse il capo.*

«*Non sei ancora pronta per conoscere la verità. Avverto in te l'ironia e lo scetticismo. Non potrò raccontarti nulla finché non ti convincerai che questa è la realtà.*»

«*Dubito che potrà mai accadere Keith. Tu sei solo il frutto della mia mente!*»

«*Sei sicura di non avermi mai visto prima?*»

«*Sicurissima.*» *Affermai decisa. Di sicuro lo avrei ricordato, aveva uno di quei visi che era difficile dimenticare. Era così bello, con i suoi occhi particolari, i capelli neri e lo sguardo dolce e tenebroso.*

«*Ne sei sicurissima, eh?*»

«*Sì.*» *Dissi con un po' meno di convinzione.*

«*Bene. Ci vediamo presto Melanie.*»

Guardandomi attorno mi resi conto che lo scenario era cambiato. Non eravamo più nel giardino, ma nella stessa stanza dove, nel sogno precedente, ci eravamo incontrati per la prima volta. Io ero seduta sul letto, ancora nella stessa posizione. «*Vai via?*» *Non avevo poi tanta voglia di tornare alla mia triste realtà.* «*Sta per suonare la tua sveglia. Fa attenzione, Melanie.*»

«*A cosa Keith? A cosa devo fare attenzione?*»

Ma lui non mi rispose, era sparito così come i contorni della stanza.

La mia mano incontrò qualcosa di bagnato, di umido. Alzai lentamente una palpebra, quel semplice movimento mi costò fatica e mi accorsi che avevo il cuscino bagnato. Dovevo aver pianto tutta la notte.

Una fitta alla testa mi costrinse a chiudere di nuovo gli occhi.

«Melanie?»

«Maggie?» Biascicai.

«Ti ho portato un'aspirina. Cerca di mandare giù qualcosa però, okay?»

«Grazie, sei un angelo.»

Mi diede un bacio leggero sulla fronte e mi lasciò di nuovo sola, non prima di aver tirato le tende costringendo i deboli raggi del sole a filtrare nella mia camera completamente buia.

Accolsi con gioia il sapore amaro della medicina, meglio quello che il sapore della tristezza e della sofferenza che mangiavo da giorni.

Mi sembrava di avere una mandria in testa, quando mi resi conto che non era solo il mal di testa ad infastidirmi ma i passi di qualcuno fuori dalla mia porta.

Catherine sfoggiava un look sportivo a cui non ero abituata. Indossava dei pantaloni di flanella lilla ed una felpa, e mi guardava dall'alto in basso.

«Sono venuta a prenderti. Andiamo a correre.» Disse, mettendo un braccio sul fianco e battendo il piede con impazienza.

Mia madre comparve sulla soglia della mia camera, con il fiatone. Evidentemente la mandria che credevo si stesse scatenando nella mia testa in realtà non era altro che Cat che cercava di liberarsi di mia madre.

«Melanie, *non puoi* andare a correre. E' ancora troppo presto.»

Non avevo voglia di allenarmi in effetti. Ma sentivo il bisogno di stare con Catherine, di poter parlare con qualcuno e se questo significava far girare le rotelle a mia madre lo avrei fatto. In fondo, dovevo tornare quanto prima alle mie vecchie abitudini e non aveva senso rimandare l'inevitabile.

Mio padre si sarebbe trattenuto fino alla settimana seguente e gli avevo chiesto di comprare il biglietto aereo anche per me. Mia madre doveva appena averlo scoperto perché mi fissava con insistenza e mi stava quasi supplicando con gli occhi di mandare via Catherine.

«Dammi dieci minuti Cat.»

Mia madre però non si diede per vinta e mi seguì fino alla porta del bagno. «Tuo padre mi ha detto di aver acquistato un biglietto anche per te! Pensavo fossimo d'accordo Mel, pensavo che avessi capito che non era il caso che tu partissi adesso, dopo il tuo incidente. Pensavo che per una volta riuscissi a capirmi e a smettere di comportarti come una bambina. Pens...»

«Avanti mamma! Dimmi a cosa pensavi!» Le urlai contro. «Credevi che una volta che mi fossi risvegliata dal coma avrei dimenticato che hai distrutto la nostra famiglia o che, improvvisamente, decidessi di voler festeggiare qui il mio compleanno? O pensavi che mi trasformassi in una versione di te più giovane? Beh, notizia dell'ultima ora mamma: io sono sempre la solita Melanie e mi sento bene. Purtroppo per te, non mi hanno impiantato una personalità diversa. Sto talmente bene da essere abbastanza lucida da capire ciò che sento e provo, e ciò che voglio è andarmene con papà da questa maledetta città, respirare aria nuova e allontanarmi da te!»

Mia madre sbiancò ma non si mosse di un centimetro. «Dovrai passare sul mio cadavere, Mel. Non partirai. Fine della discussione.»

Chiusi la porta del bagno e presi a pugni la cesta della biancheria.

Dopo essermi fatta una doccia veloce e indossato i miei vestiti da jogging, raggiunsi Cat che mi aspettava comodamente seduta sul mio letto mentre parlava al telefono.

«Sta tranquillo, farò attenzione. Sì, grazie per avermi avvisata.» Io le passai accanto per raccogliere le mie scarpette gettate in un angolo e lei disse al telefono «Adesso devo lasciarti, a dopo!»

«Martin?»

«No. Sei pronta?»

«Sì, chi era?»

«Quante domande! Andiamo signorina!»

Mi superò saltellando ed io la seguii fuori. Non incontrai mia madre ma incrociai lo sguardo risentito e ferito di Michael. Ingoiai il senso di colpa e accolsi con un gemito l'aria umida del primo mattino che mi colpì il viso. Strizzai un po' gli occhi. New York era grigia e un po' fredda, l'asfalto era ancora bagnato dalla pioggia della sera precedente e c'erano pozzanghere sparse qua e là.

Catherine alzò il cappuccio della sua felpa ed attraversò la strada correndo. Io cercavo di stare al suo passo ma evidentemente avevo i muscoli ancora in coma.

«Da quando poltrisci?»

«Non è vero quello che si dice sai... che il riposo aiuta...»

«Abbiamo appena cominciato!»

«Piuttosto, da quando tu sei così agile e scattante?»

«Da quando Jake mi ha costretta a correre con lui in questi mesi.»

La gola mi divenne secca in un secondo solo. «Come?» Fu l'unica cosa che riuscii a dire.

Lei si strinse nelle spalle e non distolse lo sguardo dal mio. «Tua madre ce l'aveva praticamente a morte con lui per il tuo incidente, nemmeno ti avesse spinta lui sotto a quella dannata macchina. Quindi veniva a trovarti quando era sicuro che lei

229

non ci fosse e credimi, è stato molto difficile perché non ti lasciava mai da sola se non era strettamente necessario. L'unica persona che poteva riferirgli come stavi, ero io. Ho dovuto litigare anche con Martin quando ci vedeva insieme fuori scuola.» Alzò gli occhi al cielo e io le sorrisi in risposta, comprendendo la gelosia di Martin. «Poi, un giorno mi confidò che veniva a correre qui ogni mattina e da allora, per tenerlo aggiornato sulle tue condizioni, ho fatto questo piccolo sacrificio… mi devi un favore insomma.»

«Ho lasciato Jake.» Le confessai. Una confessione netta e decisa. Catherine mi guardava come se le avessi detto che il negozio di *Gucci* avesse chiuso i battenti.

«Tu, cosa? Perché?» Esclamò con un po' troppa enfasi.

«Perché ho la vaga sensazione che tu non ne sia poi più di tanto sorpresa?»

«No, non è vero. Sono sorpresa. Sono sorpresissima.»

Sospirai, comprendendo di colpo la verità. «Hai parlato con Jake, vero?»

«Sì.» Confessò.

«Okay, allora non devo raccontarti nulla. Sai già tutto.»

«Oh no, invece devi perché, uno non hai dato una spiegazione a quel poveretto e due, devi una spiegazione anche a me. Ma cosa ti prende?»

Ignorai il freddo e mi misi a sedere per terra, sul marciapiede bagnato. La prova che quella non fosse la mia migliore amica era evidente dal fatto che anche Cat si mise a sedere al mio fianco. Forse era lei quella che aveva subito un trapianto di personalità.

«Ti va di provare a spiegarmi?»

«Io non riesco ad essere me stessa, con Jake. Mentre con te sembra non essere cambiato nulla, diamine, anche con mia madre non è cambiato niente, con lui invece…» ma non riuscii a terminare la frase perché ancora non capivo cosa stesse realmente accadendo.

Catherine sembrò assorbire le mie parole e dopo pochi istanti mi disse «Melanie, c'è una cosa che non ti ho mai detto e vorrei farlo adesso. Semplicemente: grazie. Grazie a te ho trovato il coraggio di farmi avanti con Martin e grazie a te, Martin ha trovato il coraggio di provarci, e guardami...» aggiunse, quando io iniziai a mordicchiarmi la guancia e scostai lo sguardo dai suoi occhi alle mie mani. «Sono quasi sette mesi che stiamo insieme ed io sono felicissima. Che razza di amica sarei se non ti aiutassi con Jake?»

Le strinsi una mano nelle mie. «Non devi ringraziarmi, Cat. Ma per quanto io lo desideri non puoi aiutarmi con Jake.»

«Perché no?»

«Perché...»

«Cosa?»

«E' da sciocchi...»

«No che non lo è. Questa cosa vi sta facendo stare male entrambi!»

Come facevo a spiegare a Catherine quello che sentivo senza che mi considerasse una pazza? «Sento che il mio cuore lo vuole ma è come se fosse il mio corpo a non volerlo più. Io ci tengo a lui, Catherine. Ma quando siamo insieme non sento più le farfalle...» mi sentii in colpa per quella piccola bugia, in fondo avevo un cimitero di farfalle al centro esattó del mio stomaco. Ma sapevo che non si sarebbe arresa se non l'avessi convinta che non riuscivo a stare al suo fianco. Dovevo farlo, per salvaguardare me stessa e Jake.

Dopo qualche attimo di silenzio la mia amica esclamò «Questo sì che è un problema.» Per Cat, sentire le farfalle significava tutto.

Jake

«C'è qualcosa che devo poter fare!»
Calpestavo i resti dei miei mobili sparsi per tutto l'appartamento, incurante dei graffi che mi decoravano i palmi e le braccia. Rachel se ne stava appollaiata sul davanzale e guardava i passanti di Brooklyn correre verso i loro lavori, verso le loro vite.
«Sai bene che non c'è niente che puoi fare.»
«No che non lo so! Non siamo mai arrivati a tanto, Rachel. Tra due settimane Melanie compirà diciotto anni. Tra due settimane le barriere crolleranno e lei non ha ancora recuperato i ricordi di Eyshriin!» Ero esasperato, e quello stato d'ansia era accresciuto dal fatto che sembravo l'unico spaventato da quello che sarebbe potuto succedere. Le barriere non erano mai crollate prima perché tutte le Prescelte erano morte prima di aver compiuto diciotto anni, adesso mancavano due settimane. Solo due settimane e i demoni avrebbero potuto varcare il confine, avrebbero potuto rientrare nel Neraka e tormentare la Terra, ed avrebbero cercato tutti la stessa cosa, ciò che Dorkan voleva: Melanie.
«Sappiamo bene entrambi che non è questo ciò che ti affligge.»
Quella voce mi fece trasalire. Keith se ne stava appoggiato allo stipite della mia porta con noncuranza mentre spostava lo sguardo svogliato e ironico da me a Rachel.
«Ma tu guarda! Ciao demone, è da un po' che non ci si vede.»
«Mi sei mancata, Rachel.»
«Tu nemmeno un po'.»
«Cosa vuoi?» Chiesi, interrompendo il loro stupido battibecco.
Lui si strinse nelle spalle mentre raccoglieva uno dei quattro piedi di quella che era stata una sedia da cucina. «Nulla. Solo sapere come stavi.»

«Benissimo. Ora che lo sai puoi andare via.»

«No, non posso. Ho bisogno che tu faccia una cosa per me.»

«Cosa?»

«Sta lontano da Melanie per un po'. Devo valutare quanto i ricordi di Eyshriin sono vigili e presenti.»

Serrai i pugni e mi concentrai sui movimenti delle spalle di Rachel per mantenere la calma e non perdere la concentrazione. Stare lontano da Melanie? Cosicché lui potesse avere campo libero? Mai.

«Hai detto ciò che dovevi, ora va via e sappi una cosa, se c'è una persona che deve stare lontano da Mel, quella sei tu.»

«Io, dici? E dimmi, come gestirai Eyshriin quando si risveglierà? Hai notato che questa volta c'è qualcosa di diverso, vero? Non escluderei la possibilità che quando i ricordi affioreranno, Melanie non sarà altro che un guscio vuoto riempito da Eyshriin. Per te sarà incredibilmente doloroso vedermi stringere il suo corpo tra le mie braccia, non credi?»

Mi avventai su di lui che non esitò a colpirmi con il pezzo di legno che ancora stringeva tra le dita, conficcandomelo nello stomaco.

«Angioletto, cerca di capire un cosa. Tu sei disposto a lottare per quella mortale ed io non me ne starò qui a compatirti per questa stronzata. Ma se Eyshriin è lì dentro le cose cambiano. Lei sarà mia. Sempre.»

Melanie

Decisi di rientrare presto dalla corsa con Cat. Non ci eravamo allontanate poi molto da casa. Lei mi aveva ricordato del ballo di Primavera a cui non avrei partecipato e mi sentii un po' più depressa. Avrei voluto tanto andarci con Jake, ma non potevo. Prima di tutto perché rischiavo di colpirlo con il tacco di una scarpa, non potevo escluderlo, e poi perché ci eravamo lasciati. La storia più breve del secolo: un solo giorno di pace e tranquillità.

Dato che non volevo starmene da sola, Cat aveva spostato i suoi impegni con Martin e aveva deciso di portarmi fuori a cena.

Quando rientrai c'era mio padre ad aspettarmi. «Bentornata.»

«Ciao.»

«Come ti senti?»

«Bene.» E gli regalai un sorriso. A differenza di mia madre, mio padre capiva sempre quando qualcosa non andava. Quando lo guardavo così da vicino non notavo alcuna somiglianza tra di noi, io ero il riflesso esatto della mamma, che mi piacesse o meno. Ma almeno, il carattere lo avevo ereditato da mio padre, per mia fortuna.

«Oggi ho litigato con tua madre.»

«Benvenuto nel club.» Borbottai.

«Non vuole lasciarti partire.»

«Fortunatamente, la tua potestà vale quanto la sua.»

«Vero, ma volevo invitarti a riconsiderare la situazione Mel.»

Sciolsi i capelli e li lasciai ricadere pesantemente sulle spalle.

«No, papà. Adesso più che mai ho bisogno di andare via da qui. Non farti convincere dalla mamma, per favore.»

Era già abbastanza terribile dover far i conti con la smania che avevo di voler chiamare Jake o peggio, di fiondarmi a casa sua, di nuovo. Non potevo sopportare un'altra festa come quelle che organizzava mia madre e logorarmi mentre cercavo lui in ogni persona, e annegare poi nella delusione quando nessuna di loro si sarebbe rivelata essere lui. Avrebbe fatto terribilmente male.

La mia vita era cambiata drasticamente. In quei cinque mesi di incoscienza le vite degli altri erano andate avanti mentre io ero rimasta indietro e stavo ancora cercando di riassestarmi, di fare passi avanti e seguire la direzione che tutti avevano già imboccato. Ma mentre loro correvano io mi stavo ancora allacciando le scarpe.

Non volevo permettere al mio incidente di condizionare la mia vita e non avrei permesso nemmeno a mia madre di usarlo come un pretesto per controllarla o per tenermi lontana da mio padre.

«Come vuoi, piccolina.»

«Mi raccomando, vecchio.»

Lui mi passò una mano tra i capelli sudati. «Forse è il caso che vada a farti una doccia.»

Ridacchiando per la sua faccia disgustata salii le scale a due a due e mi chiusi nel bagno. Mi infilai sotto la doccia e lavai via un po' della preoccupazione che mi pesava sulle spalle oltre che al sudore della breve corsa mattutina.

Non sapevo dire se parlare con Cat mi avesse fatto realmente bene, ma sapere che avevo qualcuno con cui sfogarmi e potermi confidare mi faceva sentire il cuore più leggero.

Quando passai davanti allo specchio fui costretta a tornare sui miei passi. Avevo intravisto un qualcosa di rosso che aveva attirato la mia attenzione, ma quando osservai la mia immagine riflessa intravidi sempre la solita Mel. Soliti capelli castani, soliti occhi marroni, solita me insomma.

Rientrai in camera e trovai mia madre che guardava fuori dalla mia finestra e disse «Tuo padre non vuole saperne di lasciar perdere e dato che la sua parola per la legge vale quanto la mia, non posso fare altro che appellarmi al tuo buon senso. Ti supplico Mel, ho passato cinque mesi d'inferno! Cinque mesi vissuti con la paura di non poterti rivedere. *Non andare via.*»

Lasciai cadere l'asciugamano sul bordo del letto mentre alcune ciocche bagnate si incollavano al mio collo e alle mie spalle nude. Indossavo una canottiera e le mutandine, non mi ero portata dei vestiti puliti in bagno.

«Mamma, ho bisogno di partire. Per te sono stati cinque mesi difficili, lo capisco. Ma devi capire che per me è ancora un giorno di ottobre. Io voglio andare con papà e se dovesse succedermi qualcosa, anche lì esistono gli ospedali. Adesso vorrei vestirmi, per piacere.» Mia madre mi guardò afflitta scuotendo il capo e mi lasciò sola.

Indossai una gonna nera lunga fino al ginocchio e un maglioncino di cachemire color crema e vi abbinai un paio di stivali bassi. Non mi truccai, e lasciai i capelli sciolti.

Mi mancava Jake.

Controllavo il cellulare alla forsennata ricerca di un suo segno e continuavo a sperare di rivederlo e nonostante questo, la mia mente continuava a distorcere l'immagine del suo bellissimo viso sovrapponendolo ad un altro. Più volte mi ero immaginata Jake con gli occhi viola o i capelli neri.

Speravo che col tempo quegli incubi scomparissero, perché già era abbastanza difficile dover cercare di mantenere la mia sanità mentale, non potevo rischiare di spazzare via anche i frammenti del mio cuore. Avrebbe significato dire addio a Jake per sempre e non ero pronta a separarmi da lui per un tempo così eternamente lungo.

Martin stava fumando lentamente una sigaretta, poi mi vide e mi sorrise.

«E' bello rivederti.»

«Già. Devo essere stata un po' fuori dal mondo, vero?»

«Un po'. Tornerai a scuola?»

«Questo lunedì, credo. Anche se sarà davvero per poco.»

«Ti vedo bene.»

Annuii. «Anche tu stai molto bene.»

«Andiamo a prendere Cat?»

«Mi dispiace portartela via per questa sera.»

Lui mi fece salire in auto e poi mi seguì. «Non preoccuparti. Avete bisogno di stare insieme, lo capisco. Per Cat è stato un periodo molto difficile. E' stata dura per lei non averti al suo fianco.»

Percorrevamo lenti le strade di New York quando Martin frenò di colpo e disse «Ma questo è un pazzo!»

Mi affacciai per vedere meglio cosa avesse causato quel trambusto. Notai un ragazzo fermo in mezzo alla strada, incurante delle auto e dei passanti che lo guardavano preoccupati. I suoi occhi cercarono i miei e quando li trovarono mi si fermò il respiro. Quel ragazzo era incredibilmente somigliante a Keith.

Capelli neri, occhi viola, indossava persino un mantello!

Poi si inchinò, fece un cenno della mano verso Martin come per scusarsi e tornò a confondersi tra la folla.

«Cose da pazzi, non trovi?»

Deglutii. «Già. Da pazzi.» Sussurrai.

Quando arrivammo fuori casa di Cat avevo quasi accantonato l'immagine di quello sconosciuto che mi aveva trafitta con i suoi occhi magnetici, e prima che il mio cervello potesse insistere nel cercare di convincermi che quel tizio fosse proprio Keith, mi concentrai sulla sagoma della mia migliore amica che ci aspettava sul marciapiede.

Immaginai che in quei cinque mesi Cat avesse compensato la mia assenza con lo shopping. Non riconoscevo più i suoi abiti. Quella sera sfoderava un vestito verde aderente ed un coprispalle argentato.

«Tua madre non controlla più i tuoi abiti?»

«Certo!» Disse e poi mi indicò la borsa nera incredibilmente grande e gonfia.

«Dove ti sei cambiata?»

«Nel bar qui dietro.»

Martin stringeva la bocca e guardava con la coda dell'occhio il profilo delle gambe di Cat. Lei gli fece l'occhiolino e lui tornò a concentrarsi sulla strada, a metà tra il divertito e il nervoso.

«Martin, non trovi che sia bellissima vestita così?» Lo stuzzicai.
«Non ricominciate, eh! Avevo dimenticato quanto poteste essere assurde voi due quando siete insieme!»

Cat gli sorrise con uno sguardo che speravo di non vedere mai impresso sul mio volto, e Martin le lanciò un bacio. Io finsi di infilarmi due dita in gola e vomitare.

Quando giungemmo a destinazione mi finsi offesa. Se le mie scarpe non avessero toccato il suolo non ci avrei mai creduto: Cat mi aveva portata in un *Mc Donald's*!

«Non ci credo che mi hai portata qui.»

«Non fare la snob! Da piccola lo adoravi e so che in fondo sei ancora un'amante del pericolo!»

«Del pericolo?»

«Non ricordi? Dicevamo sempre che era questo il motivo che ci spingeva ad ingozzarci come due maiali. Eravamo amanti del pericolo e al mondo non esiste nulla di più pericoloso delle calorie che uno solo di questi panini ci farà assimilare! Insomma, siamo ragazze coraggiose!»

Era vero, eravamo coraggiose.

Trascorrevamo la maggior parte delle nostre sere nei *Mc Donald's*. Se non eravamo diventate due balene era solo perché mia madre ci aveva scoperte.

«Io sono ancora coraggiosa, e tu?» Si informò con un ghigno. Conosceva già la mia risposta.

«Lo sono!» Esclamai ridendo.

«Magari vai a prendere un tavolo mentre io faccio la fila?»

«Okay. Non dimenticarti il ketchup!»

Lei rise. «Vuoi essere trasgressiva stasera!»

«Sì!»

Non c'era un tavolo vuoto e fui costretta ad aspettare che una coppia di fidanzatini smettesse di avviluppare le proprie bocche in quello che doveva essere un bacio passionale, ma che ai miei occhi appariva come la scena di un film horror. Ma nonostante tutto, provai una fitta di invidia per le due piovre che avevo davanti.

Quando liberarono il tavolo mi misi a sedere e aspettai con ansia l'arrivo di Cat. Non avevo molta fame ma era bello passare del tempo con la mia amica.

«Non puoi avere idea! Una marea di gente… »

Cat posò il vassoio davanti a noi, afferrò una patatina e se la portò alla bocca e mentre io cercavo di cospargere di ketchup la mia porzione, quello mi finì sul maglione in pieno petto.

«Merda.» Esclamai mentre Cat grugniva un «Cazzo.»

«Qualche altro sinonimo o epiteto?» Le chiesi, trattenendo a stento una risata isterica.

«Mel, tesoro, ma come hai fatto?»

«Vallo a capire! Il coma mi avrà reso scoordinata come un bradipo!» Sbuffai, guardando il mio maglioncino imbrattato di ketchup. «Vado in bagno e cerco di toglierlo.»

«Rischi di far ingrandire la macchia.»

Alzai gli occhi al cielo. «Non posso certo restare conciata così!»

«Aspetta!» Afferrò la sua borsa e tirò fuori una maglietta incredibilmente rosa. «Lo so che non è tra i tuoi gusti, ma è tutto ciò che ho, okay?»

Dovevo scegliere: maglioncino con ketchup o magliettina rosa?

Afferrai quel confettino e filai in bagno, cercando di coprire quella dannata macchia.

Ovviamente, mi scontrai con qualcuno e rovesciai il contenuto del suo vassoio ma almeno, avevo salvato la maglia di Cat.

«Oddio, mi dispiace. Mi scusi.»

«Non importa.»

Mi ero già inginocchiata nel vano tentativo di aiutare a raccogliere ciò che avevo fatto cadere ma quella voce mi paralizzò il braccio.

Incrociai un paio d'occhi azzurri e mi strinsi al petto la maglia di Cat.

Non sarei mai riuscita a dimenticarlo, ad andare avanti, se continuavo ad incontrarlo ovunque, ogni giorno.

Anche Jake non sembrava molto felice di vedermi, ma era come se anche lui non potesse fare a meno di squadrarmi dalla testa ai piedi. Si soffermò più volte sulla mia gonna, notai un po' soddisfatta e un po' imbarazzata.

Poi tornò a guardarmi negli occhi. Quando il suo sguardo mi trafiggeva con quei suoi maledetti occhi era come se riuscisse a vedere realmente me, quella che ero in verità. Quello sguardo andava oltre le apparenze, oltre il mio maglione sporco di ketchup. Mi toglieva il respiro e mi fece tremare le ginocchia.

«Cosa ci fai qui?»

«Non avevo nulla in casa e non ho avuto tempo di fare la spesa.»

Non avevo il diritto di chiedergli spiegazioni eppure gliele avevo appena chieste. Che stupida!

«Tu sei sola?»

«No. C'è Cat sopra che mi aspetta.»

«Capisco.»

«Io allora vado.»

«Non farlo.»

Il mio cuore tremò. Desideravo sentire quelle parole e desideravo che mi chiedesse di restare anche se non potevo.

Sapevo che mi avrebbe travolta quell'ondata di emozioni negative come sempre mi succedeva quando lui era al mio fianco.

Anche se continuavo a ricevere messaggi che mi intimavano di non fidarmi di lui, in realtà io non sapevo se potevo fidarmi di me stessa. Il cuore mi diceva una cosa, il corpo un'altra e la mia mente ancora un'altra.

«Devo, Jake. Devo farlo. Devo allontanarmi da te e tu... tu devi dimenticarmi.»

Lui sorrise mestamente. «Dimenticarti? Come posso dimenticarti se dovunque mi giro ci sei tu? Quando sono a scuola, spero di vederti vicino al tuo armadietto. Quando sono a casa ripenso alla prima volta che ti ci ho portata. Non capisci Mel? Tu sei ovunque. Sei alla radio, sei nelle vetrine dei negozi. Dannazione, sei presente persino nella mia colazione! Come posso dimenticarti se sei dentro di me, attorno a me, sempre?»

Sapevo che era sbagliato desiderare ciò che desideravo, e cioè lui, ma non riuscii a trattenere un sospiro di piacere dopo aver sentito quelle parole. Mi avevano accarezzato l'anima distrutta e adesso il loro significato stava cullando dolcemente i frammenti del mio cuore cercando di ricomporlo.

Mi resi conto, nello stesso istante in cui una folata di rabbia mi investiva, di amarlo. Luce e tenebra che si scontravano e confondevano l'una nell'altra.

Anche se quello era ciò che volevo dirgli in realtà gli dissi «Problema tuo. Adesso lasciami passare.»

Capitolo Sedici

Keith

Osservavo Melanie e Jake da lontano. Erano ridicoli i suoi tentativi di avvicinarla, eppure non potevo fare a meno di notare quanto la situazione fosse sbagliata, distorta.

Su sessantatré Prescelte che avevamo perduto, lei era la sola che ancora non aveva recuperato i ricordi, era la sola ad essere sopravvissuta oltre il venti di Dicembre ed era l'unica che continuava a farsi chiamare con il proprio nome.

Detestavo ammetterlo, ma non riuscivo a capire che progetti avesse Eyshriin.

Era come brancolare nel buio alla ricerca anche di una semplice lucciola. Lei, che era sempre stata un libro aperto per me adesso, mi risultava illeggibile.

La voce di Jake mi riscosse dai miei pensieri. «Cosa ci fai qui?» Mi chiese, la voce ferma ma debole. Provai quasi un moto di pietà nei suoi riguardi.

«Osservo i tuoi sciocchi ed inutili tentativi con Melanie.»

Jake fremeva di rabbia. Le spalle gli tremavano e immaginavo quanto gli costasse non spalancare le sue ali. Gli sorrisi. «Sembri teso.»

Mi mise una mano attorno alla gola senza stringere. I suoi occhi non erano più azzurri ma striati d'argento.

«Bene, bene! Qualcuno qui si è innamorato! Mi chiedo cosa ne possa pensare il Consigliere…»

«Taci! Se non ti uccido qui ed ora non è solo perché non posso, perché credimi, arrivato a questo punto ti ucciderei senza pensarci un solo secondo! Ma ho bisogno che tu risponda ad una domanda.»

«Hai sempre tante domande da farmi. Cosa vuoi sapere?»

«Cosa succede con Eyshriin?»

Mi liberai dalla sua presa e mi massaggiai il collo. Sentivo sulla pelle i segni delle sue dita.

«Cosa intendi?»

«L'altra sera mi hai detto che lei è tua. Quindi la percepisci.»

«Tu no?»

«Sì. Ma rispondi alla mia domanda. Cosa le sta succedendo? Perché si sta comportando così?»

«Non lo so, me lo stavo chiedendo anche io. Non si è impadronita di lei, è come se...»

«Come se...?»

«Non lo so. Non so spiegarlo, okay? Ma non possiamo abbassare la guardia.»

«Dimmi un'altra cosa: è opera tua?»

«Come sempre, non capisco cosa intendi.»

«E' colpa tua se Mel si comporta in questo modo?»

«Mi piacerebbe prendermene il merito, ma no. State facendo tutto voi.»

Lui mi voltò le spalle e andò via. Non seppi dire se mi avesse creduto o meno, ma poco importava. Melanie si era appena seduta al tavolo con la sua amica per mangiare il suo panino.

Jake si appostò all'altro lato del locale. Adesso anche lui doveva osservarla da lontano, come me.

Melanie

Il mio panino era freddo ed il mio stomaco chiuso. Avevo raccontato a Cat dello spiacevole incontro con Jake. Sembrava che fossi costretta a doverlo incontrare sempre, a riaprire sempre quella ferita.

Così, dopo aver cenato rientrammo a casa. Fortunatamente c'era Martin con la mia amica.

Filai dritto in camera mia ed indossai il mio solito pigiama, un paio di boxer femminili ed una canottiera.

«Posso entrare?»

La voce di mio padre fu un piacevole distrattore e mi concentrai su di lui. «Sì, vieni.»

«Per degli impegni lavorativi dovrò partire tra due giorni. Mi chiedevo se volessi partire con me o aspettare.»

«No. Voglio venire con te.» Dissi di slancio.

«Melanie, lo sai che ti voglio bene e che non desidero altro che averti con me ma, devo ammettere che tua madre non ha tutti i torti.»

Alzai gli occhi al cielo e sbuffai. «No per piacere, non iniziare anche tu. Ho capito che siete tutti preoccupati e che nessuno si convince di questa mia guarigione miracolosa. Cioè, non ho subito danni cerebrali, non ho avuto difficoltà nel riprendere in mano la mia vita, e capisco che possa far paura e far credere che non sia normale e sai cosa? Forse è così, forse non è normale. Ma io ho bisogno di partire papà, ne ho davvero bisogno perché da quando mi sono risvegliata io non riesco più a stare bene, da quando ho riaperto gli occhi mi è sembrato di trovarmi in un mondo che non avevo mai visto e che non mi piace.» Non mi ero resa conto che stavo piangendo finché le lacrime non mi solleticarono il collo, le asciugai spazientita e guardai mio padre che mi sorrideva tranquillamente.

«Volevo solo che ne fossi sicura. Allora tra due giorni partiremo.»

«Papà, che giorno è oggi?» Gli chiesi di soppiatto.

« Il dodici Marzo, tesoro. »

«Okay! Ora chiamo Cat...»

«Ma se vi siete appena viste!» E mi lasciò sola salutandomi con la mano e scuotendo la testa. Lo sentì mormorare qualcosa tipo "le donne."

In realtà non volevo parlare con Cat ma volevo restare sola. Cacciai la mia valigia che era stranamente piena. C'erano ancora i vestiti che avevo infilato mesi prima per il viaggio della scuola a cui non avevo partecipato.

Rovesciai tutto sul letto ma infilai dentro il mio abito azzurro. Lo avrei indossato per la cena con mio padre per il mio compleanno.

Dovevo resistere solo due giorni. Due giorni e tutto sarebbe andato bene, avrei potuto respirare senza rompere la bolla in cui volevo rifugiarmi. Due giorni e poi avrei potuto abbandonarmi a me stessa.

«No! Non di nuovo!» Esclamai.

Non era possibile che fossi di nuovo lì, in quella stessa stanza.

Non era la prima volta che mi capitava di rivivere gli stessi sogni per più di una notte, ma quello in cui ero stata catapultata aveva un che di reale che mi terrorizzava.

«Mi dispiace, Melanie. Ma al momento, questo è l'unico modo in cui posso parlarti.»

«Vuoi dire che sono opera tua? Non è uno scherzo della mia mente?»

«Sì. I sogni sono opera mia.»

Trattenni il fiato e poi lo rilasciai violentemente. Sembravo pronta per un attacco di panico.

«Perché?» Gli chiesi. Volevo imprimere in quella parola tutto lo sdegno e la disperazione che provavo. Non ne potevo più di vivere cose strane, volevo tornare alla normalità.

«Perché abbiamo bisogno di te Melanie. Tu sei la Prescelta.»

«Cosa significa?»

«*In te scorre il sangue di un Angelo Bianco e di un Angelo Oscuro.*»

Fissai i suoi bizzarri occhi viola e poi mi guardai le scarpe per quell'assurdità. Almeno ero sempre vestita.

«*Sì, certo.*»

«*Dopo che mi sono mostrato a te non mi credi ancora?*»

Quella domanda fece scattare un campanello d'allarme. «*Il ragazzo che abbiamo quasi investito... eri tu, allora?*»

«*Non so, conosci qualcun altro dagli occhi così meravigliosi?*»

"*Meravigliosi quanto i tuoi no. Ma forse anche più belli...*"

Lui mi guardò contrariato ed io arrossii. «*Comunque sì, ero io.*» *Rispose.*

Era come se il mio cervello avesse iniziato a lavorare furiosamente ed interrottamente. Perché lui mi era così familiare? Sentivo di conoscere alla perfezione il suo viso, le striature dorate dei suoi occhi e la forma dei suoi muscoli.

«*Quando mi sono svegliata dal coma, ho gridato il tuo nome. Perché?*»

Non era la domanda che volevo formulare, ma era una delle tante che mi stavano affollando la mente.

Continuava a ronzarmi un nome nella mente: Etherna. Volevo sapere se Etherna stava bene. Se fosse ancora viva.

«*Keith!*»

Gridai il suo nome spaventata mentre crollavo sul quel pavimento inconsistente. Strinsi i pugni ma fu come afferrare l'aria. Nonostante avvertissi il pavimento su cui mi ero appena inginocchiata, quello sembrava non esserci.

Le braccia di Keith mi sostennero e i suoi occhi viola si fissarono sulla mia bocca.

Quando lo vidi avvicinarsi a me sussurrando un nome sconosciuto ma non molto, qualcosa di simile ad "Eysh", desiderai svegliarmi.

Il mattino arrivò e inaspettatamente mi trovò vigile e attenta. Potevo decisamente abbandonare la sveglia, occupava solo spazio sul mio comodino.

Visto che sarei partita il giorno dopo, decisi di andare a scuola, almeno avrei impiegato in qualche modo le ore che mi separavano dalla libertà. Indossai l'uniforme, inviai un messaggio a Martin e Catherine e poi decisi di truccarmi. Non lo feci per un motivo preciso, né tantomeno per vanità ma volevo uscire un po' dalla mia pelle, non essere più Melanie ma qualcun altro. Un brivido mi attraversò e notai la finestra aperta. Poggiai la fronte sul vetro e ripensai al sogno di quella notte.

Forse non era vero che il mio cervello non aveva subito danni, qualcosa doveva essere andato storto, forse avevo bisogno di uno psicologo o peggio, di uno psichiatra.

Cacciai dal mio armadio la mia vecchia borsa e scesi silenziosamente le scale. Sapevo che mia madre avrebbe ostacolato il mio tentativo di tornare alla mia vita.

Ma avevo dimenticato che anche Maggie era sempre sveglia e vigile.

«Vai da qualche parte?»

«A scuola.»

Mi aspettavo una ramanzina ma invece, mi mise tra le mani un sacchetto che emanava lo stesso profumo della panetteria dove mi rimpinzavo sempre di morbide brioche. «La colazione. Non dimenticare che è il pasto più importante della giornata.»

«Grazie Maggie!» Le sorrisi grata e affrontai un'insolita giornata di sole. Mi guardai attorno circospetta, avevo la sensazione che qualcuno mi stesse osservando ma non vidi nessuno se non Martin, che fumava una sigaretta mentre se ne stava appoggiato all'auto.

«Eccomi!»

Lui sobbalzò e la sigaretta gli cadde per terra. « Cristo, Mel!»

«Scusa. Non volevo spaventarti.»

«Sei diventata assurdamente silenziosa. Non ho sentito nemmeno i tuoi passi. Eppure quelle dannate scarpe che indossate per la scuola fanno un rumore pazzesco!»

Dovevo averlo terrorizzato perché di solito non imprecava. «Mi dispiace.»

«Non importa. Andiamo prima che tua madre ti acciuffi.»

Prima di voltarmi a controllare entrai in auto, poi sbirciai l'ingresso del mio palazzo. Non dovevo essere stata così silenziosa, perché vidi mia madre stringersi nella vestaglia come se volesse strozzarsi.

Cat ci aspettava pochi isolati più avanti, stringeva tra le mani tre bicchieri di *Starbucks* e così ne afferrai uno per facilitarle l'ingresso in auto.

«Cappuccino per tutti.» Annunciò contenta.

«Grazie, amore» le rispose Martin, che infilò il suo bicchiere nell'apposito spazio accanto al sediolino.

Cat si fece rossa ed evitò di guardarmi. Io dal canto mio, non avrei scherzato su una cosa del genere. Anche io desideravo che una cosa così bella potesse capitare a me, ma la mia vita amorosa era uno scherzo del destino e non sarebbe successo tanto presto che un ragazzo si potesse rivolgere in quei termini alla sottoscritta. O meglio, che lo facesse il ragazzo che io volevo.

Uscii velocemente dall'auto e lasciai i piccioncini a salutarsi. Mentre aspettavo Cat mi fissavo i piedi.

Ero a scuola. Un luogo che frequentavo da anni, dove c'erano persone che conoscevo eppure, mi sentivo un pesce fuor d'acqua.

«Hai paura?»

La voce di Cat mi fece trasalire. «Perché dovrei averne?»

«Beh, è qui che hai avuto l'incidente. Temevo che…»

Scossi il capo per tranquillizzarla. «Non preoccuparti, non provo nessuna sensazione negativa verso la scuola o verso la strada o le auto. Mi sembra solo strano essere qui. E' come se questo non fosse più il mio posto.»

«Hai fatto qualcosa ai capelli?»

«Come?»

«Sembrano rossi…»

«Ancora? No. Forse è solo il sole.»

«Già. Entriamo?»

«Okay.»

Lei mi prese a braccetto ed insieme varcammo l'ingresso. Solo in quel momento ricordai che il giorno dopo sarei partita e che non avevo detto nulla alla mia migliore amica. «Devo dirti una cosa, Cat.»

«Dimmi.»

«Domani parto con mio padre.»

«Lo immaginavo.»

«Ah sì?»

«Sì. La prima cosa che fai quando insorgono dei problemi con le persone a cui vuoi bene è fuggire. Lo fai sempre, lo fai anche con me. Con me però ti basta rinchiuderti in una biblioteca o in una libreria. Considerando che ce ne sono centinaia è più probabile che io riesca a trovare Atlantide che te. Quindi, con Jake che spunta ovunque, anche dove non ti immagineresti mai... ho semplicemente fatto due più due. Credo che New York non sia abbastanza grande per tenervi lontani.»

Avrei dovuto piangere per la verità di quelle parole, ma preferii sorridere dinanzi all'evidenza di quanto Catherine mi conoscesse bene.

«Già.»

«Mi dispiace solo che ti perderai il ballo di Primavera.»

«Beh, come se avessi avuto qualcuno con cui andarci.»

«Se proprio insisti nel voler sapere come la penso, sappi che hai chi vorrebbe portarti ma sei solo troppo spaventata.»

«No, Cat. Non è quello.» Come potevo spiegarle che desideravo fargli del male quando mi era vicino? Quando volevo provare a spiegargli ciò che sentivo... era semplicemente inspiegabile, e per quanto Catherine mi conoscesse a fondo non avrebbe mai capito, perché io stessa non riuscivo a comprendere ciò che stava accadendo.

«Parli del diavolo...»

Sapevo che Jake era lì, era stato il mio cuore ad avvisarmi, o meglio il suo battito assordante.

«Acqua passata dici? A me non sembra!»

Cat mi diede una spinta talmente forte che per poco, non mi fece capitolare su Jake. Lui mi afferrò per le spalle, senza alcuno sforzo.

Fu come toccare una presa della corrente con le dita delle mani bagnate. Nonostante la stoffa dei nostri abiti, avvertivo distintamente le sue mani sulle mie spalle, come se mi stesse sfiorando direttamente la pelle, e non una camicia a quadri su cui indossavo un giubbino di jeans leggero.

Era una sensazione bellissima e terrificante.

«Tutto bene?» Mi chiese.

«Sì... grazie.»

Feci un passo lontano da lui che però mi trattenne. Sapevo che le cose potevano mettersi male, anche se non avevo armi per ferirlo fisicamente, sapevo che le mie parole potevano avere il potere di distruggerlo. E di distruggermi.

Se ferivo lui, ferivo me stessa. Lo avevo già provato sulla mia pelle negli ultimi giorni e nonostante tutto, non potevo farne a meno.

«Vai di fretta?»

«Sì.»

Avrei fatto bene ad allontanarmi prima di dire qualcosa di molto stupido e fu quello che provai a fare. «Ora vado, ciao.»

«Melanie, aspetta.»

Avrei voluto ignorare quel suo ordine, ma contro ogni logica desideravo ascoltarlo. Mi voltai a guardarlo. «Cosa?»

Non volevo essere così fredda e distaccata, ma non potevo correre rischi. Era meglio che pensasse che non provassi più nulla per lui. Non volevo che soffrisse e se questo significava dover patire il doppio delle torture che infliggevo a lui, le avrei accettate con piacere. Almeno questo, glielo dovevo. Purtroppo non avevo spiegazioni da dargli. Cosa avrei potuto dirgli? Ero io quella che sbagliava ed ero sempre io quella che continuava a sbagliare.

«Possiamo parlare, per piacere?»

«Non credo sia una buona idea. Mi dispiace.»

Ignorando le mie parole mi prese la mano e mi chiese. «Domani parti?»

«Come lo sai?»

«Allora è vero.»

Annuii mentre i miei pensieri correvano alla mia migliore amica. Doveva essere stata lei, solo lei poteva averglielo detto. Ma quando? La sua domanda mi riportò con i piedi per terra.

«Tornerai per il ballo?»

«No.» Sperava di invitarmi? Che tragedia che era la mia vita. Il ragazzo che mi piaceva e a cui piacevo mi invitava al ballo ed io non sarei potuta andarci, viaggio o non viaggio.

«Spero che al tuo ritorno potremmo parlare un po'.» Confessò.

«Lo spero anche io.» Mi morsi immediatamente la lingua, consapevole del mio errore. Jake non avrebbe capito. E tanti cari saluti all'aria fredda e distaccata! Adesso sapeva che anche io desideravo parlargli.

«Se anche tu hai voglia di parlare con me, perché mi eviti?»

La campanella mi salvò da una bugia dolorosa. Senza guardarlo negli occhi e degnarlo di una risposta entrai in aula, liberandomi dalla sua presa.

In aula trovai Cat pronta ad assillarmi con le sue domande. Perché non mi credeva quando le dicevo che era una storia di secoli fa? Sì, nessuno ci credeva, nemmeno io e a quanto sembrava, nemmeno Jake.

«Hai preso i libri?»

«I libri?» Chiesi sgomenta.

«Sì. Quelli di storia.»

«Oh no...»

«Vai a prenderli, lo dico io al professore.»

Mi alzai di scatto e corsi fuori, dirigendomi verso il mio vecchio armadietto.

Mi trovavo a metà strada quando tutte le luci si spensero. La cosa non mi avrebbe spaventato normalmente perché, era mattina, fuori splendeva il sole e la mia scuola era ricca di finestre enormi. Ma il corridoio fu inglobato dal buio ed io provai un brivido di paura.

Cercai di non farmi prendere dal panico. Non poteva essere nulla di grave, nulla di serio. Ricordava solo un film horror. "Cosa vuoi che sia Mel? Roba da nulla".

Fu allora che le vidi.

Delle ombre avanzavano lente, un passo dopo l'altro. Ero paralizzata, avrei voluto correre o gridare in cerca di aiuto, ma l'unica cosa che riuscii a fare fu quella di appoggiarmi con le spalle al muro per evitare di cadere e battere di nuovo la testa.

Si fermarono lì, a pochi metri di distanza. Quando si divisero in due metà parallele. Erano un centinaio? Di meno? Non lo sapevo. Ciò che vidi in quell'istante ebbe il merito di calmarmi, ma anche intimorirmi.

Inizialmente, si trattava solo di un'ombra più scura delle altre, poi iniziò ad assumere sembianze ben chiare: quelle di un uomo. Ogni suo passo era accompagnato dal fruscio del suo mantello. Dei capelli lunghi gli accarezzavano le spalle come onde, l'espressione del suo viso era incorniciata dal solito scintillio viola.

Potevo sentire il martellare del mio cuore. Stavo rischiando un infarto? Iniziai a sentire le gambe tremare. Possibile che nella scuola non ci fosse più nessuno? Ero realmente pazza, allora?

Keith mi si avvicinò, ma non poteva essere reale. *"Non è reale. Svegliati Mel, avanti."*

Mi parlò in una lingua che non riconoscevo, non aveva alcun suono familiare. Non somigliava nemmeno ad una lingua vera e propria. Improvvisamente, l'esercito di ombre sparì. L'ultima cosa che mi disse fu: Eyshriin.

Capitolo Diciassette

Jake

Avevo capito che qualcosa non andava prima ancora che le tenebre avvolgessero la scuola.

E sapevo anche di chi fosse il merito.

Purtroppo, il compleanno di Melanie era vicino e le barriere stavano cedendo. Avremmo dovuto combattere, Melanie non ricordava nulla ed Eyshriin era un enigma, anche per Keith che, *teoricamente,* era il solo in grado di "comprenderla".

Un suono catturò la mia attenzione. Il cuore di Melanie.

Iniziai a correre e mi fermai quando la vidi appoggiata al muro, gli occhi chiusi e le mani strette al petto. Tremava ed aveva la fronte imperlata da gocce di sudore.

«Mel?»

Quando riaprì gli occhi mi fissò per un secondo, poi distolse lo sguardo e si guardò intorno.

«La luce… è tornata la luce…» sussurrò, mentre le labbra le tremavano. Quanto avrei voluto prenderla tra le braccia e consolarla!

«Te ne sei accorta?»

Lei si inumidì le labbra. «Dubito che qualcuno non se ne sia accorto.»

«Stai bene?»

Provai ad avvicinarmi a lei ma si scansò. «Sto bene. Devo solo…»

«Vuoi andare in infermeria?»

«No. Devo tornare a lezione.»

Rimasi a fissare la parete su cui si era appoggiata per qualche secondo, poi mi diressi verso il mio studio. Non mi sorpresi di trovarvi Rachel.

«Cos'è successo? Il Consigliere è furioso!»

«Keith.»

«Cos'ha fatto?»

«E' arrivato qui con un esercito di Ombre.»

«Mio Dio.»

Le mani mi tremavano. Non mi sorprendeva che Melanie fosse riuscita a vedere Keith, sapevo che ne era in grado, ma che avesse visto anche le Tenebre che lo accompagnavano quello sì che mi sorprendeva.

«Ha visto le Tenebre, Rachel.»

Sul suo viso apparve lo stupore. «Non è possibile.»

Le Ombre, o le Tenebre, altro non erano che la proiezione dell'esercito di Angeli Oscuri che difendeva e combatteva per il Neraka, l'esercito degli Angeli Oscuri.

«E' così.»

«C'è qualcosa che non va Jake.»

«Lo so, dannazione. Lo so!» Sbattei i pugni sulla scrivania e la guardai. «E' già incredibile che riesca a vederci anche quando non dovrebbe, ma se riesce a vedere le Tenebre vuol dire che è in grado di percepire anche la Luce, Rachel. E questo non va bene. Potrebbe ucciderla e poi…»

Lei mi sorrise, benevola. «Non va bene per te, vuoi dire?»

Sorrisi amaramente. «Sì. Sono un maledetto egoista, vero? Vorrei essere un comune mortale solo per poterle stare accanto e far finire quest'agonia che ci tiene divisi e mi preoccupa che lei possa scoprire la verità su di me.»

«Magari la prenderà bene.»

«Le ho mentito, Rachel.» Mentre le dicevo quelle parole compresi quanto fossero vere. Melanie non poteva sopportarc le menzogne, me l'aveva ripetuto più volte. «Come pensi che reagirà quando scoprirà che io so tutto? Che sono mesi che l'ho seguita, osservata. Che so perché sta male ma non posso dirle niente? Non finché i suoi ricordi, i ricordi di Eyshriin, non affioreranno alla sua memoria. Come pensi che mi senta sapendo che colui che può svelarle la verità è Keith? Ha visto le Tenebre e ne è rimasta sconvolta, tremava! Non posso essere sicuro che davanti alla Luce la sua reazione possa essere diversa. Posso accettare che non riesca a starmi vicino, ma non riuscirei a sopportare il pensiero che lei possa avere paura di me.»

La porta si spalancò e Keith comparve, con l'aria spavalda. Mi avventai contro di lui ma Rachel mi trattenne.

«Non di nuovo, Rachel. Non difenderlo di nuovo, maledizione!»

«Non sto difendendo lui, Jake. Sto difendendo te stesso.»

«Oh oh… suppongo che tu non gli abbia riferito ancora le novità.»

Arrestai la mia furia e guardai Rachel. «Cos'è successo? Di che novità parla?»

Lei congelò con uno sguardo il demone e poi sospirò. «A quanto pare Keith sta facendo progressi con i ricordi di Melanie, cioè i ricordi di Eyshriin.»

Ero certo che non fosse la verità perché lui non si era mai avvicinato a Melanie. «E come?»

Lui mi guardò con la sua solita aria di superiorità ed afferrò una delle caramelle che avevo sulla scrivania, uno stupido regalo del professor Butler.

«Beh, mi hai reso la vita piuttosto difficile con questa storia del fidanzatino geloso e così sono dovuto ricorrere ad uno dei miei trucchetti.»

«Cosa le hai fatto?» Ribollivo di rabbia. Si era avvicinato a lei nonostante gli avessi intimato di non farlo. Nonostante sapessi che doveva farlo.

«Nulla, le ho solo fatto qualche visitina, ma la tua ragazza è molto cocciuta.»

«Dimmi subito cosa le hai fatto, bastardo!»

Lui rise ed io mi ritrovai tra le mani il Pugnale. «Stai calmo, angioletto. Mi sono introdotto nei suoi sogni e a quanto pare ha funzionato. Qualcosa si sta smuovendo nella sua testolina.»

«Cosa intendi dire?»

«Intendo dire che le difese della sua mente stanno cedendo. Sono affiorati dei ricordi, dei nomi. Si chiede chi sia Eyshriin e chi Etherna… e soprattutto, il suo cuore mi ha riconosciuto.»

Mi liberai dalla presa di Rachel e scagliai il pugnale contro di lui. Keith si smaterializzò in quell'istante, proprio quando la lama trafisse la porta inerme alle sue spalle.

Melanie

Nessuno dei miei compagni o compagne parlava del buio che ci aveva avvolti. Solo io lo avevo percepito o visto.

Le stranezze continuavano ad accumularsi, ed io non avevo tempo di trovare le risposte giuste a domande che non avevo nemmeno iniziato a pormi.

Al termine delle lezioni abbracciai Catherine e le promisi oltre il solito souvenir, una confezione di tè inglese, come regalo da Londra.

Lei mi indicò un punto alle mie spalle e vidi che Jake mi aspettava. Ero combattuta tra i miei sentimenti contrastanti. Anche se la cosa giusta era ignorarlo per evitargli ulteriori delusioni non potevo partire così, non dopo quello che era successo poco prima e prima ancora…

Mi avvicinai a lui e l'allarme inesistente nella mia testa si attivò provocandomi un fastidio persistente e difficile da ignorare.

«Ciao, Melanie.»

«Sii veloce. Devo finire di preparare le valige.» Dannazione! Solo cinque minuti di pace, era chiedere troppo?

«Solo un minuto, okay?»

Forse ascoltare non mi costava nulla, non avrebbe comportato alcun tipo di difficoltà.

«Sii veloce.» Ribadii, cercando di sembrare meno arrabbiata.

Era una bella giornata primaverile, mi dispiaceva lasciare quel leggero sole per andare incontro al clima umido di Londra ma ne ero sicura, mi avrebbe fatto bene cambiare aria, anche se più fredda o umida. Avrebbe aiutato me stessa, mi avrebbe permesso di schiarirmi le idee e forse, avrebbe aiutato anche Jake.

Ci sedemmo sui gradini d'ingresso e lui attirò la mia attenzione porgendomi un sacchetto che fissai sorpresa e confusa.

Impiegai qualche istante a capire cosa fosse: il mio regalo di compleanno. Sentii delle lacrime pungermi gli occhi. Nonostante lo avessi trattato malissimo, ferito e deluso in tutti i modi possibili, lui era ancora lì con un mezzo sorriso stampato in faccia, gli occhi tristi e tra le mani un regalo per me.

Sciolsi il nodo con molta delicatezza e lentezza. Avrei voluto che quell'istante durasse per sempre, ma sapevo che non era possibile. Una volta aperto quel nodo, tirai fuori dal sacchetto una scatolina di velluto nero. Guardai prima lui poi di nuovo il mio regalo.

Quando mi decisi finalmente ad aprirla, la prima cosa di cui mi accorsi fu un piccolo luccichio.

Adagiata su un piccolo cuscino di velluto giaceva una pietra a forma di mezzaluna. Al centro, vi era incastonato un brillantino azzurro. Lo stesso azzurro spettacolare dei suoi occhi.

La riconobbi dopo un po'. Era la stessa pietra che avevo trovato quel giorno a Central Park, quando ancora tra noi due le cose erano complicate e confuse, ma comunque più semplici rispetto ad ora.

Sollevai delicatamente quel ciondolo legato ad una catenina d'argento. Ne aveva fatto un bracciale.

«Dalla tua espressione direi che ti piace.» Mi disse speranzoso. Oh Dio! Come potevo deludere la sua meravigliosa espressione? Come potevo deludere le sue speranze?

«Non so cosa dire. E' bellissimo.»

«Lo penso anche io.»

Quando lo guardai, lui era lì che mi fissava senza battere ciglio. Sul viso aveva un'espressione di tormento e qualcosa che non sapevo descrivere, se non come nostalgia, paura e confusione.

Quanto avrei voluto cancellare il dolore che gli avevo causato, cancellare quell'espressione ferita e tormentata. Potevo provarci? Potevo farcela?

«Jake è fantastico. Anche se so di non meritarlo, grazie.»

Poiché non c'era nessun campanello d'allarme che mi costringeva a fargli del male o a dirgli delle cose cattive ne approfittai. In fondo, anche a me mancava terribilmente. Vederlo ogni giorno e non potergli parlare o parlargli ma ferirlo, volergli accarezzare il viso e le labbra ma non poterlo fare... era stata una tortura anche per me.

«Volevo darti qualcosa di mio. Qualcosa che ti facesse pensare a me anche mentre sarai via.»

"*Io ti penso sempre.*" «Grazie Jake. E scusami. Per tutto.» Banale, che razza di scuse erano mai quelle? Potevo almeno cercare di impegnarmi un po' di più. Cosa sarebbe potuto accadere altrimenti? Certo, avrei potuto cavargli un occhio, strozzarlo col bracciale che mi aveva regalato.

La sua voce mi distolse dai miei pensieri senza senso. «No. Scusami tu. Se non fosse stato per me quel giorno non saresti corsa via, e forse tutto questo non sarebbe successo.»

Alt, fermi tutti!

Credeva che fossi arrabbiata con lui per il mio incidente? Ma era assurdo! Lui non aveva colpe. Ero stata io la sciocca che si era fiondata in mezzo alla strada senza rispettare il semaforo!

Che idiota che ero stata. Nel tentativo di proteggerlo lo avevo costretto a vivere con un senso di colpa che mai avrebbe dovuto provare. Ma se non potevo risolvere i nostri problemi, almeno a quello potevo rimediare.

«Jake, non ce l'ho con te. Non è colpa tua.»

«Credimi Melanie, lo è.»

Dovevo approfittare di quei brevi istanti di tranquillità e così esplosi «Sai, per molto tempo non ho fatto altro che tormentarmi sui tuoi segreti. Del perché non volessi dirmi la verità o comunque, ciò che mi stavi nascondendo. E adesso, ironia della sorte, ti capisco Jake. Capisco quello che hai provato. Certo, non so nulla di te o del tuo passato o di quello che dovevi dirmi o che mi avresti detto ma… ecco, volevo solo che tu sapessi che non ce l'ho con te. Non più, perché adesso ti capisco.» *Adesso che anche io ho un segreto*.

Avevo pronunciato quel breve discorso con il fiato sospeso perché i campanelli d'allarme nella mia testa avevano iniziato ad assordarmi. La rabbia crebbe e l'odio si impossessò di me e così, nonostante i miei tentativi di tenere a freno la lingua, aggiunsi «Solo che dopo l'incidente sono cambiata. Ho altre priorità e tu non rientri tra queste.»

Ma era come se quelle parole mi fossero state messe in testa da qualcun altro e alle spalle di Jake, vidi Keith. In carne ed ossa. Era a pochi metri di distanza e mi fissava. Non potei fare a meno di incolpare lui per quelle crudeltà e mentalmente gli gridai contro.

"Perché mi fai questo? Cosa vuoi da me?"

Una voce, *la sua voce*, mi risuonò forte e chiara nella testa. "Voglio te".

«Capisco.» Jake mi riportò alla realtà, mi guardò con aria afflitta e gli occhi improvvisamente più scuri. Associavo quelle ombre al suo cattivo umore. Era arrabbiato. «Allora, auguri per il tuo compleanno».

Keith

Dopo aver assistito al congedo di Jake e Melanie raggiunsi Kayla che mi cercava da quella mattina.

La trovai seduta sul mio letto, gli occhi rossi puntati sulla finestra.

Quando entrai, lei scattò in piedi e mi colpì con un'ondata di potere che mi costrinse contro il muro.

«Cazzo, Kayla, sono io!»

La mia voce la riscosse dalla trance in cui era caduta e sbatté le palpebre come per mettermi a fuoco.

«Keith?» Sussurrò.

«Sono io.»

Lei mi venne incontro e mi strinse in un abbraccio che avrebbe ucciso chiunque altro. «Cosa succede?»

«E' stato qui, Keith. Lui è venuto qui.»

«Chi, Kayla?»

«Dorkan.»

Tremai nell'udire quel nome. Sapevo che sarebbe accaduto, prima o poi.

«Cosa cercava?»

«Cercava lei.»

«Chi?»

«Eyshriin.»

Mi rilassai. «Bene, allora ancora non sa…»

"Lo sa", guardai mia sorella sconvolto dopo aver letto i suoi pensieri. «Come sarebbe a dire *lo sa*?»

«Ho dovuto dirglielo, Keith. Ha ucciso Elia e ha minacciato gli altri angeli…»

Mi scostai da lei allontanandola con una spinta e mi avvicinai alla finestra. «Questo significa che andrà a cercarla.»

«Sì, ma non è quello il problema.»

«Ah no? E quale sarebbe, secondo te?»

«Keith, Dorkan non è mai stato confinato oltre la barriera.»

Guardai confuso e sbalordito Kayla. «Cosa significa?»

«Significa che sapeva già della prescelta. Lo sapeva da sempre.»

«Allora perché…» poi capii senza bisogno di ulteriori spiegazioni. Io ero il canale per trovarla, sapeva della sua esistenza ma non sapeva chi fosse né dove cercarla. «Maledizione! Vuole usare me…»

Dovevo avvertire il Consigliere e le conseguenze non sarebbero state piacevoli.

Capitolo Diciotto

Melanie

Quando rientrai in casa mia madre non c'era. Accesi il computer ed inviai una mail a Jake.

Non riuscivo a togliermi dalla mente il ricordo della sua espressione ferita e addolorata.

"Ciao Jake,

volevo scusarmi per il mio comportamento di questo pomeriggio. Ti ringrazio molto per il regalo, l'ho appena indossato e prometto di portarlo sempre. So che non puoi capirmi. So che non meriti tutto questo. Ti chiedo scusa, per tutto. Mel."

Prima di addormentarmi, per la prima volta dopo tanto tempo, pregai. Pregai di non sognare e pregai anche, che questo viaggio davvero fosse utile per aiutarmi ad affrontare i miei problemi e non rappresentasse una semplice fuga da essi.

Fortunatamente, le mie preghiere furono esaudite e al mio risveglio, dopo aver aggiunto gli ultimi effetti personali in valigia la trascinai giù per le scale. Ero pur sempre una ragazza e la valigia lo dimostrava. Pesava un quintale.

Mia madre mi aspettava, stretta nelle braccia di Michael e mi guardava tristemente. Mi abbracciò e mi diede un bacio leggero. «Qualunque problema, chiamami. Intese?»

«Va bene.»

Dopo quanto accaduto la sera precedente speravo che Jake riuscisse ad andare avanti, anche se questo significava andare avanti senza di me. Desideravo anche che continuasse a pensarmi, così come avrei fatto io. Ero egoista, ma il pensiero di una vita senza Jake era terrificante quanto il pensiero che lui si rifacesse una vita con un'altra.

Partimmo in perfetto orario. Mi ero dotata di due libri per le ore di viaggio che mi aspettavano. Avrei dovuto anche dormire, ma il pensiero di chiudere gli occhi mi terrorizzava. Sapevo anche che inevitabilmente avrei dovuto cedere a Morfeo, prima o poi.

Fu l'altoparlante a svegliarmi, annunciando il nostro arrivo a Londra. Avevo dormito quasi nove ore filate e cosa più incredibile, non avevo sognato.

Quando atterrammo accesi il cellulare, mio padre chiacchierava con una donna che aveva conosciuto a bordo ma io ero stanca di vederlo flirtare. Ero pur sempre sua figlia.

Il telefono mi segnalò l'arrivo di un messaggio, lo aprii e scoprii che era di Jake.

"Ciao Mel. E' stato un piacere. Non chiedermi scusa, di nulla. Spero che al tuo ritorno avrai voglia di spiegarmi cosa ti passa in quella testolina. Ti voglio più che bene. Jake."

"Ti voglio più che bene."

«Che dici, signorina. La prendi la tua valigia o ti aspetti che il tuo vecchio la trascini per Londra e dintorni? Ma perché sorridi mentre fissi il cellulare?» Scossi la testa e afferrai la valigia.

Entrammo nel parcheggio dell'aeroporto dove mio padre aveva lasciato la sua auto, una BMW per cui avrebbe ucciso anche me. O forse avrebbe solo sacrificato qualche parte di me se fosse stato necessario. Guai a toccargli la sua bambina ed in quel caso, non mi stavo riferendo a me stessa.

Il viaggio dall'aeroporto a casa di mio padre durava circa un'ora, tempo che impiegai pensando ai miei genitori.

Più passavo del tempo con mio padre, più mi chiedevo come fosse possibile tradire un uomo fantastico come lui. Ma la domanda corretta non era quella. Era incredibile che i miei genitori, così diversi l'uno dall'altra, avessero trascorso quasi dieci anni della loro vita insieme: mio padre e i suoi continui viaggi e mia madre e le sue... serate. Mio padre, e la voglia di stare in casa davanti al caminetto con la sua famiglia, mia madre e il suo amante.

Okay, dopo anni dovevo ammettere che Michael non era male, ma era pur sempre l'uomo che aveva distrutto giorno dopo giorno la mia famiglia, ogni giorno si prendeva un pezzo di mia madre portandola via da noi, minuto dopo minuto lei era più sua che nostra. Forse era per questo che certe volte non la riconoscevo, forse era per questo che molte volte non sentivo che lei fosse realmente mia madre. Fortunatamente non avevano avuto altri figli dato che i loro problemi erano sorti dopo la mia nascita.

Quindi, la cosa veramente strana era che mia madre e mio padre fossero riusciti a sopportarsi per anni. Ah, *l'amore*!

Dovevo condividere l'idea di Cat, anche se immaginavo che non fosse più di quest'avviso negli ultimi tempi, secondo cui Cupido ha semplicemente una mira di merda, tutto qui.

«Hai fame?»

«Abbastanza.»

«Colazione? Cappuccino e brioche al cioccolato?»

«Mi leggi nella mente!»

Dopo aver fatto colazione, raggiungemmo il suo appartamento, un loft enorme dal quale si intravedeva Trafalgar Square. Avevo anche un piccolo spazio che potevo definire la mia camera. Nulla a che vedere con quella che mi ero lasciata alle spalle. Pareti bianche, parquet, un letto singolo, una scrivania e per finire, un cassettone per le mie cose. Lo stretto necessario insomma. Il portatile lo avevo portato con me da casa. Respiravo aria di casa tra quelle quattro pareti disabitate più di quanto la percepissi a New York.

Dopo aver sistemato le mie cose, operazione che mi richiese parecchio tempo, andai nella cucina-salotto dove trovai mio padre, intento a dipingere.

«Da quando dipingi?»

«Un hobby per il tempo libero.»

Iniziai a guardarmi attorno, oltre a dipingere stava anche cucinando. Questo significava che avevo perso un'intera giornata a sistemare solo le mie cose e la linea internet. Assurdo! Ma erano le otto di sera, l'orologio non mentiva.

«Hai sentito la mamma?» Chiesi mentre spiavo da sopra la sua spalla il suo ritratto. Era un limone, quello?

«Ha chiamato circa tre ore fa preoccupatissima.»

«Credo di aver dimenticato di avvisarla.»

«E' bello sapere che certe cose non cambiano.»

«Papà? Ma quello è un…»

«Sì. E' un sole. Ti piace?»

«Un sole?»

«Pensavi fosse un limone, vero?»

Dopo una cena a base di carne rossa e patatine, decisi che potevo anche andare a dormire.

La prima cosa che feci però, prima di spegnere il computer, fu di controllare le e-mail.

Una di Cat. Un'altra ancora di Cat ed infine, una di Jake.

Senza esitare aprii la sua, col cuore in gola.

Ciao Melanie. Qui già si sente la tua mancanza. Non vedo l'ora di rivederti e magari, parlarti. Mi piacerebbe capire cosa sia successo tra di noi. Da parte mia, non è cambiato nulla, voglio che tu lo sappia. Ho intenzione di mantenere la mia promessa, non ti ho mentito quando ti ho detto di aver bisogno di te. Mi manchi Mel. Tuo, Jake.

Non sapevo cosa rispondergli e lasciai perdere per il momento. Ci avrei pensato l'indomani mattina. Solo quando mi stesi sul letto mi sentii assalire dalla stanchezza.

Un po' affaticata e un po' terrorizzata chiusi gli occhi, sperando di non sognare.

Purtroppo, non fui così fortunata.

Jake

Tutto il Consiglio era stato riunito, i Sette Angeli e i Cacciatori. Eravamo tutti presenti.

Il Consigliere avanzava e tormentava la sua tunica bianca. Nella sala regnava il silenzio. Le informazioni di Keith ci avevano messo in allerta, me soprattutto.

Dorkan cercava Melanie. Adesso sapeva chi cercare e dove. O almeno, sulla seconda parte, credeva di sapere dove. Kayla, l'Angelo Oscuro e sorella di Keith, non era a conoscenza del viaggio di Melanie e se prima avevo maledetto Londra, adesso la vedevo come una benedizione.

Avevamo ancora del tempo, non molto, ma era pur sempre qualcosa.

«Fammi capire bene, demone. Tua sorella ha rivelato l'identità della Prescelta?»

«Sì, Signore. E' stata torturata da Dorkan.»

«E sostiene che Dorkan non sia mai stato rinchiuso oltre la barriera tra i mondi?»

«No, Signore.»

«Come ha scoperto tutto ciò?»

«Perché Dorkan si è presentato nel Neraka, Signore, e ha ucciso uno dei nostri» poi vide lo sguardo scettico del Consigliere e si corresse «uno dei miei.»

«Mi è giunta voce che anche tu hai contravvenuto alle regole.»

«Quando lo avrei fatto?»

«Hai portato un esercito di Ombre sulla Terra.»

«Non era mia intenzione disobbedire agli ordini. Dovevo riuscire a smuovere i ricordi di Eyshriin, Signore. Tra pochi giorni la ragazza compirà diciotto anni, siamo in balia delle onde e di sicuro non siamo mai arrivati così lontano. Ma adesso, con Dorkan che la cerca e sa chi cercare, abbiamo un problema.»

«Un problema dici? Io lo definirei più un disastro dalle dimensioni colossali» intervenni. Il Consigliere mi guadò ed aggiunse «Anche tu, Jake. Nonostante l'opportunità data non sei riuscito ad ottenere risultati se non quello di innamorarti di una mortale.»

Sentii i mormorii dei miei compagni e dei Cacciatori ma non li degnai di uno sguardo, tenni lo sguardo fisso in quello del Consigliere.

«Mi rendo conto di non aver portato a termine la mia missione, ma i miei sentimenti per la Prescelta non si sono mai intromessi nelle mie priorità.»

«Adesso menti, Jake?»

«Come?»

«Più volte i tuoi sentimenti hanno preso il sopravvento. Hai mai pensato che se tu e la mortale non vi foste avvicinati così tanto, magari quel giorno lei non avrebbe avuto quell'incidente?»

«Signore…»

«Comunque non siamo qui per giudicare te, angelo. Ora abbiamo questioni più urgenti.» Il Consigliere guardò Keith, che non lasciava trapelare alcuna emozione. «Demone, tieni d'occhio la mortale. A quanto pare tu sei in grado di farlo con maggiore discrezione rispetto a Jake. Quando sarà il momento, portala al sicuro nel Neraka. Intesi?»

Scattai in piedi. Se Melanie fosse stata portata nel Neraka, io non avrei mai potuto vederla.

«Signore! La prego…»

«E tu, Jake. Collaborerai con lui. Quando sarà il momento lo aiuterai a portarla nel suo mondo e poi tornerai ai tuoi compiti effettivi. Quando la ragazza sarà pronta e, soprattutto, se sarà ancora viva, verrà scortata qui nell'Arkena per fare la sua scelta. Sono stato chiaro?»

Strinsi i pugni ed annuii.

Non potevo disobbedire ad un ordine così diretto.

La sala si svuotò in fretta ma sentivo i mormorii dei presenti. Ero io il centro dell'attenzione ma non mi importava. Rachel e Flohe mi raggiunsero immediatamente.

«Come stai?»

«Sono furioso.»

«Sapevi che sarebbe successo.» Disse Flohe.

«Non mi interessa. Io…»

«Cosa?»

Flohe mi guardava imperterrito, lo sguardo glaciale fermo su di me. «Rinunceresti alle tue Ali per lei?»

«Se io e Melanie sopravvivremo a tutto questo e lei mi vorrà ancora… sì. Rinuncerò a tutto per lei. Rinuncerò a qualunque cosa».

Melanie

Non riuscivo a controllare i miei brividi. Non era la prima volta che sognavo quel luogo ma in quel preciso istante ne avevo paura. Un conto era considerare i sogni dei semplici sogni, un conto era vederli trasformarsi in realtà. Avevo paura di quello che Keith mi avrebbe rivelato, avevo paura di lui.

«Non avere paura, Mel.»

La voce di Keith mi fece tremare ancora di più. Era viva, era reale.

Provai a gridare, volevo fuggire ma non fui in grado di fare né l'una né l'altra cosa. Avevo un qualcosa che mi premeva in gola e mi impediva di emettere alcun tipo di suono.

«Non temere, ti restituirò la voce se prometti di non gridare e di ascoltarmi.»

Scossi la testa. Non volevo saperne niente. Se, come pensavo, la colpa di quanto mi stava accadendo era la sua, non gli avrei concesso il beneficio del dubbio. Non lo avrei ascoltato.

«Non ti sveglierai finché io non lo deciderò, ed io non ti lascerò andare finché tu non mi
 ascolterai.»

Mi aveva intrappolata. Era come un gatto che giocava con la sua cena.

«Hai tante domande che ti ronzano per la testa, Melanie. Perché non prometti di ascoltarmi e magari io rispondo a qualche domanda?»

"Ok" mi arresi. Non potevo fare altro.

«Ti ringrazio.»

Fu come tornare a respirare: riuscii a sentire qualcosa salirmi su per la gola e uscirmi dalle labbra. La mia voce era tornata.

«Ti supplico… non comparirmi davanti all'improvviso…»

«Sarò davanti a te tra tre, due, uno…»

Nonostante mi avesse avvisata emisi un gridolino, che cercai di reprimere tappandomi la bocca con le mani. Non volevo che mi privasse ancora della voce.

«Ciao, Melanie.»

«Keith…» mormorai affranta, speravo quasi non si facesse vedere.

Lui mi sorrise.

Perché mi sorrideva?

«Sei tu che mi fai sorridere.»

«Potresti smettere di ascoltare i miei pensieri?» Chiesi irritata. Già era difficile non avere più il controllo della propria vita, se adesso dovevo preoccuparmi di perderlo anche sui miei pensieri sarebbe stata la mia fine.

«Certo.»

Per quello che mi sembrò un tempo infinito nessuno di noi spiccicò una parola.

«*Immagino di dovermi conquistare la tua fiducia. Avanti, fammi una domanda.*»

«*Voglio sapere la verità. Chi sei e cosa sta succedendo?*»

Sentivo freddo anche se avevo capito che non c'erano temperature atmosferiche nel luogo in cui mi trovavo. Mi accarezzai le braccia nude e la mia mano strinse il bracciale che indossavo, quello che Jake mi aveva regalato. Mi tranquillizzai quando le mie dita lo sfiorarono, era come se lui fosse stato lì, accanto a me.

«*Hai una domanda che ti preme molto di più di quella che mi hai appena fatto, non è così?*»

«*Non avevi detto che non avresti ascoltato i miei pensieri?*»

«*Non ho bisogno di ascoltare i tuoi pensieri, Melanie. Sono mesi che ti osservo e sono mesi che ti poni sempre la stessa domanda.*»

Cambiai argomento. «*Dove ci troviamo?*»

«*Sei nel Neraka.*»

«*Sembra così… diverso.*»

«*Perché ci troviamo all'esterno, fuori dalle mura.*»

Mi guardai attorno. Ero accerchiata dal nulla, una distesa di tenebra, nera e immensa. Davanti a noi si stagliava una foresta oscura.

Guardai anche Keith, che mi osservava come uno scienziato che fissava ammaliato la sua cavia. Per questo le parole che mi rivolse furono inaspettate.

«*Una volta sostenevi i miei sguardi senza timore.*»

«*Come?*»

«*No, non è ancora il momento per questo.*»

«*Ok. Non è ancora il momento per questo, adesso rispondi alle mie domande. Chi sei e cosa sta succedendo?*»

«*Sei tenace.*»

Non era tenacia, ma disperazione. Preferivo credere che una volta scoperta la verità, finalmente, sarei potuta tornare alla mia vita.

«Io sono un Angelo Oscuro ed ho il compito di difenderti. Tu sei la Prescelta, possiedi il sangue di due specie diverse: quello degli Angeli Bianchi e degli Angeli Oscuri. Il mio compito è quello di difenderti da Dorkan, un Angelo Oscuro che mira ad ottenere il tuo sangue per poter oltrepassare i confini dell'Arkena. Un regno inaccessibile per chi non possiede la Luce.»

Avrei voluto ridere ma la sua espressione era terribilmente seria. Per questo mi trattenni dal contraddirlo e mi decisi ad assecondarlo. Tutto quello che volevo era tornare a casa.

«Perché io?»

«Tu sei la Chiave. Il tuo Sangue può distruggere le Barriere. Mentre gli angeli possono viaggiare indisturbati tra il loro mondo e la Terra, noi demoni siamo relegati nel Neraka.»

«Ma io ti ho visto! L'altro giorno, nella mia scuola...» Possibile che l'avessi solo immaginato?

«Io sono un caso speciale.»

«Perché?»

«Ancora no, Melanie. Non ancora.» Lui mi si avvicinò e aggiunse «Non ricordi nulla?»

«Cosa dovrei ricordare?»

«Mi lasceresti provare una cosa?»

Mi mise una mano sulla spalla e quel contatto scatenò in me una specie di corrente elettrica. Immediatamente, il mio pensiero corse a Jake. Era il solo che mi aveva provocato quel tipo di sensazione e provarla adesso, con Keith, non mi aveva dato lo stesso piacere, ma ci era andato molto vicino. Era sbagliato provare quelle sensazioni con lui eppure, le provavo lo stesso. Sentivo le sue mani sulle mie spalle, sentivo i suoi

272

occhi che mi sfioravano. Sentivo addirittura il suo respiro intrecciarsi col mio.

«Cosa vuoi provare?» Chiesi confusa.

«E' incredibile.» Scosse il capo e lasciò cadere le mani. «Di solito basta poco per riaccendere l'interruttore dei tuoi ricordi.»

«Che significa tutto questo?»

«Lo scopriremo col tempo.»

«Ti prego, Keith. Lasciami andare. Non voglio che ci siano altre volte o un futuro a tutto questo... io voglio tornare solo alla mia vita.»

Il suo sguardo si incupì immediatamente. «Vuoi tornare da Jake, vero?»

Strinsi i pugni. «Lo sapevo! E' colpa tua quello che è successo tra noi due, vero?»

«No, Melanie. Quello è merito tuo. Dei tuoi ricordi ancora sopiti.»

Ma un'altra domanda mi ronzava nella testa e, anche se fuori luogo, la feci lo stesso. «Il mio incidente ha qualcosa a che fare con questa storia?»

Immaginai che tergiversasse o eludesse la domanda, la sua disponibilità e franchezza invece mi colsero alla sprovvista, erano sconcertanti.

«Sì e avresti dovuto restarne uccisa.»

«Perché sono ancora viva, allora?» No che non ne fossi felice, ma... insomma, mi trovavo in un grande casino.

«Hai avuto una mano dall'Alto.» Sbuffò con un ghigno stampato in viso.

Okay, non voleva rispondermi o non poteva, o checchessia. Io non volevo approfondire comunque. Immaginavo che parlare della propria morte provocasse un certo disagio a chiunque.

«Perché Dorkan vuole me? Insomma, cosa ci guadagna in tutto questo?»

«*Il Potere. Un potere immenso. Non solo quello delle Tenebre ma anche quello della Luce. Sarebbe il padrone incontrastato di ogni cosa, di ogni mondo e di ogni creatura.*»

«*Ma dubito che questi Angeli della Luce siano disposti ad offrirglielo.*»

«*Non posso rispondere a queste domande Melanie, non adesso.*»

Quei campanelli che non sapevo di avere mi misero in allarme. Keith mi stava mentendo e non perché non potesse dirmi la verità, lo stava facendo deliberatamente. Fui sfiorata da una leggera sensazione di delusione e timore, una piccola fitta di dolore al petto e un forte senso di orgoglio.

«*Prendi questo con te, al tuo risveglio lo troverai al tuo fianco.*»

Mi porse un pugnale e aggiunse «*Così ti convincerai che non si tratta solo di un sogno e capirai che non potrai liberarti di questa situazione semplicemente convincendoti che non è reale. A tempo debito poi, ti insegneremo ad usarlo.*»

«*Ma io...*»

«*Adesso puoi svegliarti, Melanie.*»

Capitolo Diciannove

Melanie

Sbattei le palpebre tre, quattro volte. Ero nella mia camera a Londra. Sentivo il lento russare di mio padre provenire dall'altra stanza. Controllai l'ora: le sette del mattino.

Non mi decidevo ad alzarmi mentre continuavo a fissare il soffitto.

Ero felice di festeggiare il mio compleanno con mio padre, ero felice della possibilità di allontanarmi dal caos di New York e dall'evento che di sicuro mia madre avrebbe organizzato. Non sarebbe stato più il mio compleanno, sarebbe diventato qualcosa di megalomane da far finire sul *New York Times*.

Quest'anno sarebbe stato diverso: infatti si sarebbe rotta una barriera tra i mondi e saremmo stati invasi dai demoni. Evviva!

Okay, Keith era stato convincente ma non dovevo dimenticare che era solo un sogno e che io ero sopravvissuta ad un incidente a) senza un graffio o danno evidente e b) con una ripresa senza pari, inaudita.

Sentivo il bisogno di farmi una doccia, il sudore che mi imperlava la fronte era appiccicoso e l'aria umida di Londra non faceva che peggiorare la situazione. Dovevo ammettere che anche il mio odore non era dei migliori. La sera prima mi ero addormentata negli abiti con cui avevo viaggiato.

Il getto d'acqua sulla pelle mi rilassò e mi distese i muscoli resi tesi dalla tensione. La voce di mio padre dissolse la bolla di vapore in cui mi ero rintanata.

«Piccola, tutto okay?»

«Sì.»

«Sicura? È più di un'ora che sei lì dentro!»

Più di un'ora? «Arrivo!» Chiusi l'acqua e mi avvolsi nell'accappatoio.

Mi infilai un paio di leggins e la mia maglietta lilla lunga. Poi, dopo aver raccolto i capelli in uno chignon mentre erano ancora bagnati, infilai un paio di converse ai piedi, scarpe che avevo accuratamente nascosto prima che mia madre le scovasse e gettasse via.

Mio padre aveva preparato la colazione e mi aspettava diligentemente seduto a tavola con un giornale stretto tra le mani.

«Tua madre mi ha detto di prepararti dei pasti semplici, tipo latte con cereali integrali.»

«Noto con piacere che non l'hai ascoltata» dissi, indicando il piatto di uova e bacon che fumava ancora.

«Per non farti perdere le tue *sane* abitudini newyorkesi!»

«La mamma ne sarà felice.»

«Certe cose non cambiano.»

«Lei non cambia.»

Il mio cellulare reclamò la mia attenzione e mi affrettai nella sua direzione, ma quando riuscii a scovarlo nascosto tra le lenzuola ed il materasso, notai un luccichio. Spostai molto delicatamente le lenzuola nel verso opposto e raccolsi tra le mani il pugnale che Keith mi aveva offerto come prova di quanto affermava.

Mio padre mi chiamò temendo che la colazione che mi aveva preparato si raffreddasse. Nascosi il pugnale sotto il materasso, in attesa di trovargli una migliore sistemazione.

Se mai lo avesse trovato non avrei saputo spiegargli come ci fosse finita un'arma tra le mie lenzuola. "Sai papà, ogni notte uno sconosciuto che afferma di essere un angelo passa a trovarmi nei miei sogni e ha deciso di regalarmi un coltello enorme e molto affilato. Per tagliare il pan di spagna della mia torta, *ovviamente*..." No, non avrei saputo spiegarglielo.

Ancora scossa cercai di trangugiare qualcosa ma il cibo sembrava essere un ammasso di pietra che trovava difficoltà a scendere lungo la mia gola ormai secca.

«Allora, che programmi abbiamo per il tuo compleanno?»

«Una passeggiata, una cena e magari un bel film?» Proposi con la bocca non proprio piena.

«Non è un programma diverso da quello a cui sei abituata?»

Sorrisi furbamente. «E' per questo che mi piace già!»

Mio padre sorseggiava ancora il suo caffè quando mi disse «Come va con Jake?»

Quando sul mio stomaco crollò un enorme masso di tristezza e confusione rinunciai definitivamente alla colazione. «Che ne sai tu, di Jake?»

«Dopo essere stata più di cinque mesi in coma e averlo visto quasi ogni giorno al tuo capezzale, oltre che sempre in contatto con Catherine, non credi che io abbia fatto due più due o mi credi un imbecille completo?»

«Con Jake le cose vanno male, okay? Non devi andare a lavoro?»

«I tuoi tentativi di cacciarmi sono pessimi quanto il tuo modo di mentire, bambina mia!» Si alzò da tavola e dopo avermi dato un bacio sulla fronte mi lasciò da sola in cucina, con la mia colazione quasi intatta ed un pugnale da nascondere.

Dopo aver cercato per quasi un'ora, decisi che lo studio di mio padre era l'unica soluzione possibile al mio problema. I suoi libri erano antichi e nessuno (nemmeno io) aveva il permesso di toccarli quindi, dovevo essere salva dalla domestica di mio padre, Charlotte, che sarebbe arrivata di lì a poco.

Amavo quella stanza e l'odore dei libri di cui era pregna. Ma non ero lì per scovare un nuovo libro in cui perdermi, ero lì per affidare loro un mio segreto.

Dopo aver nascosto il pugnale, aspettai che il mio battito rallentasse. Quando mi sentii pronta a comportarmi normalmente mi fiondai nel mio buco alias camera da letto. Controllai le mail e lessi quella di Cat. Era emozionata per il ballo e nonostante fossi partita da solo un giorno avvertiva già la mia mancanza: "era come l'avermi ritrovata per poi perdermi nuovamente in un battito di ciglia".

Ricordandomi del ballo mi chiesi, non senza una punta di gelosia, se Jake vi partecipasse e soprattutto, con chi. Era uno di quegli eventi a cui anche i professori prendevano parte e l'idea che qualcuna delle mie compagne o una delle sue colleghe, o l'avvenente bionda con cui lo avevo trovato ad abbracciarsi giorni prima, cioè mesi prima, potessero accaparrarsi un ballo con lui tra le sue braccia, mi faceva vedere rosso e dare di matto.

Uscii di casa con lo scopo di distrarmi dal pensiero di Jake e presi un taxi che mi portò a James's Square dopo che avevo chiesto all'autista di indicarmi una biblioteca ben fornita.

Una volta lasciata la mia borsa in uno dei tanti armadietti, andai spedita nel settore "mitologia", anche se non sapevo ancora cosa cercare e cosa aspettarmi.

Dopo quasi due ore trovai cose di poco conto, ma se assemblavo i pezzi ne veniva fuori qualcosa del genere:

"Gli Angeli si suddividono in due fazioni: gli Angeli Oscuri e gli Angeli della Luce. Con i primi si designano coloro i quali, dopo la Caduta dal Paradiso, scelsero di seguire Lucifero negli inferi. Con i Secondi, si fa riferimento a coloro che operano nella Luce dei Cieli. [...]

Gli Angeli Oscuri hanno ali e capelli neri perché i colori del Cielo non gli apparterranno mai più. [...]

Dopo essere stato rifiutato dal Paradiso, Lucifero affidò sei gradi diversi a coloro che lo seguirono. I primi che si erano schierati dalla sua parte furono nominati Principi, ed avevano poteri immensi, secondi solo ai suoi.

Poi vi erano i Ministri che, prima di scegliere da che parte schierarsi valutavano le posizioni migliori.

Coloro che avevano esitato, ma poi erano stati ammaliati dalle promesse di potere e si erano uniti al suo seguito, furono nominati Granduca.

A loro seguivano i Generali e i Luogotenenti ed infine, i Demoni. [...] e così Lucifero punì quelli che non avevano scelto, che erano stati travolti solo dall'onda d'urto e non diede loro alcun potere, solo forza bruta ed omicida. [...]

I Demoni vagavano liberamente tra il Neraka e la Terra. Razziavano i villaggi, uccidevano i mortali e gli Angeli senza alcuna pietà.

I figli nati dalle unioni immorali di Angeli Oscuri e mortali erano noti come Nephilim. [...] E siccome i Nephilim erano crudeli quanto i loro genitori furono proibite le relazioni tra Angeli Bianchi ed Angeli Oscuri con i mortali, poiché si temevano i frutti di quelle unioni. [...] I nove Ordini dell'Arkena, il paradiso degli Angeli della luce, crearono i Cacciatori e i Sette Angeli, i primi viaggiavano tra i tre Mondi per uccidere gli Angeli Oscuri che minacciavano l'equilibrio e i secondi, difendevano il Regno dei Cieli dai loro attacchi [...]"

Non trovai nulla che riguardasse la Barriera di cui Keith mi aveva parlato e nemmeno della Chiave o Prescelta come mi aveva definita. Poi c'erano solo assurdità sui vampiri, sui licantropi e se avessi voluto credere anche a quelle avrei fatto bene a chiedere aiuto ad una clinica psichiatrica.

Anche internet non fu molto utile. Avevo cercato ogni accostamento di parole possibile, ma oltre le storie di folklore che già conoscevo o che erano completamente assurde, non trovai nulla. Evidentemente, gli angeli non aggiornavano *Wikipedia*.

Il sole stava iniziando a calare, quando rientrai nell'appartamento di mio padre mi chiusi direttamente in camera, dovevo elaborare le informazioni e cercare di trovarvi un ordine.

Ma prima di tutto dovevo convincermi che anche se quelle informazioni non fossero state reali, i miei incubi, Keith e tutto quello che mi aveva raccontato, era tutto vero.

Sera del Diciannove Marzo 2014

Erano passati quasi quattordici giorni da quando ero arrivata a Londra con mio padre. Le mie notti erano sempre accompagnate da Keith che la maggior parte delle volte si limitava a fissarmi in silenzio, come se si aspettasse da un momento all'altro di vedermi trasformare in qualcun altro.

Prima di risvegliarmi, ripeteva sempre che i miei ricordi erano ancora sopiti e quando gli chiedevo di cosa stesse parlando non faceva altro che lasciarmi andare.

Jake era sempre presente nei miei pensieri anche se non sapevo dire se lo fossi io, nei suoi. Non mi aveva mai cercata, non mi aveva più scritto e, nonostante quel silenzio prolungato a cui eravamo stati tanto bravi a sfuggire in passato, i miei sentimenti per lui non erano cambiati di una virgola.

La sera prima del mio compleanno, me ne stavo comodamente seduta sul divano quando il telefono squillò. L'appartamento fu riempito dalla voce di mio padre che riecheggiava dalla segreteria e mi chiedeva di raggiungerlo al *Lab Bar*.

Indossai per l'occasione il mio abito azzurro, ma decisi di abbinarlo con delle semplici ballerine. Non avevo idea di cosa mi aspettasse né tantomeno riuscivo a intuire le intenzioni di mio padre e di sicuro, un paio di tacchi non mi avrebbero aiutato per un'eventuale partita a bowling o a minigolf.

Avevo poggiato la mano sulla maniglia quando i miei pensieri corsero al pugnale. C'era come una forza dentro di me che mi chiedeva di non uscire senza portarlo con me.

Entrai nello studio ed anche se ero sola, mi guardai attorno, avvertendo la sensazione di un paio d'occhi che mi perforavano la schiena e seguivano ogni mio gesto.

Infilai il pugnale nella borsa e chiamai un taxi, cercando di scrollarmi di dosso quella sensazione sgradevole.

Dopo quarantacinque minuti di traffico arrivai fuori al locale. Avevo già ricevuto circa una ventina di chiamate da parte di mio padre che si chiedeva che fine avessi fatto. Quando mi vide esclamò

«La mia bambina sta per diventare grande!» E poi mi guardò sorridendo da un orecchio all'altro.

Il suo alito non puzzava di alcool e quindi immaginai che quello che stesse sorseggiando fosse una semplice coca cola. Mi guardai attorno nel locale, mio padre rappresentava l'unico elemento fuori posto nella sua camicia color pesca e i pantaloni beige ed il solito cappello all'indiana Jones mentre tutti gli altri indossavano abiti molto eleganti.

«Sembri un pesce fuor d'acqua.» Constatai mentre sedevo sullo sgabello al suo fianco.

«Pensavo ti sentissi più a tuo agio qui.»

«Non capisco come tu abbia trovato un posto del genere…»

«Internet. Adesso dimmi che tipo di alcolico vuoi bere.»

Lo guardai alzando un sopracciglio, incredula. «Quello che bevi tu.»

Lui ricambiò il sorriso che mi era nato negli occhi e disse «Ottima scelta! Vedrai, ti andrà alla testa in un battibaleno!»

Dopo avermi costretta a due giri di ballo in cui ci dimostrammo entrambi scoordinati e fuori tempo, mi bendò. Mi sentivo ridicola e sentivo anche le risatine e i mormorii dei presenti nella sala.

«Avremmo dovuto avere più tempo per ballare e crearci una pessima reputazione, ma tu sei arrivata in ritardo.»

«E' stato il traffico.» E lo benedii. Non ero mai stata una brava ballerina e avevo intravisto il microfono su un piccolo palchetto. Sapevo che saremmo arrivati anche quello. Quindi, benedii anche il mio ritardo, anche se non sapevo di preciso per cosa fossi arrivata tardi.

«E' troppo stretta?» Mi chiese quando ebbe finito di annodare la benda.

«No. Va bene, credo.»

La musica cessò e non avvertii più nemmeno un respiro nella sala che fino a poco prima era gremita di gente.

«Papà?» Chiamai, ma invano perché lui non mi rispose. «Papà?» Lo chiamai più forte.

Avvertii dei passi che venivano spediti verso di me. Non era una sola persona, sembrava un esercito e subito temetti di ritrovarmi davanti un esercito di Angeli Oscuri o le loro ombre ma, solo Keith poteva raggiungere indisturbato la Terra, o mi aveva mentito?

Lo scalpiccìo si arrestò e delle voci intonarono una canzone di compleanno. Un paio di mani delicatissime mi sciolsero il nodo della benda e mi ritrovai davanti mia madre, Catherine, Margareth, Martin e Michael.

«Auguri!» Esclamarono in coro facendomi sobbalzare. Alle mie spalle mio padre mi abbracciò e mi baciò la nuca. «Non potevi credere che per i tuoi diciotto anni ti avrebbero lasciata in pace.»

Io risi e gli diedi un bacio sulla guancia.

Dopo aver abbracciato la mia famiglia, Catherine mi fece segno di voltarmi e alle mie spalle vidi Jake. Il mio cuore mancò una serie di battiti. Era ancora più bello di quanto ricordassi. Indossava una giacca e la cravatta e se ne stava seduto vicino ad un pianoforte che non avevo notato prima. Mi sorrise incerto mentre si avvicinava e il mio cuore si dimenticò completamente di riprendere la sua corsa e i miei polmoni esaurirono la riserva d'aria. Vederlo lì, in carne ed ossa, sentire il suo respiro unito al mio e le sue mani che mi sfiorarono una lacrima ribelle fuggita dal suo riparo, erano il regalo più bello che avessi mai ricevuto.

Mi portai una mano al polso e strinsi istintivamente il bracciale che non avevo mai tolto. Lui lo vide e mi sorrise, un sorriso caldo e carico di *qualcosa* che mi fece tremare le ginocchia e arrossare le guance. «Buon compleanno.» Sussurrò a voce bassa. Notai che il suo sorriso non aveva raggiunto gli occhi. Sembrava preoccupato e mi resi conto che avrei dovuto esserlo anche io. Quella notte le Barriere sarebbero crollate, ma non riuscivo a pensare ad altro che non fosse Jake.

«Grazie» risposi, imbarazzata ed indecisa. Poi, riacquistai un po' del mio vecchio carattere e gli dissi «Sono così felice che tu sia venuto.»

«Davvero?»

Il mio cuore si strinse per quell'incertezza e desiderai prendermi a pugni. «Sì.» Era così meraviglioso parlare con lui senza avvertire alcun desiderio omicida nei suoi confronti. Forse cambiare aria ed allontanarmi da lui per un po' era davvero quello che ci voleva.

«Allora sono contento di averti resa felice.»

Prima che potessi rispondere, Jake afferrò il mio viso tra le mani e mi baciò. Al principio lentamente, poi mi baciò come se quel bacio avesse potuto salvare l'intero mondo o farlo crollare ai nostri piedi. Era come un bacio di benvenuto e d'addio, aveva lo stesso sapore che avevano gli addii e gli ultimi baci. Era disperato e passionale come solo un ultimo saluto poteva essere.

Gli gettai le braccia al collo e, incurante dei miei genitori, lo ricambiai. Insomma, *"Carpe Diem"*.

Fu lui a sciogliere il contatto dei nostri corpi, gli occhi ardevano ma non celavano un'evidente agonia. Io non sentivo altro che le sue mani sul mio collo e il mio respiro pesante ed il suo che mi accarezzava il viso. Una sensazione di leggera serenità mi avvolse: non avevo voglia di ferirlo.

«Manca poco alla mezzanotte Mel. Tieniti pronta.» Mi disse serio.

Confusa e spaventata mi scostai da lui e lo fissai mentre un peso di piombo calava sul mio stomaco. «Cosa significa?»

«Tieniti pronta Mel. Tra due minuti arriveranno, sanno che sei qui.»

«Cosa? Chi? Vuoi dire che...»

«Ascoltami, adesso non ho il tempo di spiegarti ma non devi lasciar...»

La sua voce fu coperta da un boato e la sua vista mi fu celata dalle tenebre che calarono nel locale. Sentii le grida dei miei amici e della mia famiglia, feci un passo in avanti ma qualcuno mi tappò la bocca e persi conoscenza. L'ultima cosa che vidi fu un lampo viola. Keith aveva mantenuto la sua promessa. Era venuto a salvarmi.

Capitolo Venti

Melanie

Sentivo ancora le grida della mia famiglia quando riaprii gli occhi, per questo, quando mi accorsi che mi trovavo in una stanza che non avevo mai visto, fui presa dal panico. C'erano pareti azzurre a circondarmi e non vi erano sbarre alle finestre, non ero caduta prigioniera dunque.

Quando mi affacciai dall'unica enorme finestra che la camera possedeva, la prima cosa di cui mi accorsi fu che il cielo era ancora più azzurro di quanto lo ricordassi, maestoso ed imponente, assolutamente meraviglioso.

Mi guardai attorno. La camera era spoglia tranne che per il letto a baldacchino, un tappeto ai suoi piedi, un armadio ed un tavolo con una sedia. Là sopra, adagiato con cura e riposto in un fodero vi era il pugnale.

Temevo che la verità potesse farmi del male, ma restare un solo secondo in più nel dubbio che mi lacerava l'anima era insopportabile. Mi avvicinai alla porta e scoprii con mio sommo stupore e sollievo che era aperta.

Dopo quella che mi sembrò essere un'eternità mi resi conto che stavo girando invano, anche se cercavo accuratamente di non perdermi tra gli innumerevoli corridoi, ritornavo sempre davanti alla porta che affacciava sulla camera azzurra.

«Melanie.»

Quella voce avrebbe dovuto spaventarmi. Era sbagliato sentirla in un posto come quello ed invece, mi accarezzò i nervi e l'anima in pena, tranquillizzandomi mio malgrado.

«Jake?»

Lui se ne stava fermo e mi fissava, gli occhi attenti ad ogni mia reazione. Indossava una camicia di lino, bianca come lo erano i suoi pantaloni. Percepivo attorno a lui una debole luce che lo rendeva ancor più bello e ancor più irraggiungibile. Ma Jake non era la persona che credevo e adesso, riuscivo a far incastrare quei pezzi del puzzle che sembravano fuori posto, ancora sconosciuti e privi di senso. Jake non faceva parte del mio mondo, veniva fuori dai miei incubi.

«Cosa vuoi da me e che ruolo hai in tutta questa farsa?» Chiesi arrabbiata e profondamente delusa.

Non ricordavo di aver portato con me il pugnale, non ricordavo di averlo estratto dal suo fodero né tantomeno di averlo impugnato. Ma era ciò che stavo facendo e lo impugnavo contro Jake.

«Metti giù il Pugnale, Mel. Sei al sicuro qui.»

«Certo, come no!» Sbuffai e strinsi ancor di più la presa.

«Dobbiamo parlare, Mel. Ti devo una spiegazione.»

«Me ne devi parecchie, non una. Che ne dici di cominciare con chi diavolo sei?»

«Io sono un angelo.»

Non mi stupì la sua risposta anche se faceva male, tanto male.

«Come Keith?»

Lui parve offeso da quell'insinuazione e specificò «Un Angelo Bianco», l'unica specie su cui non mi ero informata, troppo presa dai discorsi di Keith e troppo curiosa su di lui. Ovviamente non avrei mai immaginato di dover indagare anche su Jake, almeno, non credevo avesse a che fare con quella storia.

«Calmati Mel. Con calma ti spiegherò tutto.»

«E cosa ti fa credere che io possa crederti dopo tutto questo?»

«Io non posso ancora rivelarti nulla, posso solo spiegarti quello che…»

Non gli permisi di confondermi con le sue parole che cercavano invano di giustificarlo. Mi aveva mentito e adesso aveva intenzione di continuare a farlo. «Chi può dirmi cosa sta succedendo?»

«Io.» Disse una voce familiare alle mie spalle che, anche se fu difficile ammetterlo, fui lieta di risentire. Ma non avevo tempo per i convenevoli né per altre sciocchezze, dovevo conoscere la verità.

«Keith. Cos'è successo?»

Lui mi ignorò e si voltò verso Jake, con un ghigno. «Sai, potresti anche lasciarci la nostra

privacy.»

«Toccala e ti uccido.» Jake fece un passo avanti mentre Keith diceva: «E' un bocconcino così prelibato.»

«Provaci, demone.»

«Ma la smettete tutti e due? Pensate che in questo istante me ne voglia stare qui mentre voi due litigate su chi è più uomo o quant'altro? Beh, se ci tenete a saperlo, sappiate che dopo tutto questo non vorrei avere a che fare più nulla con nessuno di voi due, e se per uno di voi non posso scegliere, di sicuro Jake, con te non ne ho bisogno. Non voglio rivederti, mai più.»

I suoi occhi si riempirono di paura e terrore, anche Keith non parlò più e soppesò con cura le parole che avevo appena pronunciato. «Melanie, no...» il sussurro di Jake mi colpii il cuore, ormai fatto a brandelli. Che speranze potevo avere di aggiustare quello che lui aveva distrutto?

«Mi hai mentito. Sapevi quello che stavo passando, il dolore che mi attraversava quando ero con te, la voglia di esserti accanto nonostante non potessi e non ne comprendessi il motivo. I miei incubi, la paura che fossero reali. Sapevi tutto e non mi hai detto niente! Sei stato lì a guardare, a vedermi soffrire...»

«Io non potevo dirtelo ma ho cercato con ogni mezzo di esserti accanto, lo sai!»

«No, Jake. Non lo so. Scusami se ero troppo presa a preoccuparmi per la mia salute mentale!» Gli gridai contro.

«Non voglio lasciarti e non voglio nemmeno lasciarti sola con lui.»

Mi voltai verso Keith, che ci osservava come se fossimo stati degli animali allo zoo, conscia di avere gli occhi di Jake puntati addosso. Gli chiesi: «Non c'è un modo per stare da soli?»

Lui, senza un briciolo di ironia mi disse «Possiamo parlare nel Neraka. Lì c'è il mio castello dove non può seguirti.»

«Bene, andiamo allora.»

Keith mi prese tra le braccia e l'ultima cosa che vidi fu Jake correrci incontro e urlare contro Keith: «Demone!»

Una volta giunti a destinazione, Keith mi lasciò subito andare.

Io, dal canto mio, mi ritrassi immediatamente dal suo calore. Solo perché non volevo parlare con Jake non significava che mi fidassi di lui. Avevo ancora la sensazione che mi stesse mentendo e dopo quello che era accaduto quella sera, non avevo idea se esistesse qualcuno di cui potessi realmente fidarmi.

«Preferisci stare seduta?»

«Posso sedermi anche qui, a terra.»

«Come vuoi.»

Calò il silenzio. Perché non continuava? Dovevo forse tirargli fuori qualche parola con le tenaglie?

«Allora, mi spieghi o no?» Gli chiesi arrabbiata. Ero stanca di tutti quei segreti. Ero stanca di tutti loro.

«Vuoi la storia ricca di particolari o ti basta sapere l'essenziale?»

«Basta che mi spieghi, scegli tu la versione che preferisci.»

Lui sospirò e sorrise, divertito dal mio scatto. «Jake è un Angelo Bianco. Non può rivelarti nulla perché gli è impedito da forze superiori. Come ti dicevo l'altra notte, il tuo sangue è la Chiave per far crollare la Barriera che costringe i demoni in un'altra dimensione. Come avrai capito, questa Barriera è crollata allo scoccare della mezzanotte, al compimento del tuo diciottesimo compleanno. Il tuo sangue però, non è utile solo per quel fine ma è anche una Chiave molto potente che permetterebbe a questi demoni, Angeli Oscuri dalla parte di Dorkan, di oltrepassare le porte dell'Arkena. Il posto che abbiamo lasciato prima, se ti interessa saperlo.»

Lo fissai allibita. Non poteva essere vero. Assurdo. «Mi stai dicendo, che siamo appena andati via dal paradiso?»

«Più o meno.»

«E adesso, dove ci troviamo?»

Lui mi indicò un punto alle sue spalle e mi bastò incontrare con il mio sguardo un cielo oscuro, nero, per comprendere che mi trovavo nel luogo in cui mi conduceva ogni notte, nei miei sogni: nel Neraka.

Sospirai, almeno era un luogo familiare. Dio, datemi un Nobel per la stupidità. Chi mai si rallegrerebbe di aver abbandonato il paradiso e di ritrovarsi in una specie di inferno? Solo io, era evidente che ero un'inferma mentale.

Un paio di braccia mi strinsero forte. Non mi ero accorta che Keith si fosse avvicinato e rimasi immobile, incerta.

Anche Keith era forte ed aveva un buon profumo, così stretta al suo petto sentivo odore di legna e muschio provenire dalla sua direzione.

«Potrei restare così per sempre.» Mi sussurrò tra i capelli.

Io non gli risposi e lasciai che il suo naso sfiorasse il mio collo. Odiavo riconoscere che mi piaceva quella sensazione ma non era il momento di cedere alle effusioni. «Dimmi la verità.»

«Tu possiedi il sangue di un Angelo Oscuro e di un Angelo della Luce, Melanie.»

«Ma com'è possibile?»

«E' iniziato tutto secoli fa, e non è il momento di raccontarti questa storia. Per aiutarti a capire posso dirti che Eyshriin, un'ibrida come te ma di razza pura, ha condiviso con te il suo sangue. Questo fa di te la Prescelta, la Chiave.»

Eyshriin. Quel nome mi era familiare e sconosciuto. Era mio ma in realtà non lo era.

«Cos'è Jake?»

Si scostò da me e disse «Un Angelo della Luce. Un Angelo Bianco.»

«E basta?»

«Cosa vuoi dire?»

«Jake ti ha definito demone come se demoni e Angeli Oscuri significassero la stessa cosa e al tempo stesso due cose diverse.»

«Jake e i suoi alleati ci chiamano tutti demoni. Ma in realtà i demoni e *Demoni* sono due cose diverse. Il primo è un termine dispregiativo coniato dagli Angeli Bianchi, il secondo indica una classe del Neraka.»

«E invece Jake? E' solo un Angelo della Luce?»

«E' uno dei Sette Angeli.»

«Un angelo di guardia all'Arkena...»

Sorpreso, mi fissò. Poi si aprì in un sorriso obliquo. «Hai fatto i compiti?»

«A quanto pare. Ma non sapevo di doverne fare altri.»

«Non preoccuparti, ti spiegheremo tutto.»

Avevo così tante domande che mi affollavano la mente. Jake era uno dei Sette Angeli, non avrebbe mai potuto abbandonare l'Arkena ed invece aveva vissuto costantemente a New York, con me. Keith era un Angelo Oscuro, un demone, anche se non ne ero del tutto sicura. Una vocina nella mia testa continuava a ripetermi "scappa e non fidarti!" Ma sfidavo chiunque a mantenere i nervi saldi. E poi, non sapevo cosa fosse successo dopo la mezzanotte.

«Keith, dov'è la mia famiglia? Sta bene?»

Il suo sguardo si fece cupo, quello era segno di brutte notizie. Oh mio Dio! Oh mio Dio!

«Keith? Ti prego, dimmi che stanno bene.» Non provai nemmeno a nascondere il panico nella mia voce, ormai era l'unica sensazione che distinguevo tra quelle che mi stavano assalendo, e mi stava avviluppando completamente.

«Siamo stati attaccati durante la tua festa, Mel.»

«Lo ricordo, ma loro…»

«Sono riuscito a portare a Manhattan la tua amica, tua madre e suo marito, compresa un'altra donna, la tua domestica. Ho dovuto modificare i loro ricordi e per questo, non ricorderanno di essere stati a Londra.»

«Bene, almeno sono al sicuro. Anche con mio padre hai fatto lo stesso?» Se credeva che non avessi notato la sua mancanza si sbagliava.

«C'è stato un incidente, Mel. Eravamo in pochi e ci hanno preso alla sprovvista. Non ci aspettavamo un attacco così numeroso e non credevamo che ci sarebbero state tante persone coinvolte.»

Quello che avevo provato prima era solo un'eco della paura che sentivo crescermi dentro, la preoccupazione e il terrore che mi stavano abbracciando nella loro presa ferrea e gelida, una presa che si faceva sempre più forte, pesante e stretta.

«Keith, mio padre sta bene, vero?»

«Mi dispiace Mel. I demoni di Dorkan lo hanno portato via. Non siamo riusciti a fermarli.»

Fu come se l'intero universo mi fosse crollato sulle spalle o molto più probabilmente, ero io che mi stavo perdendo nell'infinità dell'universo. Mi abbandonai a quel senso di impotenza lasciando che l'oscurità mi avvolgesse.

Capitolo Ventuno

Melanie

Trovai ad aspettarmi gli occhi di Keith, preoccupati e diffidenti. Non mi spaventai nel vederlo seduto accanto al letto su cui mi aveva messa a riposare.

Le lacrime mi inondarono il viso in un pianto silenzioso. Ritrovare i suoi occhi ad aspettarmi era la prova che quanto era accaduto era la pura realtà.

Keith posò il suo palmo caldo sulla mia mano e la strinse. Sapevo che era sbagliato ciò che stavo per fare, ma sentivo il bisogno di qualcosa di caldo da stringere e così mi avvicinai a lui e mi strinsi al suo petto. Non smisi di piangere ma almeno potevo crogiolarmi nel calore che il suo corpo emanava. Mi riparai nella luce oscura che lo circondava e per un secondo chiusi gli occhi, immaginando di essere tornata a casa.

Non ricordavo di essermi struccata e infatti quando mi scostai dal suo petto notai che gli avevo imbrattato la camicia, provai a divincolarmi dalla sua presa ma non mi permise di muovermi di un centimetro.

«Non importa.» Disse.

«Ti ho sporcato la camicia.»

«Non importa. Resta così. Era da così tanto che... »

Non ero pronta a sentire quelle parole e con quanta più decisione rispetto a quella che avevo utilizzato poco prima, riuscii a liberarmi dalla dolce gabbia delle sue braccia.

«Ho bisogno di sentire il resto della storia Keith, non questo...» cosa potevo dire? "Non voglio sentire che ti ricordo qualcuno che ha condiviso con me il suo sangue?" Una parte di me aveva capito che Keith era stato legato ad Eyshriin e forse, lo era ancora.

«Sicura di essere pronta?»

«Non potrò mai esserlo davvero. Quindi non fa alcuna differenza.»

«Non ti va prima una doccia?»

Il pensiero che anche il quel mondo esistessero le docce mi fece sorridere mio malgrado. I suoi occhi si addolcirono mal celando la loro preoccupazione. «Già, anche i demoni hanno la doccia!»

«Sì, vorrei mettermi qualcosa di più comodo.»

«Troverai tutto nell'armadio. Ti aspetto qui fuori.»

L'idea di fare la doccia con Keith che mi aspettava fuori dalla porta sarebbe stata ridicola a New York, ma lì, in quel posto in cui non conoscevo nessuno, mi faceva sentire più tranquilla.

Non avevo notato la porta accanto al letto finché non la fissai per un lungo istante, come se fosse apparsa lì solo perché io l'avevo desiderato.

Mi sfilai l'abito azzurro e quando rimasi in mutandine e reggiseno, lo raccolsi da terra e tirai forte. Tirai fino a sentire un rumore che annunciava il cedimento del tessuto. Provavo così tanta rabbia.

Lo buttai sul pavimento ed entrai nella doccia. Il bagno era un piccolo spazio nero, con un gabinetto, un lavandino ed una doccia.

Quando mi sentii abbastanza pulita, mi avvolsi nell'asciugamano e rientrai nella camera, senza degnare di uno sguardo i brandelli del mio abito sul pavimento. Spalancai le ante dell'armadio e trovai una serie di abiti, molto simili a tute ma di pelle lucida nera, a ricambiare il mio sguardo. Erano tutti uguali.

Dopo avervi abbinato anche le scarpe, delle ballerine con lacci in raso nero, mi legai i capelli con uno dei codini che avevo trovato in bagno. Keith era dove aveva detto che lo avrei trovato, fuori dalla porta.

Mi vide e non batté ciglio. «Trovato ciò di cui avevi bisogno?»

Annuii e lui aggiunse «Ti ho osservata per molto tempo. Ho avuto modo di capire cosa poteva esserti utile e cosa no.» Sorrise e poi aggiunse «Certo, sei molto più carina con i capelli sciolti, ma almeno così riesco a vedere la linea del tuo collo.»

Arrossii ma non risposi. Non ringraziai nemmeno né tantomeno gli feci notare che i suoi commenti erano fuori luogo.

Rientrammo in camera ed io mi misi a sedere sul letto aspettando la sua storia.

«Tutto ebbe inizio con la caduta degli angeli, quando Lucifero sfidò Dio che lo cacciò dall'Arkena. Quando arrivammo qui, il Neraka non era altro che una terra di tenebre sterile ed ostile e, come spesso accade, non tutti si rassegnarono al destino che ci era stato imposto.

Il primo tra questi fu Jorel.

Jorel era ossessionato dall'idea di riprendersi il proprio posto nell'Arkena, ma solo chi è un Angelo della Luce può varcarne i cancelli.»

«Non è vero» lo contraddissi, trovando una serie di punti incoerenti nel suo racconto. «Io ti ho visto sulla terra e se non sbaglio, hai detto tu stesso che prima o ieri, non so bene, ci trovavamo nell'Arkena. Com'è possibile?»

«Non correre, fiorellino. Siamo solo all'inizio della storia.

Dicevo, Jorel ne era così ossessionato che quando una delle Cacciatrici, un Angelo Bianco, raggiunse il Neraka per stanare chi tra di noi ancora cercava battaglie o creava problemi fu catturata da Jorel che... che la ingravidò.»

Mi impietrii e lui si fermò per fissare la mia reazione. Mi guardava come se temesse che da un momento all'altro potessi dare di matto. Certo, l'idea di dover digerire tutte quelle storie era assurda anche se dovevo farlo comunque, ma dover immaginare che…

«E' troppo, fiorellino?»

«Io… non so…»

«Ce la fai a sentire il resto?»

«Credo di sì, ma…»

«Che ne dici di lasciarmi completare il racconto e tenere le domande per la fine?»

«Okay.» Era sicuramente un bene che Keith dovesse raccontarmi quella storia, io non riuscivo ancora a trovare una parola da dire.

«Da quell'unione proibita nacque Eyshriin, un angelo che non era né Bianco né Oscuro, ma allo stesso tempo aveva capacità e poteri di entrambi. Eyshriin poteva muoversi tra i mondi, Terra, Arkena e Neraka. Jorel cercò di ucciderla per potersi impadronire del suo sangue ma…»

«Jorel non poteva bere il sangue dell'Angelo Bianco, della madre di Eyshriin?»

«Un Angelo Oscuro non può ricevere la Luce di un Angelo Bianco, la conseguenza è la morte. Invece, il sangue di Eyshriin era un diluito perfetto delle due specie e quindi…»

«Quindi Jorel voleva il sangue di Eyshriin…»

«Esatto. Ma Farah, la madre di Eyshriin, e gli altri Cacciatori, a costo delle loro vite riuscirono a sconfiggerlo ed ucciderlo. Vivevamo in pace, Melanie. Dopo Jorel, le nostre vite erano tornate a quelle di un tempo. I demoni e coloro che si opponevano venivano rinchiusi oltre le Barriere, in un luogo dove non c'è luce o tenebra, ciò che vi regna è il nulla.

Ma come sempre succede, ai periodi di pace seguono sempre delle burrasche e la nostra catastrofe fu Dorkan.

Dorkan è un seguace di Jorel che non ha mai smesso di cercare Eyshriin. La trovò, sessantaquattro anni fa e prima di scomparire la *mia* Eysh, gettò una goccia del suo sangue al vento. Nessuno di noi comprese quel suo gesto, nemmeno Dorkan che la fissava estasiato. Quando la goccia di sangue toccò la terra fredda e dura, Eyshriin scomparve e Dorkan fuggì.

Fu ritrovato pochi giorni dopo e confinato oltre le Barriere ma, si dice, che non l'abbia mai raggiunta e che in tutti questi anni sia stato qui, all'erta e pronto.

Pronto all'arrivo della Prescelta, colei che possiede la Chiave dell'Arkena.»

Avevo ascoltato ogni singola parola, avevo avvertito quando la sua voce tremava e quando invece, si induriva. Avevo notato le parole "la mia Eysh" e mi sentii dolere il petto.

«E cosa hai da dirmi su Jake?»

Lui mi alzò il viso con le dita e mi fissò a lungo. «E' la prima volta che ho a che fare con una ragazza come te. Di solito tutte riacquistano i ricordi di Eyshriin e così anche i suoi sentimenti sembrano riaffiorare. Ma con te è come trovarsi in mezzo all'oceano e non vedere mai un lembo di terra ferma.»

Ignorai di nuovo le sue parole, non avrebbero dovuto farmi alcun effetto, ma invece, le sentivo entrarmi dentro e non potevo permetterlo. «Rispondi alla mia domanda.»

«Jake è uno dei Sette Angeli mentre Eyshriin era diventata una Cacciatrice. Due fazioni nate a seguito della Caduta. Loro erano compagni, Melanie. Jake amava Eyshriin.» Mi disse con enfasi.

«Oh.» Fu tutto quello che riuscii a dire.

«Jake amava Eyshriin quasi quanto io l'amo ancora.»

«Capisco.» Dissi, ma in realtà non ci stavo capendo poi molto, le mie mani tremarono e le nascosi sotto le cosce.

«Perché ribadisci che Jake l'amava, lei invece non amava lui?»

Lui sembrò rifletterci sopra. «Credo che all'inizio lo amasse.»

«E cos'è successo, poi?»

«Poi ha conosciuto me e… Melanie è complicato da spiegare, e solo Eyshriin potrebbe dirti i perché e i come e quando.»

Finalmente trovai il coraggio di fargli la domanda che mi faceva più paura di tutte le altre, o quasi. «Era a causa di Eyshriin che odiavo Jake?»

«Immagino di sì. E' la prima volta che succede una cosa del genere.»

«Hai detto che i Sette Angeli non possono lasciare l'Arkena, ma lui era lì, sulla Terra. *Per me*.» Dissi. rivolta più a me stessa che a lui.

«Questa è un'altra storia ancora ed immagino che tu sia stanca.»

«Ho riposato abbastanza.» Gli dissi decisa a non lasciar perdere. Avevo aspettato abbastanza per conoscere la verità e avevo pagato un prezzo troppo alto prima ancora di averla appresa.

«Allora non ti dispiacerà fare un giro del castello?»

«Ho un'ultima domanda, almeno per adesso.» Non volevo arrendermi così facilmente, ma temevo che lo avrei indotto a non rivelarmi più nulla se avessi continuato con il mio interrogatorio.

«Chiedi pure.»

«Ho ragione ad essere arrabbiata con Jake o...?»

Lui sospirò e sorrise mestamente. Evidentemente si aspettava quella mia domanda. «Non poteva rivelarti nulla, Melanie. Gli Angeli Bianchi sono costretti ad eseguire gli ordini e credimi, lui per te ne ha dimenticati e infranti tanti. Ma raccontarti la verità interferendo con il destino o il fato, o come ti piace definirlo, gli sarebbe costato un prezzo troppo alto. Ma credimi, per quanto mi costi ammetterlo, nemmeno con Eyshriin l'ho mai visto così terrorizzato e angosciato al solo pensiero di perdere qualcuno.» Lasciò passare alcuni minuti per farmi metabolizzare quelle informazioni e poi aggiunse, ironico. «Immagino che tu voglia vederlo adesso.»

Stavo già annuendo quando risposi: «Sì. Credo che ci dobbiamo delle scuse a vicenda.»

Mentre lo seguivo cercavo di far scendere giù il senso di colpa, non riuscivo a spiegarmi perché avergli detto di voler rivedere Jake mi avesse fatta sentire meschina, insensibile quasi. Camminammo fino a raggiungere un enorme battente oscuro. «Questi sono i cancelli del Neraka, o almeno, l'ingresso del mio castello. Qui gli Angeli Bianchi che non sono invitati non possono entrare.»

«Jake è fuori?»

«Sì. Chiamami quando vorrai rientrare.»

E rischiando di farmi venire un infarto, sparì. Il portone enorme si spalancò con lentezza opprimente e non riuscendo a trattenermi lo sorpassai correndo. Jake era lì, le mani nelle tasche e il capo inclinato di lato. Mi squadrò a lungo e poi fece un passo incerto facendo aumentare i battiti del mio cuore.

«Ciao.» Mormorai.

«Ciao.»

«Mi dispiace» ammisi. «Per come mi sono comportata, per non averti dato modo di spiegare. Tu mi sei rimasto accanto anche quando io non te lo permettevo mentre io ti ho mandato via alla prima difficoltà.»

«Va tutto bene, Melanie.» Aggiunse, facendomi sentire ancora più in colpa.

«No, non va bene. Ma ormai le cose vanno così…»

«Dispiace anche a me.» Mi disse e sentii che era sincero.

«Keith mi ha spiegato tutto. So che non avevi scelta.»

«Mi sorprende che non ti abbia mentito.»

Trovai il coraggio di incrociare il suo sguardo. Sembrava… indeciso?

«Ho bisogno di sapere che mio padre sta bene, Jake.»

«Starà sicuramente bene, Melanie. Dorkan non gli farà del male. È l'unico modo per attirarti nelle sue grinfie. Morto non gli servirebbe a nulla.»

La freddezza con cui pronunciò quelle parole non mi colpì, e non perché non fossero un po' crudeli, ma perché quella era una nuova realtà a cui dovevo abituarmi e prima lo avrei fatto, prima avrei potuto salvare mio padre, anche se non sapevo ancora come.

«So di Eyshriin.» Gli confessai. Non sapevo perché i miei pensieri avessero preso quella direzione quando ogni mio pensiero avrebbe dovuto essere rivolto a mio padre e al suo ritrovamento ma, come sempre mi succedeva, non riuscii a tenere a freno il groviglio di pensieri che mi affollavano la mente. «So che avevate una relazione, se vogliamo chiamarla così e so che lei ha scelto Keith. Non posso fare a meno di chiedermi, però, se tu hai scelto me per riavere lei indietro. E' lei che vuoi, Jake? Vuoi Eyshriin?»

Lui si passò una mano tra i capelli, scompigliandoseli ancor di più e guardò verso l'oscurità di cui quel cielo era intriso. «Ho amato Eyshriin per così tanto tempo, e l'ho odiata anche, per tanto di quel tempo che ero convinto di non poter mai andare avanti senza di lei. Lei mi ha ferito, Melanie. Mi ha distrutto, fatto in mille pezzi. Ho cercato di tornare quello di un tempo ma ogni pezzo della mia vita che raccoglievo non si incastrava più con la vita che conducevo e che volevo indietro. Poi sei arrivata tu, con i tuoi difetti, i tuoi pregi, i tuoi capricci e la tua ostinazione e hai spazzato via tutto. Mi hai fatto capire che non dovevo cercare di incollare insieme i pezzi, dovevo solo capire come tenerli insieme. E giorno dopo giorno ogni pezzo assumeva un nuovo significato ed un nuovo posto. Non faceva più male, non sentivo più dolore.» Sorrise, come se avesse ricordato un aneddoto divertente e aggiunse, con aria più seria «Mi sono avvicinato a te perché era affascinante vedere come il sangue di Eyshriin ti rendesse simile a lei ma, se mi sono innamorato di te è perché tu non sei affatto come lei. Quindi no, Mel. Non voglio lei, voglio te con tutti i tuoi difetti, la tua ostinazione ed i tuoi capricci. Ogni bacio che abbiamo condiviso, ogni carezza ed ogni parola che ci hanno legato, erano per te. Solo per te. Se ho lasciato che Eyshriin andasse via da me non credo di poter fare lo stesso con te, quindi non chiedermelo.»

Continuavo a fissarlo anche se lui si ostinava a guardare il cielo. Avevo ascoltato ogni parola e avevo avvertito un brivido quando aveva detto "mi sono innamorato di te", ma ancora non si decideva a guardarmi e così dissi «Non ho intenzione di farlo, Jake. Non voglio chiederti di lasciarmi andare, non credo di averne la forza, ma cerca di capire che non è facile. Non riesco a capire davvero… se non fosse stato per lei non ti saresti mai avvicinato a me.»

Allora lui mi guardò, lo sguardo infuocato e colmo di passione. «Quello che provo per te va oltre ogni cosa, Melanie Prince. Il mio cuore ti troverà ovunque, ti cercherà sempre e non sarà mai soddisfatto finché tu non sarai lì, ad accarezzarlo ed accudirlo giorno per giorno.»

Mi si fece più vicino e si portò la mia mano al petto. «Senti come batte, Mel? Batte per te. Ogni battito è per te.»

Trattenni per un breve istante il fiato poi gli confessai ciò che cercavo di nascondere a tutti gli altri, a lui e perfino a me stessa.

«Nonostante tutto, sei sempre stata la sola persona che desideravo avere al mio fianco. Non sono mai riuscita a fare a meno di te e doverti allontanare, ferirti… ogni volta ferivo me stessa.»

Le sue labbra calarono sulle mie e non ricordavo di aver provato mai una sensazione più bella di quella che stavo provando in quell'istante: l'abbandonarmi tra le sue braccia.

«Ora devi rientrare Mel. Devi riposare e prepararti per l'addestramento.»

«Quando ci rivedremo?»

«Presto.» Mi promise e gli credetti.

Sfiorai di nuovo le sue labbra. Questa volta si trattò un bacio casto e rapido. Avevo bisogno di ricordare il loro tocco sulle mie per quei momenti in cui avrei desiderato averne ma non avrei potuto riceverne.

Una volta raggiunto il cancello mi voltai a guardarlo un'ultima volta. Lui mi sorrise e quel semplice gesto mi infuse un po' di sicurezza e tranquillità. Con Jake al mio fianco potevo farcela.

Chiamai Keith, immaginando che le porte si spalancassero come poco prima ma invece, mi sentii confondere con l'aria stessa e mi ritrovai poi, all'interno del castello.

Ringraziamenti

Credo che questa sia la parte più difficile di tutto il processo che mi ha portata alla stesura di *Memories*. E non perché io non abbia qualcuno da ringraziare, al contrario, ma perché potrei scrivere un nuovo libro fatto di soli "grazie" per le persone fantastiche che mi hanno accompagnata in questo cammino.

Prima di tutti, Angelo. Credo che l'averti dedicato il libro sia il minimo per esprimere la mia riconoscenza nei tuoi riguardi. Tu non hai solo letto i pensieri che ho trascritto, hai vissuto con me l'esperienza di *Memories* al punto che, posso affermare, dovrebbe esserci anche il tuo nome in copertina, non solo il mio.

Ti dico solo una parola che dovrebbe far nascere un brivido di paura e un sorriso sul tuo volto: "sinossi."

Poi, un grazie va a Salvatore. Tu sei l'unico che ha letto anche la prima versione, quella dove Jake non era altro che un angelo adolescente che non aveva né capo né coda, e nonostante la storia fosse acerba l'hai amata fin da subito quasi quanto me, e questo tuo amore e fiducia nei miei confronti mi hanno spinta a voler dare un nuovo vestito alla mia storia. Un vestito più serio e logico.

Non mi vergogno nell'ammettere che prima, questa storia, che non è solo una storia d'amore e chi mi conosce e chi sa leggere oltre righe sa e ha capito, era completamente diversa al punto da spingere Angelo – l'amico di cui sopra - a dire "E' orribile. Non vorrò mai leggerla."

Ma dal tuo amore e dalle critiche di Angelo ho avuto la forza di dare a questa storia una nuova possibilità. Quindi grazie. Grazie per il supporto. Grazie di aver creduto in me.

Ed infine, ma non per questo meno importante, un grazie va ad Ilaria. Ero scettica al pensiero che tu leggessi una storia come la mia. Hai letto tante altre storielle narrate dalle mie poco abili mani ma nonostante tutto non ti sei mai fatta scoraggiare dalla mia inesperienza, che ancora mi affligge, ahimè! Quindi grazie per aver abbattuto i tuoi dubbi sul genere *urban fantasy*, quanto meno sul mio. Grazie per le belle parole che mi hai riservato dopo aver letto il libro e grazie per le correzioni e le modifiche di cui io ed Angelo non ci siamo accorti.

Non so se queste parole vedranno mai la luce del sole, se saranno mai lette da altre persone. Ma, il fatto che ad alcune delle persone più importanti della mia vita siano piaciute mi ha spinta a scrivere il seguito di questa storia, e mi porta ad avere fede. Forse nessuno mai le leggerà oltre noi, ma io sono felice di aver condiviso un pezzo della mia anima con voi.

Grazie.

8947755R00169

Printed in Great Britain
by Amazon.co.uk, Ltd.,
Marston Gate.